Yngermina
o la hija de Calamar

Letras Hispánicas

Juan José Nieto

Yngermina o la hija de Calamar

Edición de Consuelo Triviño Anzola

CÁTEDRA
LETRAS HISPÁNICAS

1.ª edición, 2024

Ilustración de cubierta: Manuel María Paz (1820-1902),
Sacerdote Manuel M. Albis, con indios Mocoa conversos, Territorio Caquetá (1857)

PAPEL DE FIBRA CERTIFICADA

Valentín Beato, 21. 28037 Madrid
Depósito legal: M. 2.736-2024
ISBN: 978-84-376-4742-5
Printed in Spain

Índice

Introducción

En los últimos años del periodo colonial y en las primeras décadas de la Independencia, se produce en Hispanoamérica una serie de alteraciones políticas que tienen como rasgo común determinar el concepto de «nación», con sus límites sociales, territoriales y étnicos. En los libros de historia parece, en ocasiones, que las gentes se fueron a dormir siendo miembros de la monarquía española y se despertaron ya convertidos en ciudadanos de Colombia, Venezuela, o Ecuador, por mencionar solo a los tres países que formaron parte de la República de la Nueva Granada. Pero todo fue más complejo.

No es este el lugar para hacer una historia de las luchas por la Independencia en los países que formaron parte del territorio que hoy designamos como Colombia, pero sí conviene aclarar sus líneas principales, para que los lectores sitúen a Juan José Nieto Gil y la novela *Yngermina o la hija de Calamar* en sus circunstancias concretas y en la historia de la literatura hispanoamericana.

Nacido en 1804, en la región del Caribe, bajo el régimen colonial, cuando la Nueva Granada formaba parte del Imperio español, Juan José Nieto Gil vivió el difícil proceso iniciado en 1810, con el estallido independentista en la, para él, lejana Santafé de Bogotá, capital del virreinato. Este estallido, que se presentó como un levantamiento de criollos contra la Corona española, no fue un movimiento unificado en todas las regiones de la Nueva Granada. El Acta de Independencia de la ciudad de Santafé de 1810 no abdicaba «los derechos imprescindibles de la soberanía del pueblo a otra persona que a la de su augusto y desgraciado monarca don Fernando VII, siempre que venga a reinar entre nosotros». En cambio, las provincias como Tunja, Mompox y Cartagena de Indias sí buscaban la total independencia de la Corona española. Ahora bien, la Constitución del Estado de Cartagena, ya en 1812, deja claro que los representantes del pueblo serían un «Cuerpo político, libre e independiente con el nombre de Estado de Cartagena de Indias» y que, voluntariamente, se unían en un Cuerpo federativo con las demás provincias de la Nueva Granada para formar una nación. Con todo, las diferencias entre las regiones marcarían las modalidades de gobierno pretendidas y sus líneas de actuación.

Si las provincias de Antioquia, Cartagena, Pamplona, Neiva y Tunja constituyeron una federación llamada Provincias Unidas de la Nueva Granada, la de Cundinamarca (como pasó a llamarse la de Santafé de Bogotá), en cambio, se declaraba centralizada y, además, se anexionó otras regiones de la Nueva Granada, lo que ocasionó graves tensiones hasta que finalmente se firmó un pacto federal, controlado, eso sí, desde Santafé de Bogotá.

Entre 1810 y 1816, en medio de los combates entre realistas y patriotas, destacan dos tendencias político-administrativas en las provincias del Nuevo Reino de Granada: la federalista (que pretendía la independencia de España y la autonomía de las provincias), y la centralista, que prefería el mantenimiento del gobierno español en América o, más tarde, independiente pero unificado. Ambas tendencias desencadenarán guerras civiles y divisiones dentro de los mismos partidos. Como señala el americanista británico John Lynch: «Pronto se vio claramente que era más fácil derrotar a los españoles que organizar a los criollos».

En la consolidación de una unidad territorial y a la hora de fijar los límites, jugaba en contra la accidentada geografía del país, con regiones casi inaccesibles, tres cordilleras que la atraviesan y separan, selvas impenetrables, abismos franqueables difícilmente, extensas llanuras anegadas parte del año, condiciones climáticas muchas veces adversas y la

YNGERMINA

O

LA HIJA DE CALAMAR:

NOVELA HISTORICA,

O

RECUERDOS DE LA CONQUISTA,

1533 a 1537.

CON UNA BREVE NOTICIA DE LOS

USOS, COSTUMBRES, I RELIGION

DEL PUEBLO DE CALAMAR,

POR

1804-1866

JUAN JOSE NIETO.

PUBLICADA A EXPENSAS DE UNOS AMIGOS DEL AUTOR.

TOMO 1o.

KINGSTON, JAMAICA.

IMPRENTA DE RAFAEL J. DE CORDOVA, EN LA OFICINA
DEL "GLEANER,"

HARBOUR-STREET, NO. 66.

1844.

Portada de *Yngermina o la hija de Calamar,* de 1844, tomada del facsímil reimpreso a demanda de la primera edición de la novela.

nula infraestructura de vías de comunicación: solo caminos de herradura y una precaria navegación fluvial por el río Magdalena, arteria principal del país.

Además, la heterogénea composición social y étnica de las distintas provincias constituía una masa ideológicamente desconcertante, con indígenas que deseaban vivir bajo el amparo de las leyes de la Corona para proteger sus resguardos; con mestizos, negros y mulatos en rebelión dispuestos a tomarse las haciendas; con criollos que preferían ser gobernados por los españoles antes que permitir el ascenso de sus antiguos esclavos; con independentistas convencidos y vengadores o, incluso, con españoles que se adherían a la causa patriota. El proceso de la independencia fue, por tanto, una violenta confrontación civil con pretensiones varias y cambiantes.

En la guerra contra los centralistas, que en la Nueva Granada apoyaban incluso a las fuerzas realistas, Simón Bolívar tomó Santafé de Bogotá en 1814 y, tras el triunfo, se propuso entrar en Cartagena de Indias con la intención de aprovisionarse de armas y liberar a Venezuela. Pero Cartagena, bajo la presidencia de Manuel Rodríguez Torices, se le resistió. Atacado también por los realistas de Santa Marta y, ante la anunciada ofensiva del general Pablo Morillo, enviado por la Corona española a reconquistar la Nueva Granada, Bolívar se refugió en Jamaica, isla que, como veremos, acogió con frecuencia a perseguidos políticos neogranadinos. José Asunción Silva no dejaría de referirse, en 1895, a los desengaños de Bolívar y al panorama de enfrentamientos que se abrió tras él:

> Di su sueño más grande hecho pedazos.
> ¡Di el horror suicida
> de la primera contienda fratricida!
> [...] El porvenir de luchas y de horrores
> que le aguarda a la América Latina[1].

---

[1] José Asunción Silva, *Obra poética,* Madrid, Hiperión, 1996, págs. 239 y 240.

Cartagena, sin embargo, fue la primera población que en Colombia se declaró absolutamente independiente de España pues, en 1811, se proclamó el Estado Libre de Cartagena, que se mantuvo hasta el 6 de diciembre de 1815, cuando las tropas españolas al mando de Morillo volvieron a tomar la ciudad.

Juan José Nieto Gil, el autor de *Yngermina o la hija de Calamar*, vivió desde niño estos episodios de la historia. Formado en los principios de libertad e igualdad de derechos para los ciudadanos, que difundió el cura de su pueblo entre los alumnos y jóvenes feligreses, su infancia y juventud transcurrieron al calor de las luchas contra los realistas y los amotinamientos. Las clases populares alcanzaron un importante protagonismo con la participación de mestizos, negros y mulatos, quienes constituirían un apoyo decisivo al liderazgo de Juan José Nieto Gil en la región del Caribe.

La postura de Nieto Gil fue cauta a la hora de defender su concepto de democracia, de la propiedad, de las libertades individuales o de la forma de gobierno y el modo de participación de las masas en los destinos de la nación. Ante las disputas entre los máximos líderes de la Nueva Granada, Simón Bolívar, su primer presidente (de 1819 a 1830), defensor de un estado sujeto a la autoridad de un mandato vitalicio, y Francisco de Paula Santander, segundo presidente (de 1832 a 1837), férreo defensor del federalismo y del respeto a las leyes y a la Constitución, Nieto Gil tomó partido por este último.

¿Qué idea de la nación había concebido Juan José Nieto Gil? ¿Cuáles pensaba que podrían ser sus límites, siendo tan diversas las regiones que formaban la federación de estados autónomos, uno de los cuales presidió durante más de seis meses? Las guerras civiles evidenciaban las enormes diferencias políticas, sociales, económicas, culturales y étnicas en un país con alto grado de mestizaje. Había graves problemas pendientes de resolver, como la liberación de los esclavos o la integración, en torno a una mitología y unos símbolos reconocidos por todos, de las comunidades indígenas y de los distintos sectores sociales desfavorecidos. La novela *Yngermina o la hija de Calamar* responde, de modo más o menos explícito, a tales cuestiones.

Contexto histórico, ideológico y literario

Juan José Nieto Gil fue, sin duda, uno de los líderes políticos más influyentes en la historia de la Nueva Granada y, en particular, de la región del Caribe colombiano. Tanto su biografía, como su obra política y literaria resultan representativas de las inquietudes sociales, tras la ruptura del sistema colonial y de la voluntad de crear un nuevo Estado. Frente a los grandiosos sueños unificadores de Bolívar, estaba la parcelación del antiguo virreinato, hasta la definitiva constitución de tres países independientes. Bolívar, partidario de una nación hispanoamericana, ignoró las entidades políticas que buscaban organizarse en circunscripciones limitadas y las calificó de «republiquetas»[2].

Nieto Gil fue un escritor autodidacta que, con *Yngermina o la hija de Calamar,* publicada en 1844, inauguró el género novelesco en Colombia y, si obviamos el precedente de la narración *El periquillo sarniento,* de Fernández de Lizardi (1816), con su desarrollo de los temas costumbristas casi de un periodismo crítico[3], podríamos decir que concibió la primera novela hispanoamericana. Como escritor, asumió el compromiso

---

[2] Ricaurte Soler, *Idea y cuestión nacional latinoamericanas,* México, Siglo XXI, 1980, pág. 74. Asimismo, en una carta de Bolívar dirigida a Santander, el libertador prevenía sobre la anarquía que amenazaba a la sociedad americana debido a las divisiones raciales: «Estoy penetrado hasta adentro de mis huesos, que solamente un hábil despotismo puede regir a la América». Explicaba su postura teniendo en cuenta el violento mestizaje, la mezcla de razas: la europea, la americana y la africana (véase John Lynch, *Las revoluciones hispanoamericanas, 1808-1826,* pág. 246).

[3] Luis Alberto Sánchez, en *Proceso y contenido de la novela hispanoamericana,* la designa «protonovela costumbrista». Los datos completos de los trabajos citados en nota se incluyen en la bibliografía final.

de contar el origen de la nación integrando el pasado indígena en la fundación de la ciudad de Cartagena de Indias, en 1533. En la primera parte de la obra se refieren los rituales, los valores y las costumbres del pueblo de Calamar, un asentamiento indígena que se situaba en lo que llegaría a ser, precisamente, la ciudad de Cartagena de Indias. Asimismo, se ficcionalizan los enfrentamientos con los conquistadores, y los reclamos de los indígenas, que expresan sus razones recurriendo a las convenciones del humanismo ilustrado.

Pese a la importancia de este relato, el nombre de Juan José Nieto Gil no se recogió en las historias nacionales, ni en los manuales de literatura colombiana hasta que, en los años setenta del pasado siglo, un grupo de investigadores recuperó su figura. Entre estos destaca Orlando Fals Borda quien le dedica un volumen de su *Historia doble de la Costa*. Puso en evidencia este trabajo que la huella de Nieto Gil, tanto de sus ascendientes como de sus descendientes, permanecía emborronada y oculta, lo mismo que sucedía con su retrato, excluido de la galería de jefes de Estado colombianos hasta que, en 2018, se le asignó un sitio en la Casa de Nariño, residencia oficial y lugar de trabajo del presidente de Colombia.

En 1981 Fals Borda integró la figura de Juan José Nieto Gil a la historia del Caribe colombiano no solo consultando documentos, sino también recogiendo la memoria viva de la Independencia, una historia de la memoria colectiva[4]. Posteriormente el historiador Eduardo Lemaitre publicaría en 1983 una biografía en la que daba cuenta de la trayectoria política de Nieto Gil, subrayando su protagonismo en las guerras civiles en las que participó.

---

[4] En *Historia doble de la Costa 2. El presidente Juan José Nieto,* Orlando Fals Borda construye una biografía en la que alterna datos históricos, documentos y testimonios de gentes de la región sobre el periodo de formación de la nación y los conflictos sociales y raciales entre las élites locales.

Historiadores como Gustavo Bell publicarían su obra, visibilizando su presencia como escritor ligado a la región Caribe colombiana. José Luis Garcés en su trabajo crítico *Literatura en el Caribe colombiano, señales de un proceso* (2007) ofrecería un perfil en el que subrayaba la voluntad del autor de asumir, por encima de la confrontación, el mestizaje y la comprensión. En 2016, el historiador Alfonso Múnera impartiría un seminario dedicado a Juan José Nieto, que contó con destacados investigadores especializados en la vida y la obra del autor[5].

¿Por qué el poder hegemónico en Colombia le negó a Nieto Gil el lugar que le correspondía al lado de otros militares y políticos que jugaron, como él, un papel decisivo en la formación de la nación? Lo que parece claro para investigadores y sociólogos es que influyó en ello su condición racial de mestizo, o pardo, más que sus humildes orígenes sociales. Con el emborronamiento de su figura se demuestra cómo, tras dos siglos de constituida la República y a pesar de las leyes, la sociedad colombiana seguía excluyendo a mestizos, mulatos y negros, considerados solo como individuos subalternos[6].

Fals Borda ofrece el balance de una trayectoria, valorando sus aciertos y errores como figura pública:

> Evidentemente, Nieto no resultó buen discípulo de Maquiavelo. Quizás, por lo mismo, fue un dirigente esencialmente humano, un jefe popular amante de la democracia y de la tolerancia, que rechazó la violencia autocrática. Al tiempo que reconoció el derecho a la rebelión justa, luchó contra las tiranías, como lo hizo en 1841 y de 1850 a 1854.

---

[5] José Luis Garcés González, «Juan José Nieto», *Literatura en el Caribe colombiano, señales de un proceso,* t. I, págs. 37-45.

[6] El concepto de 'individuo subalterno' se toma de Gramsci quien concebía en la sociedad dos categorías: la clase dirigente y la subalterna. Esta última no responde en modo alguno a un grupo compacto de gente, porque ninguna de las dos responde a una categoría ontológica (véase Jorge Urrutia, *El espejo empañado,* pág. 258).

Simón Bolívar, libertador y padre de la patria (c. 1819), por Pedro José Figueroa (1770-1838). Véase el catálogo de la exposición «Pintores en tiempos de la Independencia: Figueroa, Gil de Castro y Espinosa», Museo Nacional de Colombia.

> Por eso llegó a ser un caudillo anticaudillo. Por eso también tocó en la esencia misma de la costeñidad, quizás en la propia estirpe de los verdaderos colombianos patriotas[7].

La cita marca distancia entre la cultura «costeña» del Caribe y la andina representada por Santafé de Bogotá, capital de la Nueva Granada, desde los tiempos coloniales. Juan José Nieto Gil ya señaló las odiosas asimetrías entre las regiones en una célebre carta a Francisco de Paula Santander, uno de los «padres de la patria». Nieto Gil denunciaba entre otras cosas el injusto régimen fiscal del que se beneficiaban las provincias a costa de los impuestos pagados por su región[8]. Fals Borda también se refiere a personajes realmente maquiavélicos de la política, caudillos como Tomás Cipriano de Mosquera y Manuel González Carazo, déspotas que rendían culto a la fuerza, más que a los argumentos, y que conspiraron frente a Nieto Gil para desprestigiarlo. Pero este, a pesar de las acciones en su contra, fue un líder que disfrutó de la estimación popular y del reconocimiento de los suyos.

Desde la época de las guerras de independencia procede la falta de consolidación de la nación colombiana. En los últimos años se insiste en que no pueden contemplarse ni un único pueblo ni una sola cultura, ni siquiera un mercado único. Por ello se considera el estudio, más que de una literatura nacional, de distintas literaturas regionales. De ahí que *Yngermina* pueda tratarse como novela fundacional colombiana, pero también de la región Caribe.

Editar *Yngermina o la hija de Calamar* me parece, por todo ello, fundamental para entender el proceso de la novela en Colombia y el papel de este género literario en la construcción de la nación imaginada. La novela como me-

---

[7] Orlando Fals Borda, *El presidente Nieto. Historia doble de la Costa 2,* pág. 181.

[8] Véase la carta al general Santander del 7 de agosto de 1835 publicada en *Juan José Nieto. Selección de textos,* selección de Gustavo Bell, pág. 19.

dio de transmisión de valores se inspiró en Hispanoamérica en los principios de la Revolución francesa, invocados por el espíritu romántico de muchos de los próceres de la independencia. Cabe destacar que las guerras de independencia tenían como referente las guerras emancipatorias de los Estados Unidos (1775-1783) y de Haití (1791-1803), así como la Revolución francesa (1789-1793), y la insurrección de los comuneros que estalló en la Nueva Granada, vencida en 1781, que seguía la estela de la anterior rebelión de Tupac Amaru en los virreinatos del Perú y del Río de la Plata.

El género novelesco también proyectaba una mitología de los orígenes que rescató de las culturas indígenas y buscó articularlas con la cultura criolla. El cristianismo, desde la perspectiva de Nieto Gil, contribuiría a regular las costumbres y a sujetar los instintos de unos pueblos considerados salvajes por un sector influyente y hegemónico de la mentalidad occidental. Así, la antinomia civilización y barbarie que, un año después de la publicación de *Yngermina o la hija de Calamar,* fijaría el argentino Domingo Faustino Sarmiento en una paradigmática novela sintetiza las preocupaciones de líderes como Juan José Nieto Gil. No cabe duda de que estos fueron los artífices de la nación pretendida tanto en las guerras civiles, como en los debates a través de la prensa, en las tertulias literarias o en la novela, género ideal que muchos de ellos, empezando por el prócer argentino Bartolomé Mitre, consideraron el más apropiado para transmitir las preocupaciones de su generación.

Con algunos mínimos antecedentes, la obra de Juan José Nieto Gil no había sido incluida en el corpus de la literatura colombiana, hasta que trabajos como *Historia de la literatura colombiana* (1935), de Gustavo Otero Muñoz, y *Evolución de la novela en Colombia* (1954), de Antonio Curcio Altamar, consideraron *Yngermina o la hija de Calamar* como la primera novela concebida en este país, aclarando que *María Dolores o la historia de mi casamiento,* de José

Joaquín Ortiz, publicada tres años antes, no podría tener esa categoría al tratarse de un cuento[9]. Unos años después, en 1962, Donald McGrady, en *La novela histórica en Colombia. 1844-195,* también se ocupaba de Nieto Gil, a propósito de dos obras suyas, *Yngermina...* y *Los moriscos,* suscribiendo las opiniones de Altamar, para quien estas dos obras son «embriones informes de novelas» que respondían en sus componentes a la estética del Romanticismo, opinión tan negativa como la de Muñoz Otero, para quien la novela «carece de cualidades narrativas». Raymond L. Williams, en *Novela y poder en Colombia, 1844-1987,* sugería, en cambio, que *Yngermina o la hija de Calamar* encarnaba una utopía liberal que, por primera vez en la novela, daba voz a los nativos del Nuevo Mundo[10].

Pero la significación de la obra no necesariamente tiene que ver con sus cualidades estéticas, sino con diversos aspectos como la novedad temática o su carácter fundacional. Esta novela de Juan José Nieto Gil parte de un modelo convencional, que se adapta al territorio y a las circunstancias en que se imagina la nación. Resultan posibles diferentes lecturas en las que se pongan en evidencia los procedimientos estéticos propios del género, así como su

---

[9] Raymond L. Williams, en «Los orígenes de la novela colombiana: desde *Yngermina* (1844) hasta *Manuela* (1858)», 1989, recordaba la tendencia de cierta crítica a buscar los orígenes del género en la colonia, e incluso en un periodo anterior. Afirma que se suele señalar *El carnero,* de Rodríguez Freire, como inaugural, incluso *La leyenda de Yuripari,* relato precolombino, o el relato colonial *El desierto prodigioso,* lo que es una decisión muy discutible. Por su longitud, temática y tratamiento, asumo, como otros historiadores de la literatura colombiana, que *María Dolores...* no puede considerarse novela y es más acertado calificarla de relato de costumbres, con intención moralizante. Debe tenerse en cuenta que la palabra novela, en la época, significaba también historia relatada por escrito.

[10] Isidoro Laverde Amaya, en *Bibliografía colombiana,* pág. 266, le dedica una entrada a Juan José Nieto del que cita sus tres obras conocidas: *Geografía...*, *Yngermina...* y *Los moriscos.*

construcción del sujeto colonial, y su acercamiento a un complejo proceso traumático de pérdidas y renuncias a la hora de sentar las bases de una nueva sociedad. Una sociedad que se prepara para resolver los antagonismos y los dilemas entre el pasado y un futuro concebido desde la utopía, aunque, paradójicamente, la civilización implique abandonar el paraíso. Es lo que les ocurre a los personajes de la narración cuando, huyendo del despotismo y de la persecución de un funcionario de la Corona, se refugian en el medio indígena. El rescate de esos prófugos significaría el retorno al orden colonial dentro de las normas y los preceptos aprendidos y asumidos. Yngermina, la protagonista, es el sujeto colonial que adopta la cultura del otro, y Alonso es el conquistador que, atraído por los atributos de la mujer aparentemente nativa, desea casarse con ella. Ambos fundarán la nación, legitimando con su unión el mestizaje, y regulando las relaciones sociales, con el beneplácito de la Iglesia y de las instituciones coloniales.

Juan José Nieto

Juan José Nieto Gil nació el 22 de junio de 1804 en Sirbaco, corregimiento de Baranoa[11], en el departamento del Atlántico. Su infancia, como he señalado, transcurrió en medio de los afanes independentistas que, desde 1810, sacudieron el virreinato de la Nueva Granada. Sus padres fueron don Tomás Nicolás Nieto, un español, y doña Benedicta Gil, una mujer criolla. Tanto los Nieto como los Gil procedían de familias pobres, sin parientes entre los funcionarios reales, sin lazos con los poderosos, pero tampoco

---

[11] Antes de la conquista, este lugar fue un asentamiento de tribus arawak-caribes, situadas a orillas del actual Arroyo Grande, y luego fue refundado por los españoles con el nombre de Santa Ana de Baranoa, según cédulas de la Corona.

estaban sujetos a la servidumbre ni había entre ellos esclavos. Formaban parte de una comunidad que vivía del cultivo de algodón, de la caña, la yuca y el millo. La familia también se dedicaba a la destilación casera de ron. Hijos del matrimonio fueron Juan José, José Manuel, Bartola, Librada y Francisca.

El padre de Juan José desempeñaba a la vez otros oficios, desde albañil, hasta curandero y partero. Asimismo, fabricaba mechas de algodón para elaborar las velas de cera, producto que salía a vender en distintos pueblos, por lo que era apodado el «general Mecha». Parece que, cada cierto tiempo, el matrimonio viajaba a Cartagena para vender las mechas y los sombreros trenzados que elaboraba doña Benedicta. Fue en uno de esos viajes cuando esta se puso de parto, al pasar por el sitio de La loma del muerto, en Sirbaco, camino de Tubará. La leyenda dice que Juan José vino a este mundo en ese paraje bajo un árbol de matarratón[12].

La primera infancia de Nieto transcurre en el pueblo de Baranoa, que pertenecía al corregimiento llamado Partido de Tierra Adentro hasta que, en 1811, Cartagena se declarase independiente de España. Muchas familias españolas se refugiaron en ciudades como Barranquilla y Santa Marta. La región del Caribe se vio envuelta en las intrigas entre españoles y criollos, a favor o en contra del dominio de la Corona española. Cuando el general Pablo Morillo llegó a Cartagena en 1815, para restablecer el orden monárquico y sofocar las rebeliones, Nieto Gil contaba once años.

De niño, Juan José mostró fascinación por los libros. En el estudio que Fals Borda le dedica, se dice que aprendió a leer él solo en los novenarios que le prestaba el mayordomo

---

[12] Árbol de copa amplia de nombre *gliricidia sepium,* cuyas hojas se utilizan como forraje, y con propiedades medicinales. Sus semillas, hojas, corteza y raíz poseen sustancias tóxicas que se usan para envenenar roedores en campos de cultivo, de ahí su nombre común.

del conde don Andrés[13], y que también aprovechaba la biblioteca parroquial, ya que era monaguillo del cura del pueblo llamado Antonio Roso. Tarea de Juan José era cuidar la imagen de madera de Santa Ana, objeto especial de culto. Se dice que el padre Roso le pidió que escondiese unos folletos revolucionarios. El niño aprendió de memoria un escrito que le serviría para fundamentar sus futuras convicciones políticas. Al parecer, se trataba del *Catecismo* o instrucción popular, obra de Juan Fernández de Sotomayor y Picón[14], el cura rebelde de Mompox[15]. Este catecismo, que ya se había publicado en 1814, cuestionaba la legitimidad de la dependencia del pueblo americano de la metrópoli española[16], pero a la vez se expresaba con una visceralidad demoledora contra los trescientos años de colonización, para legitimar la rebelión:

> La conquista no es otra cosa que el derecho que da la fuerza contra el débil, como el que tiene un ladrón, que, con mano armada y sin otro antecedente que el de quitar

[13] Probablemente descendiente de Andrés de Madariaga y Morales, conde de Pestagua, bisabuelo por la línea materna de quien sería la segunda esposa de Juan José, Teresa Plácida de los Dolores Cavero y Leguina.

[14] Juan Fernández de Sotomayor y Picón (1777-1849) fue un sacerdote masón, abogado, educado en el Colegio Mayor de San Bartolomé y en la Universidad del Rosario. En 1801 se ordenó sacerdote y, posteriormente, participó directamente en la lucha por la Independencia. Será uno de los firmantes de la Constitución del Estado de Cartagena de Indias de 1812, en representación de Mompox.

[15] La población de Mompox, al sur de Cartagena, situada a la orilla del Magdalena, fue para algunos historiadores un ejemplo claro del separatismo que, desde el siglo XVIII, buscó romper su dependencia de Cartagena. Estas disputas regionales de hondas raíces sin duda conspiraban, tras la Independencia, en contra la consolidación de la nación colombiana.

[16] En la Costa Atlántica colombiana algunos sacerdotes lucharon por la causa independentista, desde los púlpitos, apoyando a los rebeldes insurrectos a quienes aleccionaron bajo las mismas formas de los catecismos, al igual que algunos curas en España animaron a sus feligreses a luchar contra la ocupación napoleónica.

> lo ajeno, acomete a su legítimo dueño, que, o no se resiste, o le opone una resistencia débil. Los conquistados, así como el que ha sido robado pueden y deben recordar sus derechos luego que se vean libres de la fuerza, o puedan oponerle otra superior[17].

Durante las luchas independentistas, la población de Baranoa se dividió entre realistas y patriotas. Con el triunfo de la Junta Suprema de Cartagena, las clases populares alcanzaron una fuerza muy poderosa, hasta el punto de que la Constitución de Cartagena de 1812 reconocía, por primera vez, el derecho de todos los hombres a participar sin ninguna limitación racial en la vida política del Estado recién constituido[18].

Cuando España pretendía recuperar el dominio sobre la Nueva Granada, las tropas realistas dirigidas por Morillo tomaron, en abril de 1815, Barranquilla y el pueblo de la Soledad, para controlar así el curso del río Magdalena, arteria principal que conectaba a las regiones de la Costa Atlántica con el interior del país. Camino de Cartagena, las tropas pasaron por la población de Baranoa, donde residía el niño Juan José. Cartagena tuvo que esperar hasta el 10 de octubre de 1821 para recuperar la independencia.

Por entonces, Tomás Nieto, el padre, decidió trasladarse con los suyos a Tubará, donde Juan José entabló amistad con

---

[17] Carmona Zuluaga, «Creer en la independencia. El Catecismo o instrucción popular de Juan Fernández Sotomayor», pág. 406.

[18] Alfonso Múnera, en *El fracaso de la nación* (1998), da cuenta de la complejidad de las luchas independentistas en la región del Caribe y del importante papel desempeñado por el pueblo en una contienda en la que entraban en juego los intereses de la Corona española, los de los comerciantes españoles asentados en Cartagena, los de los criollos y los de los artesanos y el pueblo conformado por mestizos, mulatos, negros, indios y pardos.

Francisco Mauri[19], quien le permitiría relacionarse con las personalidades más influyentes de la zona. Posteriormente, la familia se instaló en Cartagena donde Juan José pudo encontrar importantes amistades, de las que adquirió conocimientos de la cultura europea. Se dice que, deslumbrado por la tradición francesa, Nieto Gil pudo aprender este idioma para leer a los románticos como Chateaubriand[20]. Fals Borda recoge testimonios de quienes, como los hermanos Agustín y Adolfo Mier, lo visitaron al final de sus días en su casa, en cuyo salón aseguraron haber visto vitrinas de libros en distintos idiomas[21]. Tatiana Rentería Campaña, en una tesis sobre Nieto Gil, afirma que, durante su tiempo de destierro, se dedicó al estudio de autores franceses como Víctor Hugo, Alejandro Dumas, Eugène Sue y Alphonse de Lamartine[22].

La región del Caribe, que resistió el régimen del terror, también padecía el centralismo ejercido desde la capital de

---

[19] Francisco Mauri descendía de una familia de comerciantes originaria de Cataluña, asentada en el municipio de Tubará, que estableció vínculos de parentesco con la comunidad, al casarse con una indígena del lugar con quien tuvo hijos. Algunos de sus descendientes acabarían por asumir la identidad de la familia materna e, incluso, liderarían con los años las reclamaciones por la expropiación de las tierras del resguardo indígena, según documentos referidos por Sergio Paolo Solano D. y Roicer Flórez Bolívar, en «Indígenas, mestizaje, tierra y poder en el Caribe colombiano, siglo XIX», pág. 273.

[20] Lo que pone en duda el escritor Germán Espinosa, en su prólogo a *Yngermina o la hija de Calamar,* quien afirma que no hay constancia de estas lecturas. Pero teniendo en cuenta sus contactos y movilidad social es muy probable que Nieto Gil sí haya tenido conocimiento, entre otras novelas del Romanticismo, de *Atala,* por ejemplo, obra ampliamente difundida en Hispanoamérica desde el momento de su publicación en 1801, y a partir de la traducción al español de fray Servando Teresa de Mier y Simón Rodríguez, maestro de Bolívar.

[21] Orlando Fals Borda, *Historia doble de la Costa 2. El presidente Juan José Nieto,* pág. 179.

[22] Tatiana Rentería Campaña, *El ideario Federalista de Juan José Nieto Gil, 1835-1864,* pág. 2.

la Nueva Granada y se quejaba del abandono en que se encontraba. Nieto Gil fue consciente de las tensiones con Santafé de Bogotá y defendió siempre la fórmula federalista de gobierno. Dentro de su región destacaban algunos próceres de la independencia, como el doctor Ignacio Cavero y Cárdenas[23]. Este se encargaría de la Intendencia del Departamento del Magdalena y el Istmo, actual Panamá, desde 1824 y, más tarde, se desempeñaría como magistrado de la Corte de Justicia del Magdalena. Al lado de este prócer Juan José Nieto Gil se fue abriendo camino en la política.

Nieto Gil parece que era un hombre atractivo, de facciones hermosas que le facilitaron fluir entre las clases superiores. Por entonces, la ciudad de Cartagena era muy dada a los festejos y a los bailes y el joven pudo conectar con distinguidos personajes de apellidos notables como los Madariaga y López Tagle[24]. A través de ellos conoció a los Cavero, que habían heredado importantes fortunas en la administración de la Aduana y en la proclamada Junta Suprema de Cartagena. A los diecisiete años demostraba suficiente inteligencia y capacidad de asimilarse a niveles sociales superiores. Quizás los cambios sociales, a raíz de las luchas independentistas, permitieron una apertura en aquellos grupos de tendencias liberales, pero tradicionalmente cerrados y excluyentes.

El primer desempeño de Nieto Gil fue un empleo como escribiente y ayudante de la tienda del comerciante canario

---

[23] Ignacio Cavero y Cárdenas (1757-1834), de origen mexicano, fue el cuarto presidente de la Junta Suprema de Cartagena de Indias y signatario de la declaración de independencia de la provincia de Cartagena del virreinato de la Nueva Granada y del reino de España. Defendía un concepto de república basada en la separación de poderes, que derogó el Tribunal del Santo Oficio de la Inquisición.

[24] Juan José Elías López de Tagle y Madariaga, héroe, prócer y mártir de la Independencia de Colombia, llegó a ser gobernador interino del Estado Libre de Cartagena confederado en las Provincias Unidas de la Nueva Granada.

José Palacio Ponce de León. Sin duda, en los primeros años de su formación vivió de cerca los debates en torno a las comunidades indígenas, tema que se llevó al Congreso de Angostura en 1824, que pretendió redimirlos de la opresión[25]. En 1827, se casa con María Rita Margarita del Carmen Palacio García del Fierro, hija del comerciante y de la cartagenera María Francisca García del Fierro y Velacorte, pariente cercana de Rafael Núñez y Moledo —quien sería presidente de Colombia y una de las figuras más influyentes del país en las últimas décadas del siglo XIX—. Con esta primera esposa Nieto Gil tendría un hijo fallecido en la infancia[26].

Tras la muerte de su primera esposa, Nieto Gil volvería a casarse, con Teresa Cavero, en 1834. El matrimonio se estableció en la población de Alcibia, actualmente un barrio de Cartagena, donde doña Teresa había heredado una pequeña hacienda. Empezó a ser conocido en la región y a ocupar cargos administrativos oficiales, aunque entre las familias poderosas lo seguían viendo como un «pardo». No ocultó ni negó sus humildes orígenes sociales, al contrario, sentía orgullo de haberse superado por mérito propio, fruto de un individualismo que surgía de sus ideas

---

[25] Se decretó la igualdad de los indígenas respecto a los demás ciudadanos, se prohibió su explotación, y se llegó incluso a abolir el término «indio» y sustituirlo por el de «indígena», que aludía más a cuestiones sociales. También el general Santander solicitó al Congreso una partida para «civilizar a los indios». Véase David Bushnell, *El régimen de Santander en la Gran Colombia.*

[26] De esta primera unión nace un hijo en Cartagena, el 7 de diciembre de 1828, llamado Ricardo María Nieto Palacio, bautizado en la Parroquia de la Catedral, el día 24 de diciembre del mismo año. Los padrinos fueron el capitán de navío, general don Rafael Toro, y los abogados don Antonio Benedetti y José María del Real. Ricardo María falleció en su infancia. Según Orlando Fals Borda, Nieto Gil tuvo dos hijos naturales: Lope, quien se convirtió en su fiel servidor y guardaespaldas, que falleció en 1864 y Concepción, que le sobrevivió y se casó en Tolú. Pero no se ofrecen datos biográficos de ninguno de los dos.

liberales. Ese año publicó un folleto sobre los derechos constitucionales[27]. El escrito condenaba el despotismo y las aspiraciones monárquicas de quienes pretendían modificar el sistema republicano, establecido por voluntad del pueblo, a la vez que defendía el liberalismo económico.

En la introducción al folleto, Nieto Gil manifestaba su afán cívico y didáctico de informar a los ciudadanos sobre sus derechos:

> Deseoso siempre de que mis compatriotas conozcan lo que son, y a cuánto están comprometidos con la sociedad del pueblo libre a que pertenecen, he hecho reimprimir este cuadernito, con algunas agregaciones útiles a nuestra situación actual en que es preciso que el pueblo se penetre de sus verdaderos intereses para que los sostenga[28].

Fals Borda sugiere que Nieto se animó a incursionar en la política debido a la tentación de Simón Bolívar de proclamarse presidente vitalicio[29] y considerar el centralismo como la única manera de refrenar la anarquía social. Las pretensiones autocráticas de Bolívar dividieron a la opinión pública entre bolivarianos y antibolivarianos. Aquellos pretendían modificar la Constitución de Cúcuta[30] e introdu-

---

[27] A partir de otro folleto previamente editado en Cartagena en 1834 por Eduardo Hernández, titulado *Derechos y deberes del hombre en sociedad.*

[28] Véase *Revista de Estudios Sociales,* núm. 38, Bogotá, enero de 2011, págs. 179-183.

[29] El 17 de diciembre de 1819, en el Congreso de Angostura, Bolívar creó formalmente la República de Colombia, resultado de la unión permanente de los departamentos de Venezuela, Nueva Granada y Quito, cuando aún este último estaba por liberarse. Esta unión existió jurídicamente de 1821 a 1831, cuando se disolvió.

[30] Se trata de la Constitución de la República de Colombia de 1821, cuyo objetivo fue crear la Gran Colombia, unificando a la Nueva Granada (Colombia y Panamá) con Venezuela y Ecuador, que ratifica como presidente a Simón Bolívar y a Francisco de Paula Santander como vicepresidente, y que se mantuvo vigente hasta la muerte del Libertador en 1830.

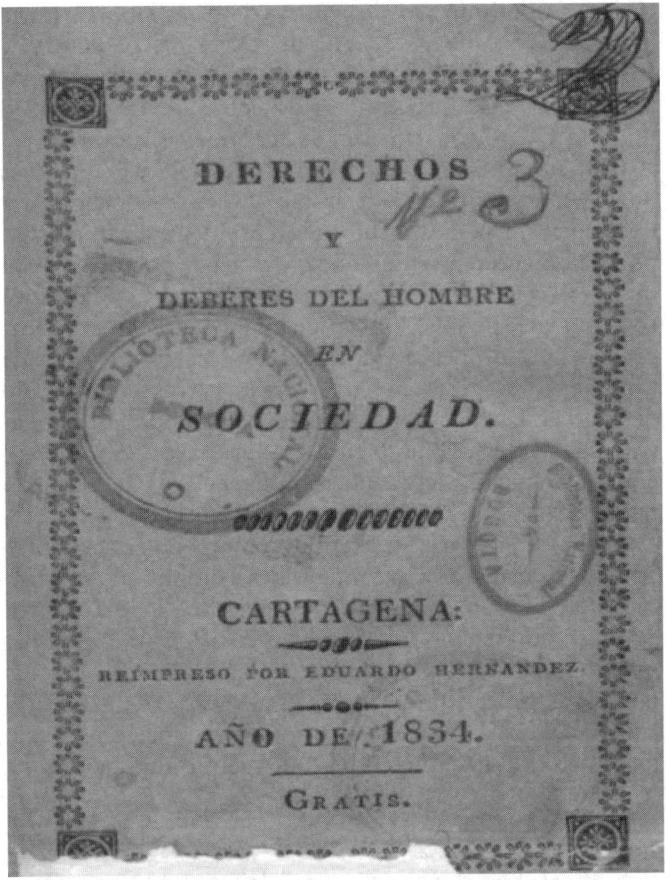

Derechos y deberes del hombre en sociedad, 1834
(Biblioteca Nacional de Colombia).

cir un centralismo tan despótico como impopular. Entre los antibolivarianos se encontraba el general Francisco de Paula Santander, defensor de la legalidad y la soberanía popular, causa a la que se adhirió Nieto Gil. El general lo nombró Guarda de Almacén de la Plaza de Cartagena.

Con su adhesión a Santander, Nieto Gil subrayaba sus inclinaciones políticas federalistas: «[...] soy federalista por opinión y no por capricho ni resentimientos particulares, porque ninguno he tenido que provenga del interior a causa de rivalidades»[31]. En su ascenso político mantuvo los lazos con las gentes pobres y libres, albañiles, curanderos y alambiqueros de su pueblo, pero también con los artesanos de Cartagena, zapateros, herreros, sastres, carpinteros, gremio decisivo en la vida política del país[32]. Como líder carismático, se relacionaba también con los esclavos, cuya liberación proclamaba, y cuya adhesión sería clave para su carrera política.

Nieto Gil, además, se aventuró en una polémica político-literaria al glosar una carta de 1835 dirigida al tipógrafo Bartolomé Calvo por el crítico y poeta José Joaquín Ortiz, autor de la narración *María Dolores o la historia de mi casamiento* escrita en 1836 y publicada en 1841, considerada por cierta crítica como la primera novela colombiana[33]. El autor se quejaba de la escasa atención prestada a su obra, lo que Nieto Gil interpretó como un ataque al gobierno. La

---

[31] J. J. Nieto Gil, *Selección de textos políticos, geográficos e históricos,* pág. 17.

[32] Nieto Gil fue el primer director de la Sociedad Democrática de Artesanos fundada en Cartagena en 1847.

[33] Flor María Rodríguez Arenas, en su artículo «Los orígenes de la novela colombiana», 2002, sitúa en 1836 la salida de la primera publicación literaria *La Estrella Nacional,* de cuyo cuerpo de redactores forma parte José Joaquín Ortiz, y donde se publica primeramente el artículo «Novelas», lo que lleva a pensar que Ortiz era consciente de estar inaugurando un género. Juan José Nieto interpretó la queja de José Joaquín Ortiz en clave política, como una crítica al general Santander. La respuesta de Calvo fue de menosprecio hacia Juan José Nieto.

polémica demuestra el papel de la literatura y la conciencia adquirida de su repercusión entre una élite letrada.

En el proceso de formación de Nieto pudieron influir las premisas básicas de la filosofía del inglés John Locke, al que tendría acceso a través de artículos de liberales franceses y españoles. Se entienden las simpatías de quien defendió la soberanía del pueblo, no otorgada al rey, así como la separación de poderes, la libertad religiosa y la supremacía de los derechos individuales sobre los colectivos. El *Ensayo sobre el entendimiento humano,* de Locke, publicado en francés, alcanzó una amplia repercusión en Europa y en la España del siglo XVIII. La metrópoli tomaba conciencia de la necesidad de introducir reformas en la educación, que el ministro Melchor Gaspar de Jovellanos se encargaría de emprender. Además, las ideas de Locke fueron fundamentales para la Constitución de Cádiz de 1812 y adquirieron mayor fuerza tras las guerras de independencia. Según Luis Rodríguez Aranda: «Los españoles que vivieron en París y los oficiales del ejército de Napoleón fueron quienes dieron a conocer las ideas liberales en España»[34].

En 1839 Nieto Gil ingresó a la masonería como luvetón[35] o aprendiz en la logia Hospitalidad Granadina núm. 1, que es, a juicio de Eduardo Lemaitre, la matriz de toda la masonería colombiana[36], lo que fue decisivo en su carrera. Tras perder las elecciones a la Cámara Provincial de Cartagena, al parecer de manera fraudulenta, se sumó a la Guerra de los Supremos, promovida por el federalista José María Obando, entre 1839 y 1842, para combatir a José Ignacio

---

[34] Luis Rodríguez Aranda, «La recepción y el influjo de las ideas políticas de John Locke en España», pág. 119.

[35] «Luveton», o «Loweton», «Lobeton», o «Lobatillo» son los términos con los que la masonería designa a los acogidos por los maestros, ya que los francmasones se llaman entre ellos hermanos.

[36] Nieto Gil llegaría a ser máxima autoridad como Soberano Gran Comendador, de 1849 a 1850 y de 1860 a 1865.

Márquez, quien había sancionado una ley que ordenaba suprimir los conventos que albergaran menos de ocho religiosos, con el fin de convertirlos en escuelas públicas. Esta medida desató un enfrentamiento de la Iglesia contra el gobierno, y tuvo su origen bélico en la población de Pasto, al sur del país. La guerra se extendió por otras regiones e incluso se sumó al conflicto un país limítrofe, Ecuador, del que dependía el clero de Pasto. Fue una guerra devastadora, que en Colombia «[...] tuvo un impacto significativo en la formación y construcción de bandos y lealtades políticas que luego dieron origen a los partidos políticos surgidos a mediados del siglo: el liberal y el conservador»[37]. Tras participar en las campañas de Mompox y Ocaña, Nieto Gil fue ascendido al grado de coronel. Herido, cayó en manos del general bolivariano Tomás Cipriano de Mosquera, quien pretendió fusilarlo, luego lo dejó prisionero en el Castillo de Bocachica, en Cartagena, y después lo envió a Chagres, en el Istmo de Panamá en 1840.

Una vez liberado, Nieto Gil se exilió en Kinsgton (Jamaica), donde se dedicó a la literatura y, posiblemente, a la lectura de autores franceses e ingleses. Allí escribe *Yngermina o la hija de Calamar*. El tema de *El último Abencerraje,* novela publicada por Chateaubriand, en 1928, que aborda la expulsión de los moriscos de España, sin duda inspira la novela *Los moriscos* (1845), en la que Nieto Gil denuncia el drama que ocasiona un decreto injusto que expulsa de su tierra a un individuo o condena al exilio por motivos políticos a todo un pueblo. Expone aquí la necesidad de la convivencia entre cultos diferentes y valores como la tolerancia. Al igual que otros escritores contemporáneos suyos, Domingo Faustino Sarmiento, Bartolomé Mitre, o José Mármol, Nieto Gil concibió en el exilio una obra en la que proyectaba su situación personal, a la vez que intentaba responder a cuestiones palpi-

[37] Fernando Botero Herrera, *Estado, nación y provincia de Antioquia. Guerras civiles e invención de la región, 1829-1863,* pág. 39.

tantes del momento, como los valores de la nación, su historia y su condición étnica y cultural.

Interesado por la historia y la geografía de su región, se propuso estudiarla visitando pueblos y provincias, por donde fue entrevistando a las gentes que tenían en sus manos documentos y testimonios. Consultó archivos, manuscritos y memorias para aprender sobre los indígenas llamados mokanás[38] y calamares, así como sobre la conquista y la colonización en Cartagena. De esta investigación es fruto *Geografía histórica, estadística y local de la provincia de Cartagena, descrita por cantones,* de 1839, trabajo que sería el germen de su novela *Yngermina o la hija de Calamar*.

En Kingston fue acogido por los hermanos masones ingleses y jamaicanos, que conformaban una de las logias madres; sus miembros habían apoyado a los granadinos en las luchas contra España y, además, habían auspiciado la creación de las primeras logias y del Supremo Consejo de Cartagena en 1833. Nieto Gil asciende hasta el grado 32, el de «Sublime Valiente Príncipe del Real Secreto». Esta vinculación será decisiva en su retorno al país, ya que permitirá su recuperación política y social y lo ayudará a neutralizar las intrigas de un enemigo político como Tomás Cipriano de Mosquera.

En 1847 retornó al país gracias a dos amnistías, una general y otra que admitía la reinscripción de los militares en el escalafón. A su llegada, se estableció en Cartagena, en una casa situada en la calle Santa Teresa. Encuentra la ciudad en decadencia, muchas de las familias pudientes se habían instalado en Santa Marta y Barranquilla, o asentado en otras poblaciones donde se incentivaba el cultivo del tabaco para su exportación. Por esta época escribió una obra titulada *El hijo de sí propio,* cuyo texto parece no conservarse, y funda el semanario *La Democracia* en 1849. Ese mismo año el ala

---

[38] Indígenas que habitaron las poblaciones de Tubará, Baranoa y Piojó, en el departamento del Atlántico.

opuesta al liberalismo, que aglutina a los conservadores, crea el periódico *El Porvenir,* por lo que se agita el debate de ideas entre las distintas facciones liberales y los conservadores.

En 1850 Nieto Gil empieza a publicar por entregas, en *La Democracia,* su novela *Rosina o la prisión del castillo de Chagres* (1850), donde refiere los rigores de la cárcel a la que son enviados los reos muchas veces solo por indicios. Se trata de una novela epistolar protagonizada por la joven Elisa, que se dirige a su amiga Clementina[39]. Así, se entrelazan historias que conectan a las colonias hispanoamericanas con la metrópoli.

Al ausentarse de la ciudad, el general José María Obando nombra a Nieto Gil jefe político del cantón de Cartagena. Esto le permite postularse como representante a la Cámara por el periodo de 1850-1852. Durante su ejercicio en esta Cámara participó en debates de gran repercusión para la historia del país, en los que se aprobaron leyes como la libre enajenación de las tierras de los resguardos indígenas[40], la li-

---

[39] Recuérdese que la novela de Jean Jacques Rousseau *Julie ou La nouvelle Héloise* (1761) también es una novela epistolar entre dos jóvenes, Julie y Claire.

[40] Es un hecho que algunas de las primeras medidas de la naciente república estuvieron dirigidas a proteger a los indígenas. Tras la Independencia, el Estado ordenó la restitución de las tierras que les habían usurpado. En 1821 se determinó que se conservaría el oficio colonial de Protector de Naturales. Sin embargo, también se determinó que las tierras de resguardo se repartirían en pleno dominio y propiedad privada a los indígenas, lo que se reafirma en 1832, prohibiendo la venta de las parcelas adjudicadas durante los diez años posteriores a la entrega, medida que se prolongó a veinte años en 1843. En 1850 se autorizó a las Cámaras de Provincia para el repartimiento, adjudicación y libre enajenación de los resguardos indígenas, autorizando a los beneficiados a disponer de sus propiedades del mismo modo y por los propios títulos que los demás granadinos. Con dicha autorización se adoptaron medidas que tendían a la extinción de los resguardos. Sergio Paolo Solano, en su trabajo sobre esta novela, afirma que Nieto Gil defendió algunos derechos de los indígenas sobre las tierras de sus resguardos, demostrando su respeto por algunas formas del viejo pacto social que vinculaba a gobernantes y gobernados.

bertad absoluta de imprenta, sin responsabilidad ni cortapisa alguna, la abolición de la esclavitud, la abolición del Patronato del Estado sobre la Iglesia, que implicaba separación de poderes con consecuencias, como la validez del matrimonio civil, la supresión de los diezmos, y otras medidas liberales. El 22 de julio de 1851, durante el mandato de José Hilario López, Juan José Nieto tomó posesión como gobernador de la provincia de Cartagena. Le correspondió poner en marcha las leyes aprobadas por el Congreso y la tarea de organizar la renta en Cartagena y de ejecutar las medidas relacionadas con la abolición de la esclavitud y la separación entre la Iglesia y el Estado. Declaró la abolición de la esclavitud de la población negra nacida antes de 1821 en una solemne ceremonia, que se celebró el 1 de enero de 1852, en el lugar que hoy se conoce como Parque del Centenario, pero que en su tiempo era la Plaza del Matadero. Su emocionado discurso celebraba el «triunfo de la humanidad sobre la violencia», pero no dejó de advertirles a los siervos manumitidos que esa liberación no los sustraería de las obligaciones para con la sociedad, como el respeto a las leyes y la defensa de la independencia y la libertad de la República. También se enfrentó a la Iglesia en cumplimiento del edicto para proveer los curatos vacantes, alegando que la ley era contraria a que se le negara al pueblo el derecho a elegir sus curas. El obispo se rebeló y Nieto Gil tuvo que acusarlo ante la Corte Suprema, que suspendió al prelado y lo hizo comparecer en un juicio criminal. Como consecuencia de este enfrentamiento se produjo el cierre de los conventos, lo que exaltó los ánimos de los católicos y provocó enfrentamientos con el gobierno. Curiosamente, esta cuestión también se aborda en la novela *Manuela* (1856), de Eugenio Díaz Castro, donde se ponen en evidencia las contradicciones de quienes defendían el ideario liberal, ajenos a las realidades prácticas y a las necesidades de las gentes del pueblo, y los gamonales que seguían al caudillo de turno, mientras la Iglesia en apariencia intentaba contemporizar con unos y con otros. Sin embargo, no solo en *Yngermina o la hija de Calamar,* sino también en *Rosina o la prisión de Chagres* y en *Los moriscos,* Nieto Gil había destacado la importancia de la religión católica en la educación y en el proceso civilizador. Se puede pensar que no fue fácil para él tomar tales medidas contra la Iglesia.

De nuevo ya elegido gobernador en 1854, apoyó el golpe de Estado encabezado por el general José María Melo[41]. Fals Borda sugiere que Nieto Gil se puso de parte de la dictadura por considerarla necesaria para salir del estado de anarquía. Acusado de rebelión, prevaricato y obstrucción, fue suspendido como gobernador de Cartagena. En junio de 1855, publicó un folleto titulado *Juan J. Nieto, Gobernador suspenso de la Provincia de Cartagena, ante los hombres independientes y honrados de todos los partidos,* texto que se ha llamado «su Defensa». En el escrito desenmascaraba a muchos de los conservadores cartageneros a quienes se negó a entregarles el poder. En su alegato cuestiona el talante de su enemigo, el general Mosquera: «¿Quién valdría más? Si yo tuviese la fatuidad del general Mosquera podría, imitando un célebre personaje, decirle: que la nobleza de mi familia empieza en mí, y la de él concluye en su persona». En ese clima político, Nieto Gil unas veces era tildado de héroe y otras de caudillo o tirano y, si el 25 de enero de 1861 fue elegido presidente del Estado Soberano de Bolívar, distinción que ostentó por más de seis meses, finalmente tendría que renunciar de sus cargos el 4 de diciembre de 1864.

Enfermo, recluido en su casa, recibe la visita de un grupo de admiradores que le rinde un homenaje, entregándole el bastón de mando, por iniciativa de los hermanos masones, el 7 de febrero de 1865. Un sector del liberalismo no olvidaría su legado como valeroso y temible militar, gober-

---

[41] José María Melo (1800-1860) destaca por su compromiso con los artesanos, quienes se organizaron en sociedades democráticas, y por su defensa de la industria nacional, cuando los liberales defendían políticas librecambistas que perjudicaban a los trabajadores locales independientes.

nante igualitario y líder político defensor de la democracia. Por todo ello, en 1865, el Congreso le otorgó una espada de honor. Así concluía la intensa vida política de Juan José Nieto Gil, quien falleció en Cartagena el 16 de julio de 1866. Sus restos descansan en el cementerio de La Manga, en su ciudad, donde el Estado de Bolívar le construyó un mausoleo con su retrato en piedra y con la inscripción: «Al incontrastable republicano».

«Yngermina o la hija de Calamar» en la literatura colombiana

Situar la novela de Juan José Nieto dentro de la tradición literaria colombiana exige recordar que, antes de la Independencia, alcanzada el 7 de agosto de 1819, este territorio dominado por la metrópoli española se designaba como virreinato de la Nueva Granada, que sus límites geográficos eran otros muy distintos de los actuales[42] y que posteriormente recibiría distintos nombres: Gran Colombia, de 1819 a 1831, Nueva Granada, de 1832 a 1861, Confederación Granadina, de 1862 a 1863, Estados Unidos de Colombia, de 1863 a 1886, y República de Colombia desde 1886. Todo ello con pérdidas de territorio, como Panamá, en 1903, y parte de la Amazonía, 1933, en este caso durante la guerra con el Perú.

La tradición narrativa en lo que hoy es Colombia se remonta a lo que fuera el virreinato de la Nueva Granada

[42] En su *Geografía histórica, estadística y local de la provincia de Cartagena, República de la Nueva Granada descrita por cantones* (1839), Nieto Gil retoma las divisiones territoriales. Desde el golfo del Darién, al este, hasta el oeste, con las bocas del Magdalena. Dividida en ciudades, villas, parroquias y agregaciones, contabiliza ciento quince lugares poblados, con unos 152.687 habitantes, en 1835, entre los cuales se cuentan 3.847 esclavos (véase J. J. Nieto, *Selección de textos políticos, geográficos e históricos*, pág. 124).

y ofrece dos antecedentes. En primer lugar, *El Antijovio,* de Gonzalo Jiménez de Quesada, escrito en 1567 (a los treinta y dos años de su llegada a América), aunque solo se imprimió en 1952, al que se suman textos en los que se identifican elementos próximos a los géneros novelescos[43]. En primer lugar, *El Carnero* (como comúnmente se conoce el libro *Conquista y descubrimiento del Nuevo Reino de Granada),* de Juan Rodríguez Freyle, que recoge crónicas comprendidas desde el Descubrimiento hasta 1638[44]. El crítico Antonio Curcio Altamar destaca el «subfondo novelesco costumbrista de esta obra», una de las que pudieron constituir un referente para quienes como Juan José Nieto se remontan hasta los hechos de la conquista en su obra narrativa[45].

En segundo lugar, debe tenerse en cuenta como antecedente del género novelesco la narración *El desierto prodigioso y prodigio del desierto* (1650), del santafereño Pedro de Solís y Valenzuela. Se trata de una obra que incluye textos narrativos, biografía, poesía y teatro, de gran complejidad retórica y argumental. El crítico Álvaro Pineda Botero la relaciona con el Barroco, «donde los límites entre la ficción y la realidad, entre la creación y la crítica, entre el sujeto y

---

[43] Gonzalo Jiménez de Quesada, *El Antijovio* (edición de Guillermo Hernández Peñaloza), Bogotá, Instituto Caro y Cuervo, 1991. Es interesante que este libro no se refiera para nada a América y que su autor proseguía en Nueva Granada la misma línea de pensamiento y de preocupaciones que manifestó en su etapa italiana, porque sentía pertenecer siempre a un mismo dominio.

[44] Juan Rodríguez Freyle, *El Carnero* (edición de Ángel Esteban y Yannelys Aparicio), Madrid, Cátedra, 2023.

[45] *El Carnero* en su segundo capítulo señala la importancia de Cartagena, que tantas riquezas recibe y envía a los reinos de España. En los siguientes se refiere a los caciques de lo que fuera Bogotá y sus alrededores, a sus dominios y rituales, deteniéndose en sus disputas, antes de la llegada de los españoles. Texto que pudo servir de modelo para su estudio antropológico de los rituales del pueblo de Calamar y de sus vecinos.

el objeto van quedando desvirtuados»[46]. Por su parte, Héctor H. Orjuela opina que el relato titulado *Aventuras de Arsenio, el ermitaño,* incluido en esta obra de Solís y Valenzuela, puede considerarse la primera novela de Hispanoamérica[47].

Los llamados escritores románticos son los primeros que, en rigor, fundan las literaturas nacionales en Hispanoamérica. Así, Juan José Nieto puede considerarse un escritor colombiano, tanto por la temática y el contexto en el que se inscribe su narración, como por las circunstancias personales e históricas que motivan su escritura. Su relato coincide con la recepción del Romanticismo en Hispanoamérica, que ofrece modelos narrativos, como el tratamiento del indígena americano y la mirada sobre el paisaje. A juicio de Camacho Guizado: «En los poetas y prosistas románticos se manifiesta el entusiasmo y el fervor de patria nueva»[48]. Si bien este crítico no tiene en cuenta la novela *Yngermina,* las características atribuidas a escritores de este periodo bien podrían aplicarse, con algunos matices, a Juan José Nieto.

Yngermina o la hija de Calamar se inscribe en la categoría de novela histórico-romántica, género que emerge entre el «lirismo de las ideas patrióticas» y el «sentimentalismo interior»[49]. La novela dialoga con el Romanticismo

---

[46] Véase Álvaro Pineda Botero, «El desierto prodigioso de Solís y Valenzuela», pág. 141.

[47] Véase Héctor H. Orjuela, *El discurso narrativo de ficción en Hispanoamérica: cuento, relato breve y novela,* pág. 67; asimismo, Manuel Antonio Arango, *Origen y evolución de la novela hispanoamericana,* pág. 29, quien afirma que esta es la primera novela hispanoamericana. También Héctor H. Orjuela, «El desierto prodigioso y el prodigio del desierto, de Pedro de Solís y Valenzuela, primera novela hispanoamericana», *Thesaurus,* tomo XXXVIII, núm. 2, Bogotá, 1983, págs. 266-324.

[48] Eduardo Camacho Guizado, *Sobre literatura colombiana e hispanoamericana,* Bogotá, Instituto Colombiano de Cultura, 1978, pág. 43.

[49] Véase Antonio Curcio Altamar, *Evolución de la novela en Colombia,* pág. 68.

francés, que inspiró utopías en las jóvenes repúblicas hispanoamericanas y aportó tipos, temas, ambientes y procedimientos estéticos. Uno de esos tipos es el «buen salvaje» incontaminado por los vicios de la civilización, y que tanto juego dio a la pintura renacentista. Pero en este mito del buen salvaje no deja de estar presente la violencia, como se aprecia, por ejemplo, en la pintura de Lucas Cranach[50]. La intriga amorosa cargada de presagios, de sacrificios y renuncias, el paisaje como proyección del sentimiento o del amor a la patria y la atención al yo, así como la rebelión del héroe, el aislamiento del eremita, la huida o el suicidio, son caracteres románticos que encontramos en esta novela.

Pablo y Virginia (1788), de Bernardin de Saint-Pierre, o *Atala* (1801), de René de Chateaubriand, novelas francesas, se convertirán en modelos asumidos por los primeros novelistas del siglo XIX en Hispanoamérica y, aunque solo hubiera sido de oídas, pudieron ser un referente para Juan José Nieto Gil, ya que se tradujeron pronto al español (1798 y el mismo 1801, respectivamente) y ampliamente difundidas[51]. *Yngermina o la hija de Calamar* construye personajes similares a los de estas narraciones. La protagonista asume los valores cristianos impuestos por los conquistadores, representados por el español Hernán Velásques, quien aprende a convivir con los indios respetando sus costumbres, o Catarpa, el rebelde líder indígena, que se

---

[50] Véase Roger Bartra, *El salvaje artificial*, pág. 184, donde aborda la concepción del mito del «buen salvaje» por Rousseau, quien construye un ego salvaje a partir de sus experiencias, sus conversaciones y lecturas, lo que le permitió dirigir una mirada crítica sobre la sociedad, y una afectuosa mirada hacia los hombres.

[51] Véase Ignacio Soldevila-Durante, «Las primeras traducciones castellanas de la *Atala*, de Chateaubriand», donde se aborda la discutida atribución de la primera traducción de esta novela, en 1801, a Simón Rodríguez o a fray Servando Teresa de Mier, escondidos bajo el seudónimo «S. Robinson, profesor de Lengua Española, en París».

ATALA
ó
LOS AMORES
DE
DOS SALVAGES
EN EL DESIERTO;

ESCRITA EN FRANCES

Por FRANCISCO-AUGUSTO

CHATEAUBRIAND,

Y

TRADUCIDA DE LA TERCERA EDICION

NUEVAMENTE CORREGIDA

Por S. ROBINSON, Profesor de
Lengua Española, en Paris.

Se hallará en casa del TRADUCTOR,
calle St. Honoré cerca de la de Poulies,
Nº. 165.

Año de 1801.
(X.mo de la República Francesa.)

423

Atala o los amores de dos salvajes en el desierto,
publicada por primera vez el 2 de abril de 1801.

resiste a ser sometido y defiende el derecho a vivir en su tierra según sus propios deseos[52].

No debe olvidarse que *Yngermina o la hija de Calamar* fue escrita en gran parte durante el cautiverio del autor y publicada en 1844, en Kingston, donde Nieto Gil estaba exiliado por motivos políticos, lo que añade un lugar común romántico a las circunstancias del autor y a sus propósitos de escritura. Nieto Gil extrapola las reivindicaciones de los indígenas a las de los criollos que, durante el periodo independentista, defienden sus derechos y libertades, frente a un sistema colonial que discrimina a los nacidos en América. Sin embargo, Raymond L. Williams asegura que esta novela «encarna la utopía liberal con la que el autor aspira a lograr una aceptación total por parte de la clase alta, combinando en sus novelas las convenciones del Romanticismo y la ciencia europea»[53]. Al presentar al personaje Hernán Velásques, Nieto Gil asume la tradición hispánica recurriendo a la forma del romance para resumir la vida del padre de Yngermina[54].

---

[52] Puede también entenderse esta novela como histórica e inscribirse dentro del subgénero de novela histórica. Roberto Cortázar en su estudio *La novela en Colombia,* publicado en 1908, se ocupa de novelas históricas del siglo XIX, pero no menciona la obra de Juan José Nieto. Entre los autores de los que se ocupa está Felipe Pérez, quien publica la novela *Los gigantes,* en 1875. En esta obra se aborda el estado en que se encontraban las colonias antes de la independencia de Colombia y Venezuela. El narrador lamenta la avaricia y el estado de abyección a que se redujo a los pueblos indígenas. Asimismo, Cortázar menciona algunas obras de Soledad Acosta de Samper, pero olvida títulos como *Los descubridores,* publicada en 1879.

[53] Véase Raymond Williams, *Novela y poder en Colombia,* Bogotá, pág. 46.

[54] Véase Pedro Henríquez Ureña, «Romances en América», pág. 579. También Gisela Beutler, *Estudios sobre el romancero español en Colombia.* Utilizó la palabra «romance» en su sentido propio en la literatura española, no en la errónea traducción del inglés «romance», que debe entenderse como «novela sentimental».

Williams le dedica un análisis a la novela en el que inscribe vagamente a su autor dentro de la tradición literaria de la Costa Atlántica colombiana. Nieto «prefigura —dice— a aquellos novelistas contemporáneos que se han dedicado a narrar "la otra historia" latinoamericana». En cambio, Donald McGrady considera que en *Yngermina* y en *Los moriscos* (ambas cronológicamente son las primeras novelas históricas colombianas) se encuentran ya «todos los defectos que se darán a lo largo del desarrollo de este género en Colombia». Para él son balbuceos de novelas toscas y desaliñadas de gran ingenuidad, «poco sofisticadas», «monótonas» con limitados recursos literarios.

Si, además de *Yngermina o la hija de Calamar,* pensamos en *Soledad* (1847) de Bartolomé Mitre, en *Amalia* (publicada entre 1851 y 1855), de José Mármol, *Manuela* (1857), de Eugenio Díaz Castro, o en *Clemencia* (1861), del mexicano Ignacio Manuel Altamirano, comprobaremos que los personajes femeninos encarnan en las primeras novelas hispanoamericanas el concepto de nación, con sus virtudes morales y religiosas; atributos físicos, condición étnica y con su propia historia. La mujer americana solo posee cualidades positivas, mezcla de ingenuidad, pureza, virtud, lealtad, valor y fervor religioso; ella es capaz de sacrificarse por amor e, incluso, de morir, antes que traicionar los valores morales adquiridos. No obstante, en la mayoría, se trata de mujeres blancas, de la élite criolla, que colman las aspiraciones civilizatorias importadas de Europa, cuyo modelo reproducen en los decorados donde transcurren sus vidas. Por eso puede decirse que la novela hispanoamericana nace con nombre de mujer[55].

Nathalie Goldwaser asume que el discurso amoroso de la novela como antesala del discurso nacional podría encerrar

[55] Puede verse la serie de artículos que, bajo el título «Con nombre de mujer», publico en el periódico dominicano *acento.com.do.*

las claves para comprender la idea de la nación en contextos concretos, como el de Argentina o el de la Nueva Granada. A su juicio, el discurso amoroso tiende a «convertirse en un dispositivo de disciplinamiento», de modo que el discurso nacional se nutriría del discurso amoroso:

> El primero, para disciplinar y legitimar el nacionalismo a través del sentimiento (el ejemplo más claro es el patriotismo que se presenta como una fuerza que «emana» o debiera emanar naturalmente del corazón de todo ser humano, si no se es un apátrida o antipatriota). El segundo, el amoroso, para regular las relaciones entre los sexos. En ambos casos, la fidelidad es el punto capital: «sólo se tiene una patria, la de origen, y sólo se ama a una persona», por eso el Otro, el tercero, siempre es presentado como un obstáculo o amenaza. El vínculo entre ambos discursos produce una forma concreta, un tipo de «discurso sobre el género»; es decir, sobre lo masculino y lo femenino. Lo interesante de esta perspectiva es que se constata que dicho análisis puede aplicarse parcial o totalmente a los discursos de otros países de Latinoamérica y, por qué no, del resto del mundo occidental[56].

De hecho, en *Yngermina* se insiste en la intriga amorosa para subrayar el papel de la mujer en la simbología americana, a la que se dota de cualidades positivas, como si se tratase del ideal al que se aspira. Ella es fiel y virtuosa, como Tambora, la esposa indígena de Hernán Velásques. Es hermosa, digna, inteligente y valerosa, como la ya mestiza Yngermina, quien se enfrenta al tirano Francisco Badillo defendiendo su honor. Las dos mujeres se mantienen fieles al hombre que aman y «defienden la patria» arriesgando la vida. Nieto Gil evoca los hechos de la conquista desde la perspectiva de los indígenas, pero también desde la de los

---

[56] Nathalie Goldwaser, «Mujer y nación en el "discurso" de la intelligentzia en el amanecer de las repúblicas. Un análisis comparativo entre Colombia y Argentina», pág. 402.

conquistadores. Los primeros defienden sus derechos sobre la tierra, que llaman «patria», sus leyes y costumbres; los segundos luchan por construir una nueva sociedad combatiendo con los indígenas que se les resisten, e intentando convencer a aquellos con quienes pueden dialogar. Una de sus estrategias más eficaces es «conquistar el corazón de las mujeres» para sellar alianzas e instaurar la paz. De ello es consciente Alonso de Heredia, cuando comparte con el hermano su proyecto de convertir a Yngermina en su esposa.

Una novela fundacional

Las ficciones fundacionales, afirma Doris Sommer, proyectan «futuros idealizados para países en vías de desarrollo, con frecuencia tras agotadoras revoluciones y guerras civiles»[57]. Así, novelas hispanoamericanas, como *Soledad* (1847) o *Amalia* (1851), arrojan luz sobre el proceso mediante el cual la literatura ha imaginado la nación. Este imaginario tiene como referente los países europeos, cuyos grandes líderes habrían encarnado, según los americanos, los principios de libertad, igualdad o justicia, gracias a un sistema democrático que garantizaría los derechos de las mayorías.

Pero el ideal no coincide con la realidad de los países en formación, ni con los deseos o los intereses de las clases dominantes, menos aún con las clases medias o con las menesterosas. Existe un desajuste entre lo que se proclama y lo que en realidad se propone realizar cada facción política, en un ejercicio que incluye el autoengaño y la traición. En la Argentina de Esteban Echeverría, la «barbarie» del régimen federal, apoyado por la Iglesia, se combate con los principios civilizadores de los unitarios, defensores del centralismo desde

---

[57] Véase Doris Sommer, *Ficciones fundacionales. Las novelas nacionales de América Latina,* pág. 23.

la capital, que miran a Europa. Mientras, en Colombia, el federalismo representa los derechos de las regiones y las garantías individuales, frente al centralismo defendido por los conservadores, que cuentan con el apoyo de la Iglesia. El federalismo defiende los intereses de las élites sobre el puerto de Buenos Aires, por donde entran y salen las mercancías, mientras que, en la Nueva Granada, los federalistas promueven el libre comercio, que permite a las élites importar mercancías de Europa, en detrimento de la industria nacional y del gremio de los artesanos. Nieto Gil, por ejemplo, lidera los intereses del Estado Federal de Bolívar que abarcaba toda la provincia de Cartagena, pero defiende el respeto al gobierno de la Unión, formada en su época por nueve estados soberanos, que hicieron parte de lo que fuera el antiguo virreinato.

Para Benedict Anderson, los términos «nación», «nacionalidad», o «calidad de la nación» son expresiones de distinta y cambiante significación y, al igual que el nacionalismo, son artefactos culturales de clase. Decide por eso entender la nación como: «una comunidad política imaginada como inherentemente limitada y soberana»[58]. Este concepto es orientador a la hora de abordar la ficción fundacional en Hispanoamérica.

Antonio Benítez Rojo, en su trabajo sobre la novela hispanoamericana del siglo XIX, sugiere, por ejemplo, que el deseo y la esperanza de una igualdad racial y sociocultural en los cultos religiosos surge de los mitos sincréticos desde los primeros tiempos coloniales, y que se expresa en sus prácticas culturales:

> Este deseo de que los varios componentes etnológicos de un país (indoamericano, europeo, africano) se dirigiesen hacia un destino común, fue un antecedente necesario

[58] Benedict Anderson, *Comunidades imaginadas. Reflexiones sobre el origen y la difusión del nacionalismo,* pág. 23.

al más complejo deseo de desarrollar una nacionalidad. Más aún, el hecho de que las prácticas nacionalistas —incluyendo las estrategias del arte, la danza, la música y la literatura— preserven estos deseos de integración tan antiguos, corrobora la opinión de Anderson de que el llamado «sentimiento nacional» está unido más al discurso cultural que al ideológico o político[59].

En su trabajo sobre las ficciones fundacionales, Doris Sommer encara novelas que giran en torno a una historia de amor (utiliza el término inglés *romance* para calificarlas), que presentan obstáculos que deben sortear los héroes y heroínas, como los abusos sociales en medio de conflictos políticos. *Yngermina o la hija de Calamar*, sin que obedezca plenamente las normas del drama romántico, ni a los cuentos maravillosos populares que estudiara Vladimir Propp[60], sí pone obstáculos a los enamorados. Para legitimar su unión, Alonso e Yngermina deben contar con la autorización de la máxima autoridad, representante de la Corona española, y con la intervención del obispo, quien inicia a la prometida en los principios del cristianismo. Además, Yngermina debe hacer frente a las insinuaciones y a los asedios del representante de la autoridad española, que hace prisionero a su pretendiente.

Para las ficciones fundacionales son básicos los conflictos raciales y étnicos relacionados con la consolidación de la nación. Simón Bolívar, en el Congreso de Angostura, el 15 de febrero de 1819, había planteado la complejidad racial que debían enfrentar las naciones ya independientes:

No somos europeos, no somos indios, sino una especie media entre los aborígenes y los españoles. Americanos

---

[59] Antonio Benítez Rojo, «La novela hispanoamericana del siglo XIX», pág. 435.

[60] Véase Vladimir Propp, *Morfología del cuento*, Madrid, Fundamentos, 1971.

por nacimiento y europeos por derecho, nos hallamos en el conflicto de disputar a los naturales los títulos de posesión y de mantenernos en el país que nos vio nacer contra la oposición de los invasores[61].

Si en *Yngermina* se aborda el tema del mestizaje y el lugar de los indígenas, tras la conquista del territorio y su dominación política, económica y cultural, en *Cecilia Valdés* (1839), del cubano Cirilo Villaverde, se plantearán los conflictos raciales entre negros, mulatos y blancos en la Cuba colonial, a la vez que se cuestiona la inhumanidad de la esclavitud. Lo mismo ocurre en *Sab* (1841), de Gertrudis Gómez de Avellaneda, que nos sitúa en las rebeliones contra la esclavitud en la Cuba del siglo XIX, mientras que Domingo Faustino Sarmiento, en *Facundo, o Civilización y Barbarie* (1845), propone en Argentina el exterminio del indio y del gaucho para la defensa de la civilización.

En los conflictos raciales se recurre a la relación amorosa como alegoría de la patria, para resolver un dilema moral ante la ilegitimidad de la unión entre dos razas. En *Yngermina* el conflicto se resuelve por medio de la asimilación de la cultura del conquistador por parte de la protagonista, con el beneplácito de las instituciones. En *Cecilia Valdés* (1882), de Cirilo Villaverde, el triángulo amoroso plantea el conflicto entre blancos, mulatos y negros, que denuncia las contradicciones del sistema y la doble moral frente a la esclavitud, que impiden la cohesión social. *Sab* (1841), de Gertrudis Gómez de Avellaneda, en cambio, es una novela de amor, que tiene como protagonista a un esclavo que se enamora de su blanca compañera de juegos en la infancia[62]; la

---

[61] Véase *Pensamiento constitucional hispanoamericano hasta 1830,* Caracas, Biblioteca de la Academia Nacional de Historia, tomo 44, vol. 5, 1961, págs. 149-181.

[62] Cabe señalar que la novela *Sab* se publicó diez años antes que *La cabaña del Tío Tom,* de Harriet Beecher Showe.

intensidad dramática aumenta con la presencia de otro personaje femenino, que entra en rivalidad con la joven pretendida, pero el verdadero impedimento será la condición de esclavitud de Sab, el protagonista, y el papel subordinado de las mujeres, incapacitadas para decidir por sí mismas. En la novela brasileña *El guaraní* (1857), de José de Alencar, la mujer blanca acaba fusionándose en la muerte con el indio Pery, tras una larga relación platónica[63].

Las novelas nacionales que institucionalizaron los gobiernos en las escuelas en Hispanoamérica se centran todas en el amor, empezando por *María* (1867) de Jorge Isaacs, o *Amalia,* de José Mármol. Esta última presenta a Juan Manuel Rosas como el estereotipo del bárbaro, opuesto al proceso civilizador de la nación, que se interpone entre el joven unitario, Eduardo Belgrano, y Amalia. No debe olvidarse que Mármol, como Mitre, y como Nieto Gil, sufrieron la cárcel y el exilio, donde concibieron sus respectivos relatos atravesados sin duda por ansias de libertad y sueños de redención. En *María,* el obstáculo al que se enfrentan los enamorados es más bien difuso, sin causa política, pues, aparentemente, tiene que ver con el mal de la protagonista, con una condición racial velada, o con un sentimiento de pérdida que se cierne sobre los enamorados. Esta obra canónica del Romanticismo hispanoamericano admite diferentes lecturas, bien se trate de una evocación nostálgica de un pasado de hacendados que se lucraban de la esclavitud, o de la cancelación de este pasado en el proceso de modernización de la República. Algo similar sucede también en la literatura brasileña: así, *A escrava Isaura* (1875), de Bernardo Guimarães, muestra el enfrentamiento entre esclavistas y antiesclavistas con el pretexto de conseguir el amor de la esclava mulata.

---

[63] José de Alencar, *El guaraní,* La Habana, Casa de las Américas, 1983.

Juan José Nieto aborda la herencia, a la vez que subraya la importancia del cristianismo, a la hora de fijar el concepto de nación. Son estos valores que diferencian, difusamente, los partidos liberal y conservador. En el caso de *Yngermina,* resulta significativo que el poder literario representado por la tertulia El Mosaico, a mediados del siglo XIX, ni siquiera la hubiese tenido en cuenta, mientras que sí avaló la obra de Isaacs y publicó *Manuela* (1856), de Eugenio Díaz, aunque con alteraciones que molestaron al autor[64]. ¿Qué pudo haber influido en el silenciamiento de la novela de Nieto Gil? Como líder político destacado es poco probable que fuese un escritor desconocido. Quizás su obra publicada no se ajustaba al gusto de la crítica más autorizada en el momento o, acaso, *Yngermina,* publicada en Jamaica, no se difundió en las tertulias en la Nueva Granada y hubo que esperar a 1895 para que se hiciera referencia al autor[65].

Yngermina confiere menos importancia a la historia de amor que a los hechos de la conquista que se narra. La intriga amorosa se integra en la historia de la nación y tiene como protagonistas, en principio, a la princesa indígena del pueblo de Calamar, Yngermina, y a un español, Alonso, el hermano del conquistador Pedro de Heredia. Con

---

[64] Si bien José María Vergara y Vergara en su *Historia de la literatura en Nueva Granada* (1867) no menciona a Nieto Gil, pese a tener conocimiento del autor, tampoco Antonio Gómez Restrepo lo cita en su *Historia de la literatura colombiana* (1946), no es el caso de Laverde Amaya, quien le dedica una entrada en su *Bibliografía colombiana* de 1895. Fernando Guillén Martínez estudió en 1973 la importancia de las asociaciones formalmente no políticas para el ejercicio del poder, pero nunca se refiere a las asociaciones culturales. Véase Fernando Guillén Martínez, *El poder político en Colombia,* Bogotá, Crítica, 1922. La Tertulia de El Mosaico reunía en Bogotá a intelectuales como José María Vergara y Vergara, y fue decisiva para la difusión de la literatura de la época, a la vez que fortaleció su idea de una literatura nacional.

[65] En la Biblioteca Nacional de Colombia no existe más que un ejemplar del primer volumen de la primera edición, donado por el autor en 1856.

ellos se fijan los orígenes de la nación idealizada, la que resultaría del mestizaje. Para cumplir con su propósito, Nieto Gil debe resolver distintas cuestiones como, por ejemplo, los límites de la nación, la composición racial y étnica de la Nueva Granada y, en particular, de la región del Caribe, además de dar por sentado el conocimiento de la lengua española por el total de la población.

La superación de los prejuicios raciales era un reto y exigía una nueva mirada que integrase a los indígenas, considerados desde el poder como salvajes y bárbaros. Con una perspectiva histórica, el autor se remonta a épocas anteriores a la conquista para explicar su preocupación teológica y ontológica respecto a la mezcla de razas «bárbaras» con colonizadores considerados «civilizados». Nieto Gil busca con su relato legitimar la unión entre colonizadores y colonizados, mas no la igualdad entre unos y otros, ya que se impone una jerarquía de poder y teológica, con sus rituales y ceremonias, que deben respetarse. La conversión religiosa, la adopción de los valores de los colonizadores y el matrimonio dentro de los cánones de la Iglesia permiten superar el estigma de la promiscuidad, resultado de una unión no regulada por las normas y los principios dispuestos por la «civilización».

En esta novela el mestizaje es un elemento constitutivo de la nación confederada, específicamente de la región del Caribe, que tuvo como epicentro la ciudad de Cartagena de Indias, lugar mítico de encuentro y de enfrentamientos entre españoles, indígenas y africanos, escenario de despojos, de luchas independentistas y de guerras civiles. Asumida la novela como relato fundacional, podemos decir que el autor aspira a fijar una mitología y unos principios bajo los cuales se levantan los pilares de una nueva república independiente, de mayoría liberal, con un sistema federal que reconoce el gobierno de la Unión.

Yngermina o la hija de Calamar: novela histórica, recuerdos de la conquista, 1533-1537. Con una breve noticia de los usos, costumbres, i religión del pueblo de Calamar está dedicada a la esposa del autor, Teresa Cavero, y en ella le confiesa que el personaje Yngermina es modelo «de tus virtudes, y como hecha para ti». Según anticipa en el título, se empieza con el capítulo «Breve noticia histórica» que el narrador declara haber tomado de una crónica inédita de fray Alonso de la Cruz Paredes, atribución que Álvaro Pineda Botero considera falsa. A su juicio, el hecho pudo tomarse de las noticias de fray Pedro Simón[66]. Nos situamos en un momento anterior a la conquista y en las inmediaciones de Calamar, una de las parcialidades «más civilizadas» y de la que dependían otras. El narrador describe sus formas de gobierno e instituciones, sus alianzas con otros pueblos, y el carácter del cacique. Importan las ceremonias, como el culto a los muertos o la proclamación de un príncipe heredero. Se refiere a deidades y rituales, el papel de los ministros o adivinos; se describen templos, genios buenos o malos, se alude a las ofrendas, como una forma de negociar los sacrificios humanos. Se destacan la importancia de los sacerdotes y las reglas bajo las cuales se regían. Asimismo, se comentan el sentimiento religioso y su concepto de la otra vida, el traslado de las cenizas al bosque de los muertos, lugar sagrado de importancia capital en el relato[67].

Desde los cánones de la cultura impuesta por los españoles, el narrador explica que esta comunidad rendía culto a la fuerza con la que se legitimaba la autoridad. Destaca el respeto que se profesaba a los padres y el privilegio de los

---

[66] Fraile de la orden mendicante agustiniana, que el novelista Germán Espinosa rescata del folclore cartagenero en su novela *Los cortejos del diablo*. Esta orden se propuso fundar un monasterio en el cerro de la Popa en la ciudad, para adoctrinar a indios y esclavos, y su superior fue, precisamente, fray Alonso de la Cruz Paredes, en 1607 (véase Pineda Botero, 2009, pág. 290).

[67] Durante la conquista, los españoles saqueaban los lugares sagrados indígenas, donde se enterraba a los muertos, en busca de riquezas, ya que algunos de estos enterramientos guardaban importantes objetos de oro.

primogénitos, quienes heredaban los derechos del padre sobre la familia. Refiere el papel de las mujeres y las costumbres que permitían la poligamia, la elección de la esposa o los rituales amorosos, como la correría de los amores. Se detiene el novelista también en sus actividades para la supervivencia, los medios de transporte, el diseño de su morada, o los impuestos que debían tributar al cacique y las prácticas de guerra, la participación de las mujeres, que también podían tomar las armas, los trofeos de la victoria, que el narrador estima menos salvajes que los de otros pueblos. Asimismo, se describe la indumentaria de los indios de Calamar, su aspecto físico y sus destrezas, y las primeras impresiones que causaron en los conquistadores que empezaron aliándose con ellos, para acabar sometiéndolos. A esta introducción le siguen ocho capítulos en la primera parte y ocho en la segunda.

La ficción histórica se inicia con la llegada del Adelantado Pedro de Heredia el 14 de enero de 1533 y la reacción de los calamareños, reunidos con su cacique Ostáron, quienes, ante la superioridad de la fuerza de los castellanos, deciden abandonar su aldea y refugiarse en la del llamado Canapote[68] para preparar la resistencia. Tras describir las bondades de esta tierra, el narrador especula sobre las suposiciones de los españoles ante la desbandada y, en diálogo con el personaje Corinche[69], único indio al que pueden interrogar, gracias a la mediación de la india Catalina[70],

---

[68] Personaje histórico, uno de los caciques que ofrece resistencia a Pedro de Heredia, a su paso por los poblados indígenas del Caribe colombiano. Canapote es en la actualidad un barrio de Cartagena que se sitúa, precisamente, en el asentamiento indígena del mismo nombre. En muchas ocasiones los españoles fijarán también como topónimos de un lugar el nombre del cacique.

[69] Anciano de la tribu de Calamarí, quien según la leyenda engaña a Pedro de Heredia llevándolo supuestamente a un lugar tranquilo donde al llegar los indígenas lo esperaban con flechas envenenadas.

[70] Indígena de la etnia caribe mokaná, había nacido en el pueblo de Galerazamba (Bolívar), según la documentación depositada en el Archi-

personaje histórico que acompañaba a Pedro de Heredia. Entretanto, los Heredia van sometiendo a los pueblos vecinos mediante alianzas, con la promesa de que se les respetará, mientras se muestren fieles y leales a las autoridades reales. En un capítulo se presenta a Yngermina con sus compañeras, a la sombra de la emblemática ceiba[71], y a Catarpa, que le reprocha su indiferencia ante la «pérdida de la patria». El narrador da cuenta del linaje de la protagonista, quien es hija adoptiva de Ostáron y prometida de Catarpa. Este se presenta como un joven orgulloso y rebelde, que acusa a los suyos de soportar indiferentes la esclavitud. Los indios asisten con perplejidad a la transformación de su tierra en un nuevo orden urbanístico e institucional, así como a la prohibición de su culto religioso y a la llegada de sacerdotes, que se proponen adoctrinarlos. Yngermina despierta la admiración de Alonso de Heredia, se educa en los principios religiosos y se «refinaba algo más».

También se describen las crueldades cometidas contra los indios como las protagonizadas por Miguel Peralta Manrique, primer alcalde de Turbaco, temido por sus atropellos también contra los españoles, lo que da lugar a una sublevación indígena. El narrador da cuenta de la travesía de Catarpa, una vez frustrada su unión con Yngermina, hasta convertirse en líder de los inconformes con la dominación española, como los indígenas de Turbaco, con los que sella su alianza. Se destaca la dignidad y el valor de

---

vo de Indias de Sevilla. Catalina fue secuestrada de niña en 1509 por Diego de Nicuesa y llevada a Santo Domingo donde fue adoctrinada en los principios del cristianismo. A su regreso a tierra firme se dice que se entregó a la labor evangelizadora.

[71] Árbol que en la novela adquiere un valor simbólico por cuanto está presente en momentos clave de la narración. Gonzalo Fernández de Oviedo en su *Historia general y natural de las Indias* describe con todo detalle la ceiba: «Y a mi parescer, las ceibas son los mayores árboles, por la mayor parte, que todos los destas Indias. Y este árbol es de dos géneros: uno que pierde la hoja, e otro que nunca la deja, o siempre está verde».

Catarpa, que sorprende a los españoles, quienes se proponen someterlo para continuar conquistando el territorio.

El final de la primera parte trae nostálgicas evocaciones del exilio con un nuevo personaje al que se le da voz. El narrador recurre a la anagnórisis, mediante el recurso del relato intercalado para introducir al español Hernán Velásques, que nos traslada primero a Sevilla, su lugar de nacimiento, luego a Granada, durante la expulsión de los moriscos, y, por último, a Valencia (antecedente de la novela de Nieto Gil *Los moriscos).* Se trata de esclarecer hechos relacionados con la protagonista. Velásques llega con Alonso de Ojeda a Calamar, pero se queda rezagado de los expedicionarios y entabla amistad con el cacique de Calamar. Aprende el idioma nativo y se une a la hija del cacique con quien tiene, a su vez, una hija. Su adaptación a las formas de vida de los indígenas se justifica con reflexiones sobre otros momentos de la humanidad. Cabe anotar que este capítulo se abre con un romance, forma poética que, como sabemos, arraiga en Hispanoamérica desde la llegada de los conquistadores y de lo que parece muy consciente el autor.

La segunda parte de la novela retoma los hilos de la narración principal, pero da un giro necesario al equilibro de la trama, para introducir el relato de los abusos cometidos contra la población indígena por parte de Juan de Badillo, enviado por la Corona a Cartagena, en 1536, con el cargo de gobernador de la provincia y quien despoja del mando a Pedro de Heredia. Yngermina y Alonso, separados forzosamente, cuentan con el apoyo del obispo del Toro. Para aumentar la intensidad dramática, se describe el asedio a Yngermina por parte de Badillo, hasta ser despojada de su libertad por rechazar sus pretensiones amorosas. Asimismo, la prisión a la que se ve reducido Velásques permite desentrañar el enigma de los verdaderos orígenes de Yngermina, hija suya, lo que va a dar un nuevo giro a la trama, que obliga a replantearse la función del personaje en el relato.

Yngermina acompañada de Alonso, liberada y asistida por indios que la rodean de cuidados, junto a los hermanos Heredia, aparece en un refugio idílico que permite reflexionar sobre las bondades de la naturaleza y el carácter de sus gentes. La abundancia de frutos ofrece la imagen del paraíso, que alimentó las utopías de los conquistadores. Otro capítulo presenta a Velásques como un personaje positivo, que aprende de los indígenas y, a la vez, comparte con ellos sus conocimientos. Se alimenta la utopía de una América tan hermosa como Yngermina, se describe la belleza de su naturaleza, el espeso follaje, el arroyo y las lagunas de agua fresca y cristalina, las arenas blancas y el aire suave y refrigerante de la atmósfera. Para mostrar otra cara de las culturas indígenas, se recurre al artificio de la analepsis, que nos traslada al pasado mediante la narración de la historia de los personajes indígenas Gámbaro y Armósala. El episodio pone en evidencia las disputas entre los pueblos originarios que favorecen el triunfo de los españoles.

Se cierra la narración con la caída de Badillo y el retorno triunfal de Pedro de Heredia, que vuelve a ocupar su puesto en el gobierno de la colonia, mientras los indios recuperan la tranquilidad, y con la venganza que se cobra el indio matando a Miguel Peralta, quien había sido perdonado por el Adelantado.

El amor y el patriotismo, ingredientes de las ficciones fundacionales, afirman el deseo de pertenencia a una comunidad y un territorio. En el caso de Yngermina y Alonso, estar enamorados significa que son nacionales de la tierra nombrada Calamar, que abarca la provincia de Cartagena de Indias y el Estado confederado llamado Bolívar, parte de una entidad mayor: Nueva Granada (esta no existía en la época en la que se sitúa la historia, pero sí en la del escritor y los posibles lectores). Pero quizás lo más importante sea la constitución racial de la nación; es decir, el mestizaje como resolución del enfrentamiento de culturas.

Esto, literariamente, se expresa con el matrimonio, la paz y la prosperidad de los habitantes.

Una novela histórica romántica

Juan José Nieto confiesa en el título de esta obra que se trata de una «novela histórica» o de «recuerdos de la conquista, 1533-1537», con lo que asegura al lector que toma como punto de referencia documentos, crónicas, pero también los recuerdos que se tienen de la conquista y que, sin duda, fueron recogidos con posterioridad por cronistas que escribieron sobre el periodo de la conquista de Calamar por Pedro de Heredia y sobre la fundación de la ciudad de Cartagena de Indias. Nieto Gil cita como referencia a fray Alonso de la Cruz Paredes, de la orden mendicante agustina, a quien se presenta como autor de una crónica inédita sobre los usos y costumbres del pueblo de Calamar. Se trata de un personaje a quien la tradición relaciona con la construcción de una iglesia dedicada a la Virgen de la Candelaria, en 1607, en el cerro de la Popa, en la ciudad, en el mismo lugar donde indios y negros rendían culto a Buziraco[72], representado en un enorme cabro de oro, que fue arrojado por un precipicio. Es indudable que sus referencias son crónicas que abordan muchos de los episodios narrados en esta novela, como las de fray Pedro Simón, *Primera parte de las Noticias historiales de las conquistas de tierra firme en las Indias Occidentales* (Cuenca, 1627)[73].

---

[72] Buziraco o «Cabrón negro» es una deidad de origen africano asumida por los oprimidos, negros, esclavos, mulatos, mestizos e indígenas, quienes le rendían culto en ceremonias en las que se le invocaba, mientras se tomaban bebidas alucinógenas, se danzaba, cantaba y practicaba el sexo. Como deidad también se invocaba en ceremonias consideradas actos de brujería o conjuros.

[73] Esta primera parte de la obra se refiere a Venezuela, mientras que la segunda y la tercera parte no se publicaron sino en 1882 y 1892 en Bo-

Pero una novela puede imitar los documentos históricos en estrategia de verosimilitud. El recurso a una «crónica inédita» encontrada inscribe a Nieto Gil dentro de la tradición retórica. Cervantes, por ejemplo, toma nombres y apellidos existentes para atribuirles a sus personajes historias inventadas. Nieto Gil se refiere a personajes reales como Pedro y Alonso de Heredia, pero a este último le atribuye un romance ficticio con una mujer mestiza. De la misma manera, introduce en el relato novelesco a caciques y héroes indígenas que existieron y de los que se da cuenta en las crónicas, de fray Pedro Simón (1574-1630) o de fray Alonso de Zamora (1635-1717); al cacique de Zipacúa, o Cambayo, por ejemplo, o a poblaciones indígenas: Canapote, Turbaco, Mahates, Cuspique o Zipacúa. El conocimiento histórico ha exigido, probablemente, tener acceso a archivos, colecciones de libros (si no bibliotecas eclesiales, al menos, privadas) y a tradiciones orales. Todo ello habrá dado pie a la imaginación.

La novela se presenta como un relato histórico o parahistórico sustentado por un «historiador interno», en términos de Roberto González Echevarría[74], que se justifica con notas a pie de página en las que, incluso, puede Nieto Gil citarse a sí mismo, hacer comentarios científicos sobre la flora, las costumbres regionales o los rituales de las culturas, referirse a autores clásicos para reforzar argumentos, aportar precisiones geográficas o históricas sobre los pueblos indígenas o explicar, por ejemplo, el valor de las monedas comparado con el de la época de la escritura... Incluso se refiere a un supuesto documento inédito, la ya men-

---

gotá. Nieto Gil no pudo consultarlas de forma impresa, aunque se sabe que circularon en su época copias manuscritas de las partes no publicadas. Las *Noticias historiales,* de fray Pedro Simón, se editaron a partir de los manuscritos de la Biblioteca Nacional de Colombia, en 1981.

[74] Roberto González Echevarría en *Mito y archivo. Una teoría de la narrativa latinoamericana* (2000) desarrolla este tópico literario.

cionada crónica de fray Alonso de la Cruz Paredes. Además, el autor no olvida que le une a sus lectores un pacto ficcional que permite aceptar la verosimilitud del relato. Para reforzarla, pone en nota a pie de página que algún hecho es histórico.

Sabemos que Nieto Gil se relacionó con una clase social que suponemos letrada[75], y sobre todo con miembros de la masonería. Durante su estancia en Jamaica la logia a la que pertenecía lo puso en contacto con un concepto más cosmopolita de la cultura. No podemos considerar, por ello, que sea un «ingenio lego» que se lanza a la escritura de una novela sin conocimiento previo del género y sin referentes de la tradición literaria española y francesa, como sugieren quienes, como Antonio Curcio Altamar, afirman que sus obras son «embriones informes»[76]. Se aprecian, eso sí, en *Yngermina* dificultades con la norma y uso del idioma, en el régimen preposicional, la ortografía de los nombres propios y la puntuación, atribuibles, como él mismo advertiría, al desconocimiento de la lengua por los cajistas de la imprenta jamaicana[77].

En cualquier caso, la formación literaria de Nieto Gil comienza con los materiales a disposición de las clases medias, en una época en la que su circulación se reducía a una exclusiva élite. Lo que tuvo a mano fueron folletos, catecismos, panfletos, sermones y cuartillas en las que se explicaban asuntos jurídicos como el derecho de rebelión de los

---

[75] Véase Carmen Elisa Acosta Peñalosa, «Literatura vivida, formas de vida y medios privados del siglo XIX en Colombia», *Historia de la vida privada en Colombia,* tomo II, 2011.

[76] Antonio Curcio Altamar, *Evolución de la novela en Colombia,* pág. 72.

[77] *Yngermina o la hija de Calamar* fue editada en la imprenta de Rafael J. de Córdova, en las oficinas del periódico *Gleaner,* de Jamaica, fundado por los hermanos Rafael Jacobo y Joshua de Córdova en 1834, año que marca el final de la esclavitud en la isla. Cabe anotar que Rafael Jacobo, quien alcanzó el grado de Gran Maestro de la masonería, residió en los Estados Unidos y fue un político influyente en el Estado de Texas.

pueblos sometidos. Folletos que él mismo difundió para explicar los principios democráticos y las ideas liberales. También fueron muy comunes en esas primeras décadas del siglo XIX las narraciones compuestas de cartas literarias; no es de extrañar que su novela *Rosina o la prisión del castillo de Chagres* recurra al género epistolar para referir la injusticia de la privación de libertad y de derechos. Por otra parte, como ya he indicado, *El último Abencerraje,* de Chateaubriand, deja eco en *Los moriscos,* novela que le permite a Nieto Gil conjurar su experiencia del exilio, como declara en el prólogo. Tenemos que sospechar por ello que también leyó otras obras de este autor francés.

Los hechos de la Independencia y de la emancipación de la Nueva Granada, que son parte de una historia del presente de Nieto Gil, se integran en la ficción, a través de las continuas extrapolaciones que indican cómo los sentimientos y reclamos del pasado están vivos en el tiempo de la escritura. Así, a lo largo de la novela, voces indígenas expresan sentimientos modernos, como sus ansias de libertad, las reivindicaciones relacionadas con los conceptos de patria, territorio y nación, la defensa de las costumbres y de la propia dignidad, frente a la opresión y la esclavitud. Además, ya dije que la novela se dedica a su esposa, que le había servido de modelo, con lo que atribuye a su protagonista cualidades de una época y de una cultura distintas a la que pertenecería históricamente. Es de subrayar que, en un momento de la novela, el narrador es consciente ya de que ha aparecido la lectura femenina y apela a la atención de sus lectoras, que supone comprenderían mejor los sentimientos de la protagonista.

La proyección de una moral presente a un pasado discutido se debe al deseo de Nieto Gil de buscar las raíces de la nación que pretende definir y delimitar, aunque no fuera plenamente consciente. Las obras literarias, muchas veces, dicen silenciosamente lo que no confiesan en su apariencia. *Yngermina* se escribe, como ya he sugerido, entre disputas partidistas y guerras civiles, durante el destierro del autor, condición (ya de por sí romántica) que determina su perspectiva, tanto sobre el pasado como sobre el presente. Nieto Gil contempla la creación de un país producto del mestizaje racial y cultural de indios y españoles. Debió de asumirse él mismo como mestizo, aunque pone la bondad por encima del propio mestizaje. Los criollos, como Nieto, que es hijo de español, y otros miembros de su generación o de la anterior (Miranda, Bolívar, Nariño, etc.) marginan a los negros, que siguieron siendo esclavos hasta 1851[78]. Los negros, por ejemplo, no aparecen en esta novela[79], pero, probablemente, su interés por el mundo indígena, que conoce por herencia materna, lo distingue de otros próceres y le infunde sinceridad a su mensaje. A la vez, asume como positivos los valores heredados del padre, es decir, su herencia española. Yngermina también es hija de una indígena y de un español que convive con los indios, respeta sus costumbres y les transmite sus conocimientos.

En *Yngermina o la hija de Calamar,* ni todos los indios ni todos los españoles son modélicos, tampoco todas las acciones de unos y otros son positivas. Por eso, el enfrentamiento que se produce en la novela no es entre indios y españoles, sino entre «buenos» (indios o españoles) y «malos» (indios o españoles). Ni qué decir tiene que el modelo de comportamiento es el español, que encarna el espíritu caballeresco y el sentido cristiano de la vida, con su bene-

---

[78] Eso no fue un obstáculo para mantener relaciones afectivas, de distinto tipo, con personas de raza negra, como demuestra en su biografía.

[79] Al respecto, la crítica ha señalado esta omisión del negro en la novela de Nieto Gil, pese a que las crónicas evidencian que los esclavos africanos llegaron a Cartagena con los primeros conquistadores. Fray Pedro Simón, en el capítulo XII del tomo V de sus *Noticias historiales,* refiere la entrada de Pedro de Heredia en Cartagena, el 13 de enero de 1533, quien llega al puerto con: «[...] más de trecientos hombres de pelea, algunas mujeres y negros e indios, esclavos y libres, aljamiados y lenguaraces de aquellas costas» (pág. 83).

volencia y capacidad de perdón[80]. Así, convierte en autoridad lo que tal vez no fuera sino poder.

En esta novela, significativamente, se destacan los pactos de los vencidos con los vencedores, la adopción de su cultura y de sus valores religiosos, como la resignación, la esperanza en una justicia divina y en el imperio del bien sobre el mal. La mujer, que se convierte en imagen de la patria, demuestra, por ello, fortaleza para resistir el mal, espíritu de sacrificio y, sobre todo, capacidad de reconciliación con el enemigo. Esto implica frenar los deseos de venganza que se atribuyen a la naturaleza salvaje.

¿Por qué se representa la nación, con Yngermina, como un personaje femenino? Con ello se garantizaba la consolidación de una nueva sociedad mestiza. No permanecería salvaje y ajena a los principios religiosos capaces de cohesionar la sociedad nacional en fundación. Elevada a símbolo, la mujer se dota de unas cualidades positivas equiparables al microcosmos político denominado Calamar, modelo para el nuevo Estado nacional confederado. Vendría ella a ser el espejo que refleja lo propio y omite lo ajeno, la carta de presentación de «un nosotros en permanente creación», al decir de Álvaro Cruz García[81]. La mujer mestiza es el símbolo asumido para representar a la América libre del yugo español.

Por la diversidad de la Nueva Granada, de sus estados confederados, con distintos pueblos originarios, mokanás, chibchas, motilones, emberá, panches o pijaos, junto a los criollos compartirían una situación común. Ello no quiere decir que el indígena hubiera socialmente dejado de ser «el otro», aquella alteridad desde la que se mide y juzga a los vencidos o a los esclavos, pero no estamos hablando de historia sino de literatura y esta refleja un deseo de ser más que un ser.

---

[80] Véase Idelber Avelar, *Transculturación en suspenso: los orígenes de los cánones narrativos colombianos.*

[81] Álvaro Cruz García, «La "fabricación" de las identidades nacionales: algunas consideraciones», pág. 3.

Sin embargo, lo indígena domina en la representación alegórica de América, por medio de la imagen de una mujer indígena que sostiene el cuerno de la abundancia y que en su emblema lleva estampadas las palabras Religión, Patria, Libertad, Unión[82]. La Constitución del Estado de Cartagena de Indias se ilustra con una moneda que el Estado acuñó en 1812, que lleva la efigie de una indígena. El pintor Pedro José Figueroa (1770-1836) creó una iconografía para celebrar los triunfos de Bolívar y ofrece una representación muy reveladora en la que el Libertador parece abrazar a una indígena[83].

Si la literatura de un país permite entender la historia de un pueblo, la novela de Nieto Gil intenta representar a la nación a partir de las tradiciones indígenas y su transformación por la colonización. Se anticipaba tres años a Bartolomé Mitre quien, también en el exilio, lamentaba, en el prólogo de su novela *Soledad,* publicada por entregas en un periódico de La Paz en 1847, que el género novelesco aún no hubiese echado raíces en suelo americano. No sabemos si Mitre tuvo conocimiento de *Yngermina o la hija de Calamar,* pero, en cualquier caso, en su prólogo a *Soledad* animaba a los escritores a cultivar un género que contribuiría al conocimiento de la historia y a una mayor conciencia de las costumbres, las ideas, los sentimientos y las transformaciones «modificadas por el modo de ser político y social». La novela, a juicio de Mitre, «popularizaría nuestra historia echando mano de los sucesos de la conquista, de la época colonial, y de los resultados de las gue-

---

82 Véase Carlos Rincón, *Íconos y mitos culturales en la invención de la nación en Colombia,* Pontificia Universidad Javeriana, 2014, pág. 146. También Yobenj Aucardo Chicangana-Bayona, «La India de la libertad: de las alegorías de América a las alegorías de la patria».

83 Se trata de un óleo de 1819, que hoy forma parte de la Colección Quinta de Bolívar.

rras de independencia»[84]. Cabe apreciar que José Martí en una carta de septiembre de 1894, dirigida a Manuel Jesús Galván, comentándole su novela *Enriquillo,* afirma que este tipo de novela histórica que contiene idilio, tragedia y epopeya fuese acaso «la manera de escribir el poema americano».

Tal era la preocupación por dar a luz una literatura propia que el colombiano José María Samper, en un artículo publicado en 1854, antes de que Martí expresara su americanismo, comentó con respecto a la marcha de la literatura en América del Sur:

> Desgraciadamente, esta no ha correspondido a su destino especial; pues si la política y todas las ciencias tienen que amoldarse a las diversas condiciones de los pueblos y de las regiones del globo, la literatura, revelación armoniosa de las costumbres de cada pueblo, necesita ser enteramente americana en América, y acomodarse a las condiciones de la sociedad que puebla este continente[85].

Asimismo, el crítico José María Vergara y Vergara resumiría el proceso creador de la literatura en la Nueva Granada defendiendo tácitamente el mestizaje cultural:

> Un pueblo pequeño lucha por formarse su historia escrita, por civilizarse de una manera análoga a la vida salvaje que aún lo rodea, y a la vida europea cuyos hábitos le enseñaron sus padres. Escribe primero una mala prosa que poco a poco mejora: ensaya algunos versos [...][86].

Ideológicamente, el modelo para pintar «las costumbres originales y desconocidas de los diversos pueblos de este

[84] Bartolomé Mitre, *Soledad,* Pinnacle Press, Creativemedia Partners, 1847, pág. 8.

[85] José María Samper, «Nuestra Literatura», en *Miscelánea,* pág. 225.

[86] José María Vergara y Vergara, *Historia de la literatura en Nueva Granada,* pág. 32.

continente»[87] debía ser, para Bartolomé Mitre, el norteamericano James Fenimore Cooper, autor de *El último mohicano* (1826) o *La pradera* (1827). Sin duda, porque entendía que Cooper, al haber nacido en América, novelaba la realidad mientras que Chateaubriand[88] había mirado aún con ojos europeos. Previamente, en 1836, en *La Estrella Nacional*, periódico fundado por José Joaquín Ortiz, se había publicado el artículo titulado «Novelas» con la finalidad moralizante de orientar el gusto del público (particularmente bogotano), tanto femenino, como masculino, hacia un tipo de narraciones de inspiración francesa *(Pablo y Virginia, Atala, René)*, o inglesa (las novelas de Walter Scott). La edición por entregas, en el periódico *El Cóndor* en 1841, de la narración *María Dolores o la historia de mi casamiento*, con la que Ortiz pretendía concretar su propuesta estética, dio lugar, como ya he comentado, a reacciones adversas. El público entendió que se ofrecía una mala imagen de la mujer bogotana, aunque el autor se defendiese argumentado que su intención no había sido otra

---

87 Bartolomé Mitre, *op. cit.*, pág. 9.

88 La repercusión de *Atala*, de Chateaubriand, en la literatura hispanoamericana se debe, entre otros aspectos, al novedoso planteamiento del indio como personaje romántico. Fue tal su impacto que en los treinta años iniciales del siglo XIX se habían editado diecinueve traducciones al español, de las cuales seis habían salido antes de 1808. Juan José Nieto tiene en esta novela un modelo que le permitirá construir un relato en el que el indígena se expresa con voz propia, en diálogo con los valores dominantes. Pone en boca de Alonso de Heredia opiniones respecto al propósito de Alonso de casarse con Yngermina: «Yo creo (le dijo al concluir) que esta alianza es de grande utilidad a nuestros mismos proyectos de conquista. Por ella, nuestros indígenas se persuadirán de nuestras saludables intenciones, pues no reparamos en unirnos con sus hijas, como una prueba de que aun siendo colonos no tratamos de humillarlos y oprimirlos [...]». El problema que plantea Pedro a su hermano es que los indígenas se crean por ello en condiciones de igualdad con respecto a sus señores, tratándose de «naciones medio salvajes, destinadas por la naturaleza a la sumisión y a la obediencia». La respuesta de Alonso se convierte en un alegato que cuestiona los principios de conquista con los que los españoles justifican su empresa.

que presentar «un cuadro de costumbres»[89], y se atribuyó el rechazo a intenciones políticas.

Desde el punto de vista de la estética se trataba, con toda probabilidad, de trasladar a la novela los procedimientos del costumbrismo que, en España, formuló Cecilia Böhl de Faber, quien firmaba bajo el seudónimo Fernán Caballero y tuvo una enorme influencia en América. Esta, en su prólogo de *La gaviota,* confesó el propósito de dar a conocer, en la novela, la vida de un pueblo, su lenguaje, sus creencias y tradiciones:

> No nos hemos propuesto componer una novela, sino dar una idea exacta, verdadera y genuina de España, y especialmente del estado actual de su sociedad, del modo de opinar de sus habitantes, de su índole, aficiones y costumbres. Escribimos un ensayo sobre la vida íntima del pueblo español, su lenguaje, creencias, cuentos y tradiciones. [...] Quisiéramos que nuestra Patria [...] se alzase independiente y por sí sola, [...] pero graduando prudentemente sus mejoras morales y materiales, y adaptándolas a su carácter, necesidades y propensiones. [...] Ahora bien, para lograr este fin, es preciso, ante todo, mirar bajo su verdadero punto de vista, apreciar, amar y dar a conocer nuestra nacionalidad. Entonces [...] pasará de vaso en vaso a las venas, y de las venas al corazón.

Al fin y al cabo, esto es lo que acaba haciendo Juan José Nieto Gil. No hay que dejar de lado el referente de Mariano José de Larra, muy conocido entre la élite intelectual. Desde Santafé de Bogotá, la capital de la Nueva Granada, los miembros de la tertulia El Mosaico, con José María Vergara y Vergara a la cabeza, promovieron esta propuesta narrativa,

[89] Sobre la polémica véase F. M. Rodríguez Arenas, «Los orígenes de la novela decimonónica colombiana: "María Dolores o la historia de mi casamiento" (1836) de José Joaquín Ortiz», en *Literatura: teoría, historia y crítica,* 2002.

adoptada ya en la prensa en los artículos de costumbres. Sin negar el paulatino conocimiento en los países americanos de la literatura decimonónica en francés o en inglés (como el ejemplo de Gertrudis Gómez de Avellaneda permite comprobar), es la literatura española de la época la que más circula y de ahí la influencia de los costumbristas peninsulares, como señaló Roberto Cortázar en su libro *La novela en Colombia*.

Iván Vicente Padilla Chasing, en su trabajo sobre la novela *Manuela*, señala los procedimientos mediante los cuales el costumbrismo se introduce como la propuesta más adecuada al gusto del público, y afirma que:

> Si la élite letrada bogotana quería dar cuenta de la realidad, reivindicar lo autóctono, descubrir la esencia de lo nacional y el sentido histórico de sus creencias, usos y ritos, era necesario despojarse del sentido aristocrático de la vida y untarse del pueblo para reconocer, en sus costumbres, la experiencia histórica que los había llevado hasta ese momento. Si se promovía el costumbrismo como una necesidad para conocer el país y se reconocía su función social, histórica, moral, etc., era necesario hacerlo con un compromiso auténtico[90].

En *Yngermina...* destaca la mirada antropológica que refiere usos y costumbres del pueblo de Calamar y de las parcialidades vecinas, el rescate de la mitología originaria americana, que se transforma en su confrontación con los europeos, entre luchas, acuerdos, pactos y estrategias de seducción, que pronto clasificarán a opresores y oprimidos.

La novela de Nieto Gil refuerza el carácter mestizo del pueblo simbolizado en la mujer, cuyo papel es decisivo en el destino de la nación soñada. En el personaje de Yngermi-

---

[90] Iván Vicente Padilla Chasing, *Manuela y el socialismo utópico*, pág. 85.

na descansa la responsabilidad de alcanzar un entendimiento con el otro. La religión del colonizador sirve de refuerzo del nuevo orden, introduciendo valores como la esperanza en la acción divina y la aceptación del diferente para la consolidación de la paz. No falta, en todo caso, la voluntad de comprender al indígena sojuzgado.

Pensar y hacer la nación

En 1882, cuando todavía siguen discutiéndose los conceptos de patria o nación en la vía abierta por la Revolución francesa, Ernest Renan pronunciará una conferencia en la Sorbonne donde concluye que:

> El hombre no es esclavo ni de su raza, ni de su lengua, ni de su religión, ni del curso de los ríos, ni de la dirección de las cadenas montañosas. Un conjunto grande de personas, sano de espíritu y cálido de corazón, crea una conciencia moral que se denomina una nación[91].

Una definición de patria que sigue teniendo influencia y que, como puede apreciarse, es bastante laxa.

Para Juan José Nieto el concepto de patria[92] se refiere al territorio compartido entre indios, ligados a él por nacimiento, y los españoles, que lo están por un «derecho de conquista» que, a la postre, él defiende o, al menos, asume. De la lectura de la novela se desprende, según vengo insistiendo, que Nieto Gil concibe el presente y el futuro de la Nueva Granada como producto del mestizaje entre indios y españo-

---

[91] Ernest Renan, *Qu'est-ce qu'une nation?*, París, Pocket, 1992, pág. 56. La traducción es mía.

[92] El concepto de 'patria' durante el Romanticismo es bastante difuso. En la Francia revolucionaria 'patrie' se entiende como el país, el Estado donde se ha nacido *(Dictionnaire de l'Ademie Francoise*, París, chez J. J. Smits et Ce, L'an VI de la République, 1798).

les, siempre primando la calidad humana de unos y otros. Ya hemos dicho que no aparecen los afrodescendientes, circunstancia que el ensayista Salvador de Madariaga atribuye al hecho de que «detrás de los negros no había colectividad, masa orgánica, sino solo individuos sueltos, procedentes de lugares diversos de África, trasladados en tiempos distintos y al azar del tráfico»[93].

La reconstrucción de la historia que Nieto Gil propone parte de un proceso de exploración del territorio, de su historia y de sus gentes. Había publicado *Geografía histórica, estadística y local de la provincia de Cartagena,* y el italiano, Agustín Codazzi, en 1828, había iniciado el levantamiento de planos e informes geográficos y estadísticos sobre el territorio de la Gran Colombia. Además, en 1838, Humboldt publicó su *Examen crítico de la historia y la geografía del Nuevo Continente*. También debe tenerse en cuenta al belga Jean J. Linden, que en 1842 realiza exploraciones científicas a través del territorio de la Nueva Granada. Nieto Gil, además, según hemos visto, leyó a los cronistas y consultó en los limitados archivos a cronistas de Indias como fray Pedro Simón y, quizás, a Juan Rodríguez Freyle, pero sobre todo se sirvió de la tradición oral.

Nieto Gil recurre a la ficción novelesca para ofrecer una versión de la historia desde los tiempos de la conquista. Establece así la mitología de los orígenes mestizos de la nación desde 1533, pero también elige un lugar simbólico en la región de la Costa Atlántica, dentro del territorio indígena entonces denominado Macana, de amplia diversidad cultural[94]. En ese asentamiento se había fundado la ciudad

---

[93] Salvador de Madariaga, *De Colón a Bolívar,* Madrid, Círculo de Lectores, 1966, pág. 227.

[94] El territorio mokaná abarcaba las poblaciones de Malambo, Baranoa, Tubará, Usiacurí, Puerto Colombia, Juan de Acosta, en el departamento del Atlántico, de una gran diversidad cultural, que pasó desapercibida para los españoles.

de Cartagena, cinco años antes que Santafé de Bogotá, la capital del virreinato[95], al mismo tiempo que Hernán Cortés avanzaba sobre Nueva España ocupando territorios y pleiteando con sus adversarios.

Juan José Nieto Gil busca las raíces de la nación refiriéndose al pueblo de Calamar, sus costumbres, rituales y leyes, gobernantes y guerreros, históricos y de ficción. Como sujeto colonial, Yngermina se integra en la mitología de los orígenes, aunque sin ser nunca el equivalente de otras mujeres indígenas de existencia real, como la india Catalina que se incluye en el relato, o la princesa taína Anacaona, que fue elevada a símbolo de la nación dominicana[96]. La india Catalina, personaje histórico de la etnia mokaná, sí se rebela en un momento dado. Esto puede explicarse ya que fue raptada, llevada a Santo Domingo y, posteriormente, traída de regreso a Cartagena con Pedro de Heredia, como su traductora y concubina. La historia dice que, en el juicio contra Heredia, de lo que también se trata en esta novela, Catalina corroboró las acusaciones que se le imputaban de rapiña y robo de tesoros. Por el contrario, el personaje Yngermina es dócil ante los españoles.

En la narración, como en la historia, los indígenas oponen resistencia, luchan y acaban siendo vencidos para, posterior-

---

95 No es gratuita la elección de esta fecha conmemorativa (1533), que celebra el hecho mismo de la conquista, en un intento por establecer el linaje de la patria en las fiestas cívicas que integran el pasado indígena a la noción de Patria, como señala Rebecca Earle en su artículo «Padres de la patria y el pasado prehispánico: conmemoraciones de la Independencia durante el siglo XIX», pág. 213.

96 Personaje histórico descrito en el *Diario* de Colón, Anacaona está adornada con altas cualidades físicas y humanas, pero al tratarse de una autoridad para los suyos, como cacica de Jaragua, se le observa con sospecha, hasta que, finalmente, es acusada de traición y ejecutada en 1504 por Nicolás de Obando. Fue objeto de algunos poemas fundacionales dominicanos (véase mi introducción a Salomé Ureña, *Siempre mis aguas tendrán rumores* [poesías], Santo Domingo, Editora Nacional, 2019).

mente, convertirse en colaboradores del colonizador. Nieto Gil se detiene en la epopeya de los vencedores, con Pedro de Heredia a la cabeza, quien se va apoderando de las riquezas arrasando pueblos indígenas, que somete a sus leyes.

> Él había despojado los templos de sus adornos e ídolos de oro, y para formar un cálculo aproximado de lo que podría valer el producto de esta expedición, baste decir que el *puercoespín* de oro, quitado al templo de Zipacúa, pesaba cinco arrobas, y los ocho patos *sagrados* del mismo metal tomados al de Mahates, cuarenta mil ducados, fuera de las demás dádivas preciosas, con que los caciques habían obsequiado a los soldados.

Este despojo del templo de los zipacúas es recogido por cronistas, como fray Pedro Simón, que refiere la rapiña de los españoles en su enfrentamiento con los indígenas, centrándose en detalles que debieron, sin duda, causar asombro:

> Zipacúa que estaba avispadísima del incendio y robo de Oca, de que dio muestras el recibimiento que les salieron á hacer, llegando ya cerca del pueblo, todos los de él, embijados y con un haz de flechas y macanas, con voces tan desatinadas, que más parecían infernales que de hombres, si bien hicieron alto a tiro de escopeta de los nuestros, sin dispararse de una parte ni de otra, con que se dio lugar a que el gobernador, con la lengua, les pudiese dar a entender no haber sido ellos los ocupados en la maldad de la aldea, sino sus enemigos los mahates, contra quien si gustaba el Zipacuá[97], revolvería y haría un ejemplar castigo merecido a tal maldad, y más por haber sido en su presencia, sin haberlo podido reparar y haberse huido y dejádole solo con los suyos; pero que entretanto que determina el cacique la última resolución en esto, se sirva de no pasar de aquel puesto donde tienen hecho alto, él ni ninguno de sus indios, pues él

---

[97] Cacique poderoso, enemigo de Cambayo, amo y señor de numerosos poblados que Heredia encuentra a su paso.

> tampoco ni su gente pasarán del que tienen, sino que antes se rancharían donde el cacique les señalase, sin entrar en su ciudad, por no desasosegarla. [...] No hubieron llegado las primeras luces, cuando el cacique Zipacuá se halló en los ranchos de los españoles, y preguntando por el gobernador, le hizo un más que razonable presente de piezas de oro fino, rogándole se sirviese de visitar su ciudad con algunos de sus compañeros, donde con gusto le serviría. Hízolo con mucho Heredia, y habiendo visto sus casas y gran templo de su adoración, halló en él un puerco espín de oro que dijimos adoraba aquella gentilidad, que romanado pesó cinco arrobas y media. Este se llevó el gobernador, declarando al cacique la supersticiosa adoración que hacían en él, lo que también hizo en el pueblo de Carnapacuá con otros ocho patos de oro que adoraban, de peso de cuarenta mil ducados[98].

Nieto Gil dota de conciencia humanitaria a Alonso de Heredia, quien justifica la empresa desde el punto de vista histórico recordando que íberos y celtas, primitivos habitantes de la Península ibérica, fueron conquistados de la misma manera por otros pueblos, que ocuparon su territorio y los sometieron. Por esta misma razón argumenta en favor de los derechos de los indígenas:

> [...] ¿es culpa de los indios el que la Providencia les haya hecho nacer en estas regiones? ¿Dejan por eso de ser hijos de Dios, y dignos como nosotros de todos sus beneficios? ¿Quién nos ha dado derecho de reputar como esclavos nuestros a hombres que se nos asemejan, tan sólo por la casualidad de haber descubierto sus países?

Este planteamiento, que emana de los españoles que ya se consideraban en el fondo mestizos, justifica en la novela la rebeldía del joven guerrero de Calamar, Catarpa, quien

---

98 Fray Pedro Simón, *Noticias historiales de las conquistas de tierra firme...*, pág. 21.

se resiste a ser colonizado y se enfrenta a Alonso de Heredia con argumentos, como los derechos de los indígenas sobre la tierra y el valor de la libertad.

La novela construye también personajes negativos entre los españoles, codiciosos y crueles, que esclavizan y maltratan arbitrariamente a los nativos, como el gobernador de Cartagena, Francisco de Badillo, o Miguel Peralta Manrique, primer alcalde de Turbaco. Estos extremos son necesarios en la intriga para subrayar el buen gobierno de Pedro de Heredia y la benevolencia de su hermano Alonso, quien desea casarse con una indígena y es capaz de comprender al joven Catarpa. Si Peralta es maligno y abusa de los débiles, entre quienes imparte castigos arbitrariamente, Pedro de Heredia pacta con los vencidos y les ofrece tratos ventajosos para asentar con ellos el nuevo orden. Conocemos testimonios reales de conquistadores, como Rodrigo de Bastidas que, según Juan de Castellanos, no consintieron «hacer maltratamiento ni robar en aquellos naturales».

Recordemos que la Nueva Granada se consolidó como una entidad territorial integrada en la Corona española hasta su independencia. Pero los nuevos Estados surgidos de las tensiones independentistas formularon distintas constituciones que manifestaban el propósito de formar una república federal. Cartagena, que había sido puerto principal del virreinato en la Costa Atlántica, declaró su independencia tanto de España como de Cundinamarca. Con esa diferencia de criterios, ¿cómo consolidar una idea unificada de nación? ¿Cómo salvar las rivalidades entre la Costa Atlántica, que durante el virreinato controlaba los preciados recursos económicos de las importaciones y las exportaciones, y las regiones del interior que defendían sus propios intereses? ¿Cómo fijar los límites de lo que cada Estado federal entendía por nación? Además, los hijos de españoles nacidos o no en América reclamaban igualdad de derechos, y tanto los indios como los mulatos preferían muchas veces a los europeos frente al poder de los criollos.

El autor de *Yngermina...* no solo elabora una novela realmente fundacional, sino que participa personalmente en la creación de una nación. Conoce bien los problemas reales y, por eso, podemos atribuirle una intencionalidad política, aunque no claramente expresa, a su novela. Sabe que, para el asentamiento de una nueva sociedad, se requieren lazos más sólidos que los que otorga la fuerza. Es necesario convencer a los vencidos, para lo que sirve la religión cristiana que, al imponerse sobre las creencias de los nativos, constituye un elemento de cohesión para las nuevas naciones. Las autoridades eclesiásticas de este relato son las mediadoras en el proceso de mestizaje, colonización y de dominación de los pueblos nativos. Personajes como el obispo fray Tomás del Toro están dotados de bondad y virtudes cristianas. Al denunciar los abusos de los conquistadores contra la población y las falsas acusaciones contra Heredia, es el obispo quien restablece el orden.

Únicamente se ofrece una visión positiva de los prelados de la Iglesia, ya que Nieto Gil fue formado por un sacerdote en los principios de la libertad. En cambio, de las costumbres de los hijos de Calamar, de sus creencias y rituales, se da una visión superficial. Para integrar a los indios sin reclamo alguno, el autor minimiza el tema del canibalismo[99], a la vez que cuestiona algunas de las «bondades de la

---

[99] Sobre la proyección de la imagen monstruosa de los indígenas americanos, a quienes se atribuyen actos de canibalismo, Álvaro Félix Bolaños en *Barbarie y canibalismo en la retórica colonial* (1994) cuestiona, aunque no lo niega, el estigma del canibalismo. Incluso aparece en las crónicas de fray Pedro Simón, quien asegura haber presenciado actos de canibalismo entre los indígenas pijaos, a los que consideraba bestiales. La historiografía moderna, que fija una cronología de lo narrado y lo vivido, pone en duda la veracidad de estos testimonios. Nieto Gil refiere la práctica del canibalismo entre el pueblo de los Sinú, que consistía en colgar las cabezas de los muertos en sus andas y en sus casas, comiéndose después sus cuerpos. La Corona española prohibió que los indios fuesen esclavizados, aunque permitió que fuesen vendidos como esclavos aquellos quienes realizaran tales hechos. La medida, sin duda, animó a los traficantes a atribuir esta práctica a los indígenas, fuese o no cierto.

civilización», en contra de las costumbres de los nativos. Asimismo, los reclamos de los protagonistas coinciden con las ansias de libertad que alimentaron el discurso independentista en las primeras décadas del siglo XIX. Ejemplo de ello es Catarpa, quien le responde a Alonso de Heredia:

> ¿Crees, orgulloso castellano (me respondió), que preferiré la deshonra de deber la vida al enemigo de mi patria, a la muerte gloriosa que en esta hora me ha de libertar de una miserable esclavitud? Si te precias de generoso, déjanos en paz en nuestra tierra [...].

Nieto Gil se hace eco de las reivindicaciones de los indígenas, al igual que el poeta José Joaquín Olmedo en «La victoria de Junín. Canto a Bolívar» (1825) que les da voz[100]. El Libertador no estuvo de acuerdo con ese planteamiento indigenista, pues interpretó una advertencia de que los indios pudiesen rebelarse contra los nuevos amos de América. Charles Minguet señala al respecto:

> En realidad, la inclusión dentro del ideario de los criollos de la época que va de 1750 hasta 1825, de lo que llamaré el patriotismo arqueológico, es decir, la valoración y exaltación de las antiguas culturas mexicanas y peruanas, no representa de ninguna manera el deseo de integrar la población india del cuerpo social, del que los criollos acaban de expulsar a los españoles[101].

---

[100] «Yo soy Huayna-Cápac, soy el postrero / el vástago sagrado; / dichoso rey, mas padre desgraciado. / De esta mansión de paz y luz he visto / correr las tres centurias / de maldición, de sangre y servidumbre / y el imperio regido por las Furias». Olmedo, incluso, se permite que el jefe inca aconseje a Bolívar: «Tú la salud y honor de nuestro pueblo / serás viviendo, y Ángel poderoso / que lo proteja, cuando / tarde al empíreo el vuelo arrebatares / y entre los claros Incas / a la diestra de Manco te sentares».

[101] Charles Minguet, «El concepto de nación, pueblo, estado y patria en las generaciones de la Independencia», pág. 64.

Sugiere Edmond Cros[102] que la construcción cultural de la identidad suele adoptar los valores impuestos desde la mentalidad masculina, las maneras caballerescas y la religión cristiana. Ya se ha dicho que no todas las mujeres indígenas están en la línea de Yngermina, que se adapta a los valores y a los códigos de conducta que podemos denominar colaboracionistas, o de su madre Tambora. La joven guerrera, compañera de Catarpa, orgullosa y valiente, se muestra «varonil en la prosperidad, como en la desgracia», lo que responde a lo que dicen muchas veces los cronistas respecto a la participación de las mujeres indígenas, que luchan igual que los guerreros.

Hay, como lo habrá en *Cumandá* (1879), del ecuatoriano Juan León de Mera, el deseo de evidenciar el esfuerzo de comprensión de la mentalidad de los indígenas por parte de los colonizadores, lo que estaba presente en autores como Juan de Castellanos (1522-1607), quien exalta los valores de los indígenas, al tiempo que lamenta que no hubiesen podido mantenerse fieles a sus tradiciones. En su largo poema *Elegías de varones ilustres de Indias,* denuncia, por ejemplo, al conquistador codicioso, violento e ignorante defendiendo que entre los indígenas no existiese el concepto de la propiedad de la tierra: «Verás abuso grande de crueldades / En el que mal ninguno merecía; / Verás talar labranzas y heredades / Quel bárbaro sincero poseía, / Y en su reinado y propio señorío / guardarse de decir es esto mío»[103]. Juan de Castellanos considera que los indios viven en la mítica Edad Dorada, a la que se refiere el *Quijote*

[102] Sobre la construcción de la identidad del sujeto colonial véase el artículo de Edmond Cros «El sujeto colonial: no representatividad del otro» en su libro *El sujeto cultural. Sociocrítica y psicoanálisis,* págs. 39-58. También el artículo de Santiago Arango Giraldo «La falsa identidad mestiza en *Ingermina o la hija de Calamar.* El caso de Ingermina y el enunciado de poder».

[103] Juan de Castellanos (1856), *Elegías de varones ilustres de Indias,* Elegía I, Canto I (edición de Gerardo Rivas Moreno, Bogotá, Gerardo Rivas Editor, 1997, pág. 38).

(capítulo XI de la primera parte) cuando, en su discurso a los cabreros, dice que en dicha edad se «ignoraban estas dos palabras de *tuyo* y *mío*». Nieto Gil ya no puede considerar el mito de la Edad de Oro, puesto que la llegada de los europeos acabó él.

Arturo Uslar Pietri, en su ensayo «El mestizaje en el Nuevo Mundo»[104], sugiere que, en el encuentro de españoles e indígenas, hubo propósitos manifiestos que quedaron frustrados o adulterados por la historia. Los indígenas, en particular los de más alto grado de civilización, aquellos —diríamos nosotros— que no estaban ya sufriendo un régimen de esclavitud anterior a la conquista[105], trataron de preservar y defender su existencia y su mundo. El propósito declarado de los españoles era convertir al indio al cristianismo y, de forma más o menos velada, en un trabajador sumiso. Ni unos ni otros lograron este propósito. Es este intento lo que da cuerpo a la novela *Yngermina...*, que se cierra con la venganza del indio contra Miguel de Peralta por los abusos cometidos. Nieto Gil salvaguarda así valores como la magnanimidad y la capacidad de perdón que pregona el cristianismo, atribuido solo a espíritus civilizados, y deja a la mentalidad indígena en el terreno de la venganza como consecuencia del resentimiento por los abusos cometidos[106]. Como ya se ha dicho, los reclamos de los indios protagonistas coinciden con las ansias de libertad que alimentaron el discurso independentista en las primeras décadas del siglo XIX. Ejemplo de ello es Catarpa, quien le res-

---

[104] Arturo Uslar Pietri, *La invención de América mestiza,* págs. 252-262.

[105] Véase Andrés Reséndez, *La otra esclavitud. Historia oculta del esclavismo indígena.*

[106] John H. Elliott explica bien cómo la promesa de evangelización de América es lo que sirvió a los reyes españoles, desde Fernando el Católico, para asegurarse el poder sobre las tierras conquistadas. Incluso dejó a la autoridad papal fuera de América, como demuestra la ausencia de la preocupación americana en las discusiones del Concilio de Trento (J. H. Elliott, *El viejo mundo y el nuevo, 1492-1659,* págs. 103-104.

ponde a Alonso de Heredia: «¿Crees, orgulloso castellano, [...] que preferiré la deshonra de deber la vida al enemigo de mi patria, a la muerte gloriosa [...]?». Evidentemente, el contexto de las luchas independentistas y de las guerras civiles posteriores revive los hechos de la conquista, para poner en boca de los indígenas las reclamaciones sobre la tierra que, en la novela, los indios llaman patria.

La cuestión racial es tan insoslayable al referirse a la novela que a Juan José Nieto Gil se le presenta como «el primer presidente negro de Colombia», aunque historiadores como Fals Borda lo designan como «mestizo»[107]. Conviene tener presente que en el Caribe colombiano el grupo racial afrodescendiente ha contribuido en gran medida a fijar los rasgos identitarios de la región. Sin embargo, en *Yngermina o la hija de Calamar* solo se aborda el mestizaje entre españoles y pueblos originarios del Caribe.

Juan José Nieto Gil era hijo de un español emigrado que no debía llevar mucho tiempo en Las Indias, quien se casó con una joven de familia criolla, probablemente de ascendencia indígena, lo que explica sus rasgos faciales en la única fo-

---

[107] Roger Bastide corrobora la complejidad del mestizaje en *Las Américas negras* (1967) donde recuerda que las Antillas, pobladas primero por indígenas arawak, fueron ocupadas posteriormente por indios caribes, que mataron a todos los hombres y se quedaron con sus mujeres, de donde resultó el primer sincretismo cultural, visible principalmente en el idioma, herencia que posteriormente fue recibida por los caribes negros. Asimismo, recuerda que en 1635 se hundió en sus costas un barco español cargado de negros africanos. Después de haber matado a los marineros blancos, estos lograron escapar, lo mismo ocurrió con un barco británico. Los africanos prófugos se mezclaron con los indígenas, que los convirtieron en esclavos. Dentro de estas culturas asentadas en el Caribe los esclavos eran parte de la familia y la unión entre las dos etnias dio lugar a los mestizos conocidos con el nombre de caribes negros. Además, en *El negro en Costa Rica* (San José, Editorial Costa Rica, 1981), de Carlos Meléndez y Quince Duncan, se lee que en estas tierras: «Llegó incluso el momento en que físicamente era imposible diferenciar un esclavo mulato o mestizo de cualquier otra persona libre».

tografía que conocemos de nuestro autor (sin duda un daguerrotipo)[108]. En él confluían evidentemente los elementos raciales[109] constitutivos y dominantes de la nación emancipada: el blanco europeo y el indígena americano. Como la gran mayoría de los hispanoamericanos, puede decirse que Nieto pertenece a la «raza cósmica», que diría el mexicano José Vasconcelos, o al colectivo designado como los «pardos», de amplio espectro[110]. El tema racial no es en absoluto banal en los países donde no acaba de asumirse el mestizaje[111].

---

[108] Fals Borda describe físicamente a Nieto Gil como un hombre de piel cetrina clara, ojos zarcos verdosos, nariz recta y amplia, labios finos, cejas arqueadas, cabello negro, medio rizado, características tan dispares, que solo se pueden explicar en un individuo mestizo de la raza cósmica, triétnica, resultado de la mezcla de blanco, indio y negro.

[109] Tan importante fue la cuestión racial en el proceso de consolidación de la cultura hispanoamericana durante la colonia, que se recoge en los censos de población realizados generalmente por religiosos, donde se categorizan diferentes grados de mestizaje, como por ejemplo en algunas zonas del Caribe, donde se observa la existencia de mestizos, esclavos, zambos, indios puros, libres, mulatos, españoles e hijos «no rotulados».

[110] El término «pardo» designa a grupos raciales de ascendencias étnicas variadas, bien sean mulatos, mezcla de blancos y negros, de indios o blancos o de negros e indígenas.

[111] Carlos Fuentes, refiriéndose a los retratos que se hicieron de Bolívar, ofrece al respecto una opinión que, aunque discutible, responde a una realidad histórica: «Los retratos de Bolívar subrayan, idealizan o disimulan la mezcla racial. Pero la relación con Hipólita [la mujer de raza negra que lo cuidó en su infancia] es mucho más reveladora. Como lo escribió el venezolano Arturo Uslar Pietri, todos somos, a través de nuestras nanas negras o indias, triculturales en la América española. Aun cuando seamos blancos puros, también somos negros e indios. Pero también un puro negro o un indio puro participa del mundo europeo. Es decir, el triculturalismo no es una cuestión racial. Más bien la cultura se impone al racismo» (Carlos Fuentes, *El espejo enterrado,* Madrid, Taurus, 1997, pág. 360). En Colombia hubo que esperar a la Constitución de 1991, que en su artículo 7 «reconoce y protege la diversidad étnica y cultural de la Nación». Son seis los artículos que se refieren a los derechos de los distintos grupos étnicos, como el recibir, por ejemplo, una educación en su propia lengua y tener representación en la Cámara, entre otros. Cabe señalar que algunos de esos derechos ya los habían conquis-

La Revolución francesa con sus ideas trascendió en Hispanoamérica, a la vez que alimentó un imaginario que aportó argumentos e inspiró las luchas independentistas, tras las consignas de libertad, igualdad y fraternidad. Además de aportar modelos políticos, como Napoleón, tan presente en el pensamiento de Simón Bolívar[112], la Revolución propuso modelos literarios, como *Atala* de René de Chateaubriand.

En Chateaubriand encontramos claves interpretativas para *Yngermina...*, así el valor que cobra el cristianismo. El español López, padre de Atala, es protector de Chactas, indio a quien pretende «civilizar» inculcándole los valores religiosos. Estos valores son defendidos por el autor francés que buscaba una reconciliación con la naturaleza y con los valores republicanos. De su experiencia en América, donde permaneció cinco meses, surge el relato sobre la tribu de los Nachez y *Atala,* narración que se concibe integrada en *El genio del cristianismo,* y que pretende ser un ejemplo introductorio a los misterios de la vida y la muerte que explicase el sentimiento religioso en el ser humano. *Atala,* publicada antes que la edición completa de *El genio...,* casi como anuncio y como ensayo, ofrece tres aspectos clave: el descubrimiento del paisaje, la importancia del relato oral y la visión de la otredad, del indio como buen salvaje. Porque, no lo olvidemos, América ha venido siendo una invención literaria de la mentalidad occidental. Pensemos en las crónicas, donde el conquistador se enfrenta a un mundo desconocido, que compone y adapta a su imaginario.

---

tado los negros y mulatos de Cartagena en su efímera Constitución de principios del siglo XIX, y que Bolívar no contempló esa posibilidad en sus decretos sobre la enseñanza.

[112] «Sobre aquel cielo brillaban las nubes maravillosas de la libertad, de la fraternidad, de la filantropía y de la democracia, nubes etéreas con alas de ángel; y en curiosa oposición, irradiando sobre ellas, una luz demasiado esplendorosa para negada por su origen impuro, el sol imperial de Napoleón» (Salvador de Madariaga, *De Colón a Bolívar,* Madrid, Círculo de Lectores, 1966, pág. 223).

La característica de Yngermina le debe mucho al personaje de Atala que es hija del español Felipe López, quien a su vez es padre adoptivo del indio Chactas. Al mismo tiempo, René, el europeo a quien se cuenta la historia, en una operación de ida y vuelta cultural, es un joven que desea ser admitido como guerrero de la nación indígena de los Nachez. Al lado de los protagonistas aparece el padre Aubry, misionero que encarna los valores cristianos y reflexionará sobre la función de la mujer, junto al lecho de muerte de Atala, remontándose a Adán y Eva, también salvajes a quienes, sugiere el religioso, estaba destinado el paraíso. Los personajes de *Atala,* sin ser totalmente salvajes ni absolutamente civilizados, resultan ejemplos de bondad y felicidad en la naturaleza. En esa América de Chateaubriand los escritores encontrarán la pureza que la literatura posterior querría descubrir.

Juan José Nieto responde en esta novela a cuestiones palpitantes sobre los orígenes de la nación, que él ve mestiza y pluricultural. Y lo hace desde la tradición literaria de América recién inaugurada por Chateaubriand. Entre las disputas partidistas en las que la Iglesia y la religión cristiana juegan un papel decisivo, emerge un pueblo compuesto por mulatos, negros y pardos reivindicando sus derechos.

Si con su acción política pretendió llevar a cabo los ideales de igualdad de todos los individuos, la separación en lo posible entre Iglesia y gobierno, y la democracia representativa, en *Yngermina o la hija de Calamar* Nieto Gil pergeñó su idea de la sociedad del nuevo país, plegado a la retórica literaria de la época, impregnado todo, naturalmente, de una visión romántica de la vida.

En esta novela de Juan José Nieto, la literatura, una vez más, amplía su papel y, más allá de la invención de una vida o de darle sentido a la experiencia de los seres humanos, se convierte en símbolo. Colombia no puede sino mirarse en *Yngermina...* porque su autor supo integrar el pasado indígena y el periodo de la conquista para imaginar, desde el mestizaje de las culturas, la patria del mañana que él tanto había deseado.

Esta edición

En las tres últimas décadas se ha ido despertando un interés por la persona y la obra, tanto política como literaria, de Juan José Nieto Gil, que ha dado lugar a algunas publicaciones, y de las que se ha beneficiado la presente edición. No debe olvidarse la importante labor política, administrativa y constitucional que el personaje desarrolló a lo largo de su vida. Su obra literaria, en cambio, ha adolecido de menor dedicación por parte de los investigadores.

Si la bibliografía sobre *Yngermina o la hija de Calamar* es ya notable, no existía hasta ahora una edición crítica, laguna que busca cubrir en lo posible este libro. He partido de la primera edición, en dos volúmenes, publicada en Kingston, Jamaica, en 1844, durante el exilio político del autor.

He revisado el texto de esa primera edición, corrigiendo los abundantes errores ortotipográficos que se debieron, en mucho, al desconocimiento que los cajistas de lengua inglesa tenían de la lengua española. Enmiendo y actualizo algunos usos idiomáticos para mejor comprensión del texto; he corregido todas las comas que separaban el sujeto del verbo, revisado algunos usos preposicionales y recurrido a la separación por guiones en los diálogos, signo que también se utiliza en los incisos del narrador. He modernizado también el uso de la preposición «a» delante del complemento directo de persona.

También he corregido el excesivo empleo del punto y coma cuando cumple la función del punto. Asimismo, se ha unificado el uso de mayúsculas, según el *Diccionario panhispánico de dudas*. Sin embargo, se respetan algunos usos, como el laísmo, considerado inadecuado pero que, quizás, fuera utilizado por funcionarios de la Corona y otros ciudadanos de la metrópoli que, en los siglos XVIII y XIX, pudieron llevar a América ciertos hábitos lingüísticos peninsulares. Finalmente, pongo en cursiva las historias intercaladas en las que un narrador refiere su vida y experiencias para esclarecer la intriga.

En notas a pie de página aclaro términos en desuso o locales y proporciono los datos históricos que permitan contextualizar la acción. Cuando ha sido posible, explico el origen de algunas afirmaciones históricas de Nieto Gil quien, como he indicado en la introducción, llevó a cabo un amplio estudio histórico y geográfico de lo que hoy es el Departamento colombiano de Bolívar y en particular de la ciudad de Cartagena de Indias.

Agradezco la ayuda prestada por los funcionarios de la Biblioteca Nacional de Colombia, tan atentos a la hora de facilitar mi acceso a los libros y a la documentación. También tengo presente la generosidad del Dr. Gustavo Bell, estudioso de la obra de Juan Nieto Gil, quien me hizo llegar sus trabajos. María Isabel García puso amistosamente a mi disposición volúmenes de su biblioteca personal, así como María Teresa Arango Cortázar, quien me envió el trabajo de su abuelo, Roberto Cortázar. Agradezco a Elena Cianca, lexicógrafa de la RAE, la información recogida en diccionarios y glosarios del nombre *Calamar*. Por último, debo decir que la Editorial Cátedra y su directora acogieron desde el principio con entusiasmo este proyecto de una novela tan poco conocida, en su colección de Clásicos Hispánicos.

Deseo que la presente edición sirva para introducir en el canon histórico de la literatura hispanoamericana una obra que, probablemente por su corta edición en Jamaica y su escasa difusión en la época, ha podido pasar casi desapercibida en los manuales e historias literarias, pese al meritorio trabajo de algunos investigadores.

Bibliografía

Ediciones de esta novela

Yngermina o la hija de Calamar: novela histórica, 1533 a 1537. Con una breve nota de los usos y costumbres, y religión del pueblo de Calamar, tomos 1 y 2, Kingston, Jamaica, Imprenta de Rafael J. de Córdova, 1844.

Ingermina o la hija de Calamar, Cartagena, Secretaría de Educación y Cultura de la Gobernación de Bolívar, 1998.

Ingermina o la hija de Calamar (prólogo de Germán Espinosa), Medellín, Editorial EAFIT, col. Antorcha y Daga, 2001.

Ingermina o la hija de Calamar, en *Compilación del presidente Juan José Nieto. Un caribe integral* (prólogo de Gustavo Bell), Baranoa, Museo Histórico de Baranoa, 2017.

Otras obras de Juan José Nieto

Derechos y deberes del hombre en sociedad (1834), Cartagena, reimpresión del original de Eduardo Hernández de 1804 [publicado en *Revista de Estudios Sociales,* enero de 2011, págs. 179-183].

Geografía histórica, estadística y local de la provincia de Cartagena, Cartagena, Imprenta de Eduardo Hernández, 1839.

Los moriscos, Kingston, Jamaica, Imprenta de Rafael J. de Córdova, 1845 [edición de Óscar Yesid Zabala Sandoval, Bogotá, Filomena Edita, 2019].

Rosina o la prisión del castillo de Chagres, en *La Democracia,* Cartagena, por entregas, del 11 de julio al 10 de octubre de 1850 [edición de Óscar Zabala, Bogotá, Filomena Edita, 2019].
Selección de textos políticos, geográficos e históricos (edición de Gustavo Bell), Barranquilla, Ediciones Gobernación del Atlántico, 1993.
Compilación del presidente Juan José Nieto. Un caribe integral (edición de Gustavo Bell), Baranoa, Museo Histórico de Baranoa, 2017.

Bibliografía utilizada

Acosta de Samper, S., «Pedro de Heredia [fundador de Cartagena], en *Biografías de hombres ilustres o notables,* Bogotá, Imprenta de La Luz, 1886, págs. 109-141.
— *Los piratas en Cartagena* (1883), Bogotá, Cuellar Editores, 2.ª ed., 2014.
Acosta Medina, A., *Dos figuras cimeras de la afrocolombianidad: Juan José Nieto y Luis Antonio Robles,* Bogotá, Litografía Impregón, S. A., 2017.
Acosta Peñaloza, C. E., «Literatura vivida, formas de vida y mundos privados del siglo xix en Colombia», en *Historia de la vida privada en Colombia. Los siglos de la intimidad. El largo siglo xx,* tomo II, Bogotá, Editorial Taurus, 2011.
— *El imaginario de la conquista: Felipe Pérez y la novela histórica,* Bogotá, Universidad Nacional de Colombia, 2002.
Acuña, J. P. y Solano, S. P., «Territorios, gentes y culturas libres en el Caribe continental Neogranadino 1700-1850: una síntesis», en *Historia social del Caribe colombiano. Territorios indígenas, trabajadores, cultura, memoria e historia,* Medellín, Universidad de Cartagena, La Carreta Ediciones, 2011.
Aguado, fray Pedro, *Recopilación historial,* Bogotá, Imprenta Nacional, 1906.
Aguirre, B. E., «Yngermina o la validación del origen regional versus el nacional», *Revista de Estudios Hispánicos,* vol. XXVIII, núms. 1 y 2, UPR, 2001, págs. 185-194.
Altamar, A. C., «La novela histórico-romántica», en *Evolución de la novela en Colombia,* «Biblioteca Básica Colombiana», Bogotá, Instituto Colombiano de Cultura, 1975, págs. 67-93.

Anderson, B., *Comunidades imaginadas. Reflexiones sobre el origen y la difusión del nacionalismo* (1.ª ed., Londres, 1983), México, Fondo de Cultura Económica, 2021.

Arango Giraldo, S., «La falsa identidad mestiza en *Ingermina o la hija de Calamar:* el caso de Ingermina y el enunciado de poder», XIX Congreso de la Asociación de Colombianistas, 2015 [en línea].

Arango, M. A., *Origen y evolución de la novela hispanoamericana,* Bogotá, Tercer Mundo Editores, 1988.

Avelar, I., «*Ingermina,* de Juan José Nieto: Antagonismo y alegoría en los orígenes de la novela caribeña», *Revista de Estudios Sociales,* núm. 38, 2011, págs. 120-127.

— *Transculturación en suspenso: los orígenes de los cánones narrativos colombianos,* Bogotá, Instituto Caro y Cuervo, 2015.

Baquero Montoya, A. y De la Hoz Siegler, A., «La historia de los Mokaná. Un capítulo de la historia en la región Caribe Colombiana», *Memorias,* año 7, núm. 12, 2011, págs. 232-264.

Bartra, R., *El salvaje artificial,* México, Universidad Autónoma Nacional de México / Ediciones ERA, 1997.

Bastide, R., *Las Américas negras,* Madrid, Alianza Editorial, 1967.

Bell, G., véase Juan José Nieto, *Selección de textos políticos, geográficos e históricos,* Baranoa, Museo Histórico de Baranoa, 2017.

Benítez Rojo, A., «La novela hispanoamericana del siglo xix», en Roberto González Echevarría y Enrique Pupo Walker, *Historia de la Literatura Hispanoamericana,* tomo I, Madrid, Gredos, 2006.

Botero Herrera, F., *Estado, nación y provincia de Antioquia: guerras civiles e invención de la región 1829-1863,* Medellín, Hombre Nuevo Editores, Baranoa, Museo Histórico de Baranoa, 2017.

Beutler, G., *Estudios sobre el romancero español en Colombia en su tradición escrita y oral desde la época de la conquista hasta la actualidad,* Bogotá, Instituto Caro y Cuervo, 1977.

Bolaños, A. F., *Barbarie y canibalismo en la retórica colonial. Los indios pijaos de fray Pedro Simón,* Bogotá, CEREC, 1994.

Brading, D. A., *Orbe indiano. De la monarquía católica a la república criolla, 1492-1867,* México, Fondo de Cultura Económica, 1991.

Bushnell, D., *El régimen de Santander en la Gran Colombia,* Bogotá, Tercer Mundo Editores / Universidad Nacional, 1966.

Cabrera M., «Elementos de colonialidad y bipolítica en una historia caribeña ficticia», *Nómadas,* núm. 26, Universidad Central, 2007, págs. 70-79.
Camacho Guizado, E., *Sobre Literatura colombiana e hispanoamericana,* Bogotá, Instituto Colombiano de Cultura, 1978.
— «La literatura colombiana entre 1820 y 1900», *Manual de historia,* vol. II, Bogotá, Procultura, 1982, págs. 618-693.
Carmona Zuluaga, P., «Creer en la Independencia. El catecismo o Instrucción popular de Juan Fernández de Sotomayor», *Araucaria,* año 17, núm. 34, 2015, págs. 397-410.
Castillo Mathieu, N., «Léxico caribe en el Caribe insular», *Thesaurus,* tomo XXXII, núm. 2, 1977, págs. 316-373.
Castillo Quintana, G. A., *El ensayo en el despertar de la conciencia histórica en Colombia,* Bogotá, Filomena Edita, 2021.
Contreras Elvira, C., *Cartografía del verbo. Amor, literatura, nación en la América Latina del siglo xix: historia de un palimpsesto,* Madrid, Espiral Hispanoamericana, 2009.
Cortázar, R., *La novela en Colombia* (1908), Medellín, Fondo Editorial, Universidad EAFIT, 2003.
Cros, E., «El sujeto colonial: no representabilidad del otro», en *El sujeto cultural. Sociocrítica y psicoanálisis,* Medellín, Fondo Editorial, Universidad EAFIT, 2002.
Cruz García, A., «La "fabricación" de las identidades nacionales: algunas consideraciones», *Amnis,* 2002, págs. 1-110.
Cruz Kronfly, F., «El contexto cultural en las novelas colombianas del siglo xix», en *Ensayos literarios. Una antología,* Bogotá, Editorial Nomos, S. A., 2016.
Chicangana-Bayona, Y. A., «La India de la libertad: de las alegorías de América a las alegorías de la patria», *Estudios de Filosofía Poética e Historia de las Ideas,* vol. XIII, núm. 1, Mendoza, enero-julio de 2011, págs. 39-47.
Documentos que hicieron un país, Archivo General de la Nación de Colombia, Bogotá (prólogo de Jorge Palacios Preciado), Biblioteca Familiar Presidencia de la República.
Elliott, J. H., *El viejo mundo y el nuevo, 1492-1569,* Madrid, Altaya, 1996.
Earle, R., «Padres de la patria y el pasado prehispánico: conmemoraciones de la Independencia durante el siglo xix», en *Foro bicentenario: Contar y pensar la América nuestra,* ed. Comi-

sión Bicentenario, Presidencia de la República, Santiago de Chile, 2006, págs. 209-217.
Esteva Fabregat C., *El mestizaje en Iberoamérica,* Madrid, Editorial Alhambra, 1982.
Fals Borda, O., *Historia doble de la costa: El presidente Nieto,* Bogotá, Carlos Valencia Editores, 2.ª ed., 1986 (1981).
Fernández de Piedrahita, L., *Historia General de las conquistas del Nuevo Reino de Granada* [de la edición de Amberes, 1688], Bogotá, Imprenta de Medardo Rivas, 1881.
Garcés González, J. L., «Juan José Nieto», en *Literatura en el Caribe colombiano, señales de un proceso,* Montería, Universidad de Córdoba, 2007, págs. 120-127.
Goldwaser Yankelevich, N. R., «Novelar la historia del Caribe colombiano, su mito fundacional y el mestizaje entre los sexos. Juan José Nieto Gil, 1844», *Cuadernos INTER.C.A.MBIO,* vol. 17, núm. 2, Universidad de Costa Rica, 2020.
— «Mujer y nación en el "discurso" de la intelligentzia en el amanecer de las repúblicas. Un análisis comparativo entre Colombia y Argentina», *Bulletin de l'Institut Français d'Etudes Andines,* vol. 40, núm. 2, 2011, págs. 399-409.
Gómez Restrepo, A., *Historia de la literatura colombiana,* vol. 3, Bogotá, Dirección de Extensión Cultural de Colombia, 1943.
González-Stephan, B., *La historiografía literaria del liberalismo hispanoamericano del siglo* XX, La Habana, Casa de las Américas, 1987.
— *Fundaciones: canon, historia y cultura nacional. Historiografía literaria del liberalismo hispanoamericano del siglo* XIX, Madrid, Iberoamericana / Vervuert, 2002.
González Ferro, V. y Cárdenas Barrios, L. M., «Juan José Nieto: su pensamiento liberal y progresista en la Cartagena del siglo XIX», *Heurística,* núm. 17, 2014, págs. 216-220.
Gruzinski, S., *El pensamiento mestizo. Cultura amerindia y civilización del Renacimiento,* Barcelona, Ediciones Paidós Ibérica, S.A., 2007.
Guansu, S., *La novela colombiana de protesta social,* Bogotá, Ediciones UNINCCA, 1978.
Guardo Pájaro, E. L., *Estudio previo y edición interpretativa de «Rosina o la prisión del castillo de Chagres» de Juan José Nieto Gil,* tesis de maestría, Universidad de Cartagena, 2018 [en línea].

Henríquez Ureña, P., «Romances en América», en *Obra Crítica*, ed. de Emma Susana Speratti Piñero, prólogo de J. L. Borges, México, Fondo de Cultura Económica, 1960.

Laverde Amaya, I., *La literatura colombiana,* Madrid, La España Moderna, 1892.

— *Bibliografía colombiana,* Bogotá, Imprenta y librería de Medardo Rivas, 1895.

Lemaitre, E., *El general Juan José Nieto y su época,* Bogotá, Carlos Valencia Editores, 1983.

Loaiza Cano, G., *Poder letrado. Ensayos sobre historia intelectual de Colombia. Siglos XIX y XX,* Cali, Universidad de Valle Programa Editorial, 2014.

López Restrepo, A. D., «La princesa Ingermina y Alonso El Conquistador. Una aculturación amorosa», *Memorias,* año 8, núm. 14, Barranquilla, 2011, págs. 75-93.

Lynch, J., «Liberación, un nuevo escenario en Colombia», en *Las revoluciones hispanoamericanas, 1808-1826,* Barcelona, Ariel, 2010.

Madariaga, S. de, *De Colón a Bolívar,* Madrid, Círculo de Lectores, 1966.

Marulanda Cardona, Y. V., *Tras el canto de la ruana. Libertad de conciencia: apuntes sobre la sociología de la literatura,* Facultad de Ciencias Jurídicas y Sociales, Universidad de Caldas, Manizales, tesis de grado para optar a la licenciatura, 2018 [en línea].

McGrady, D., *La novela histórica en Colombia. 1844-1959,* Bogotá, Editorial Kelly, 1962.

Mejía, S., «Sobre la idea de tiranicidio en los Derechos y deberes del hombre en sociedad, catecismo republicano de Juan José Nieto (Cartagena, 1834)», *Revista de Estudios Sociales,* núm. 38, 2011, págs. 176-178 [en línea].

Meléndez, C., *La novela indianista en Hispanoamérica (1832-1889),* Madrid, Librería y Casa Editorial Hernando, 1934.

Minguet, Charles, *El concepto de nación, pueblo, estado y patria en las generaciones de la Independencia, Recherches sur le monde hispanique au dex-neuvième siècle,* Université de Lille III, 1973, págs. 59-71.

Múnera, A., *El fracaso de la nación. Región, clase y raza en el Caribe colombiano (1717-1810),* Bogotá, Banco de la República / El Áncora Editores, 1998.

— *La Independencia de Colombia: Olvidos y ficciones,* Cartagena de Indias (1580-1821), Bogotá, Editorial Crítica, 2021.

Orjuela, H., *El discurso narrativo de ficción colonial en Hispanoamérica: cuento, relato breve y novela. Revaloración de un canon,* Bogotá, Editora Guadalupe, 2003.

Orrego Arismendi, J. C., *Indios de papel. Aproximaciones a la novela de tema indígena en Antioquia,* Medellín, Universidad de Antioquia, 2020.

— «*Ingermina o la hija de Calamar:* una novela con vínculos insospechados», *Yesca y Pedernal,* año I, núm. 1, Medellín, Universidad EAFIT, 2004, págs. 90-96.

Ortiz Cassiani, J., «Raza, conocimiento y reconocimiento en la obra de Juan José Nieto», *Cuadernos de Literatura del Caribe e Hispanoamérica,* núm. 7, 2008; véase: <https://investigaciones.uniatlantico.edu.co/revistas/index.php>.

Ortiz, J. J., *Parnaso granadino, colección escojida de poesías nacionales,* tomo 1, Bogotá, Imprenta Ancizar, 1848.

— *Colegio de Boyacá,* Tunja, Imprenta de Arias i Pedroza, 1859.

— *Lecciones de literatura castellana, colección selecta de poesías españolas i americanas,* Bogotá, Imprenta de Foción Mantilla, 1866.

Otero Muñoz, G., *Historia de la literatura colombiana,* Bogotá, Librería Voluntad, S. A., 1935.

Padilla Chasing, I. V., *Manuela y el socialismo utópico,* Bogotá, Filomena Edita, 2021.

— *El debate de la hispanidad en Colombia en el siglo* XIX*: lectura de la Historia de la literatura en Nueva Granada de José María Vergara y Vergara,* Bogotá, Universidad Nacional de Colombia, 2008.

Pérez, G. R., *Historia y crítica de la novela hispanoamericana,* Bogotá, Círculo de Lectores, 1983.

Pineda Botero, A. y Williams, R., *De ficciones y realidades. Perspectivas sobre literatura e historia colombianas,* Bogotá, Tercer Mundo, 1989.

Pineda Botero, A., «El desierto prodigioso de Solís y Valenzuela», *Actas del XII Congreso Internacional de la AIH,* 1995, págs. 139-146.

— *La fábula del desastre: estudios críticos sobre la novela colombiana, 1650-1931,* Medellín, Fondo Editorial, Universidad EAFIT, 1999.

— «La novela Ingermina, de Juan José Nieto, y la fundación de Cartagena», en Haroldo Calvo-Stevenson y Adolfo Meisel-Roca (eds.), *Cartagena de Indias en el siglo XVI,* 2009, págs. 272-302.
PLAZA, J. A. DE, *El Oidor de Santa Fe: leyenda bogotana,* Honda, Tolima, periódico *El Día,* Imprenta del Neogranadino, 1848.
POSADA CARBO, E., *Colombia. La construcción nacional* (coord. Beatriz Castro Carvajal), Madrid, Fundación Mapfre / Taurus, 2012.
RENTERÍA CAMPAÑA, T., *El ideario Federalista de Juan José Nieto Gil, 1835-1864,* Bogotá, Pontificia Universidad Javeriana [trabajo para la obtención del título de Maestría], 2016 [en línea].
RESÉNDEZ, A., *La otra esclavitud. Historia oculta del esclavismo indígena,* México, Universidad Nacional Autónoma de México, 2019.
RESTREPO, A. D., «La Princesa Ingermina y Alonso El Conquistador. Una aculturación amorosa», *Memorias,* año 8, núm. 14, 2011, págs. 75-94.
REVOLLO, M.ª P., «Sobre el nombre Calamar», *América Española,* tomo II, núm. 5, 1935, págs. 40-47.
RINCÓN, C., *Íconos y mitos culturales en la invención de la nación en Colombia,* Bogotá, Editorial Pontificia Universidad Javeriana, 2014.
RODRÍGUEZ ARANDA, L., «La recepción y el influjo de las ideas políticas de John Locke en España», *Revista de Estudios Políticos,* núm. 76, 1954, págs. 115-130.
RODRÍGUEZ-ARENAS, F. M., «Los orígenes de la novela decimonónica colombiana: "María Dolores o la historia de mi casamiento" (1836) de José Joaquín Ortiz», *Literatura: teoría, historia y crítica,* núm. 4, Universidad Nacional de Colombia, 2002, págs. 37-64.
— *Bibliografía de la literatura colombiana del siglo XIX,* tomo I (A-L), tomo II (M-Z), Stockcero, 2006 [consultado en Red].
— *Construcciones de identidad. Literatura colombiana del siglo XIX,* Stockcero, 2020.
RUEDA ENCISO, J. E., «Balance historiográfico de la novela histórica en Colombia. Una aproximación al ámbito regional», *HistoRelo,* vol. 8, núm. 15, 2016, págs. 17-58.
SAMPER, J. M., *Miscelánea o colección de artículos escogidos de costumbres, biografía, variedades y necrología,* París, Librería Española de E. Denné Schmitz, 1869.

SÁNCHEZ, L. A., *Proceso y contenido de la novela hispano-americana,* Madrid, Gredos, 1976.
SIMÓN, Fray P., *Noticias historiales de las conquistas de tierra firme en las Indias Occidentales,* Bogotá, Ministerio de Educación Nacional, Ediciones de la Revista Bolívar, 1953 (1981).
SOLANO D., S. P. y FLÓREZ BOLÍVAR, R., «Indígenas, mestizaje, tierra y poder en el Caribe colombiano, siglo XIX», *Revista Indiana,* núm. 26, 2009, págs. 267-298.
SOLANO D., S. P., «La novela *Yngermina* de Juan José Nieto y el mundo racial de Bolívar Grande (Colombia)», en *Revista Estudios de Sociales,* núm. 31, Universidad de los Andes, 2008, págs. 34-47.
— «La novela Yngermina de Juan José Nieto y el mundo racial de Bolívar Grande (Colombia) en el siglo XIX», *Infancia de la nación. Colombia durante el primer siglo de la República. Raza, trabajo, artesanos, estilos de vida, ciudadanía y nación,* Bogotá, Ediciones Pluma de Mompox, 2011, págs. 123-147.
— «Raza, mestizaje, nación y ciudadanía: notas para repensar la configuración socio-racial del caribe colombiano en el siglo XIX», *Infancia de la nación. Colombia durante el primer siglo de la República. Raza, trabajo, artesanos, estilos de vida, ciudadanía y nación,* Bogotá, Ediciones Pluma de Mompox, 2011, págs. 148-172.
SOLDEVILA-DURANTE, I., «Las primeras traducciones castellanas de la *Atala,* de Chateaubriand», *Bulletin Hispanique,* tomo 108, núm. 2, 2006, págs. 421-458.
SOMMER, D., *Ficciones fundacionales. Las novelas nacionales de América Latina,* Bogotá, Fondo de Cultura Económica, 2004.
TREJOS OCHOA, M. A., *Análisis del discurso de la novela Ingermina o la hija de Calamar, del escritor Juan José Nieto, desde la dinámica enunciativa de María Cristina Martínez Solís* [monografía de grado], Universidad Tecnológica de Pereira, Facultad de Educación, 2017.
URRUTIA, J., *El espejo empañado. Sobre el realismo y el testimonio (desde la literatura hispanoamericana),* Madrid, Cátedra, 2021.
USLAR PIETRI, A., *La invención de América mestiza,* México, Fondo de Cultura Económica, 1996.
VASCONCELOS, J., *La raza cósmica,* México, Editorial Porrúa, 2005, 1.ª ed. 1948.

Vergara y Vergara, J. M., *Historia de la literatura en Nueva Granada* (1867), 2 tomos, Bogotá, Biblioteca Banco Popular, 1974, 343 págs., en Biblioteca Básica de Cultura.

Williams, R. L., *Novela y poder en Colombia, 1844-1987,* Bogotá, Tercer Mundo Editores, 1991.

— «Los orígenes de la novela colombiana desde Ingermina (1844) hasta Manuela (1858)», *Thesaurus,* tomo XLIV, núm. 3, Instituto Caro y Cuervo, 1989, págs. 580-605.

Zavala Sandoval, O. Y., *Juan José Nieto: región, autonomía, cultura e identidad (1834-1866),* Institución del imaginario del Caribe colombiano, tesis de maestría, Universidad Nacional de Colombia, 2017 [en línea].

— «Los Moriscos (1845) de Juan José Nieto: evaluación estética de la Guerra de los Supremos (1840-1845)», *Literatura: teoría, historia y crítica,* vol. 21, núm. 1, 2019, págs. 253-276.

Yngermina
o la hija de Calamar

Obsequio a la señora Teresa Cavero de Nieto

Estimable Teresita:

Hay ciertas inclinaciones en la vida de que no nos podemos desentender por más que queramos; y yo no sé cuál sea el impulso que me arrastra a estar siempre escribiendo alguna cosa. Muchas veces me dispone a dejar esta manía el que a mí mismo me parece desatinado y nada bueno cuanto escribo: pero una fuerza enemiga, que no puedo conjurar, se resiste a que renuncie.

Me consuela, sin embargo, la opinión de que más útil es ejercitar en esto las horas descansadas que en estar inventando medios de causarle mal al prójimo pues, aunque la ocupación de escribir parezca una locura, nadie tendrá por qué quejarse de ella, porque a ninguno hará sufrir ni llorar. Las letras no son piedras con que se rompen cabezas, aunque tienen un poder mágico sobre el espíritu.

Siendo esto así, no me ha faltado razón para distraer el fastidio, causado por un encierro de más de cuatro meses, en la composición de esta otra novela, tomando su argumento del tiempo de la conquista de nuestra tierra. Y ¿quién más digna que tú de que le dedique esta obra, compuesta cuando, oculto por los disturbios de la patria, tú has sido el bálsamo consolador de mis tribulaciones?

Tus solícitos cuidados, amable Teresita, en un retiro que solo tu cariño pudo haberme hecho llevadero, tu esmero en dulcificar mi calamitosa situación agravada con las enfermedades, te dan a ti sola derecho a mis más inmarcesibles recompensas, pues tienes cuanto es digno de apreciarse en una buena esposa.

Y, como mis intenciones en esta parte no pueden ser satisfechas con toda la munificencia de mis deseos, no tengo otra cosa con qué obsequiarte que con mi Yngermina, que es un modelo de tus virtudes, y que, como hecha para ti, tú serás la única que verás con indulgencia sus defectos. Admítela, persuadida [de] que al llegar a tus manos yo quisiera se transformase en el tesoro más grande que pueda haber sobre la tierra para que tú lo poseyeses, o en un hada de quien fueras dueña absoluta, para que la tuvieses sometida a tus voluntades.

Juan José Nieto
Cartagena, mayo 21 de 1842

Breve noticia histórica

De los usos, costumbres y religión de los habitantes del pueblo de Calamar[1]. Tomada de los fragmentos de una antigua crónica inédita de agustinos de Cartagena, por fray Alonso de la Cruz Paredes[2]

Sirviendo de introducción a esta obra

El pueblo de Calamar[3] *era, antes de la conquista, lo que es hoy la ciudad de Cartagena en la Nueva Granada*[4]. *Entre to-*

---

[1] Pedro María Revollo en su artículo «Sobre el nombre de Calamar», en *América Española* (núm. 5, 1935), afirma que la palabra «Calamar» es española de origen latino. La creencia repetida de que el topónimo «Calamar» responda a un lugar donde abunda este molusco no tiene fundamento alguno. Parece que «Calamar» es adaptación castellana de un topónimo indígena, que a veces se transcribe como «Calamarí».

[2] Fraile de la orden mendicante agustiniana, quien, según la leyenda, por «revelación de la Inmaculada Concepción», recibió la orden de levantar sobre el cerro de la Popa, en Cartagena, un monasterio, para rendir culto a la Virgen de la Candelaria. La fundación del convento se formalizó el 20 de julio de 1607 en Bogotá, en el lugar que habría sido un adoratorio clandestino donde se dice que esclavos africanos e indios rendían culto a una deidad con apariencia de macho cabrío. La novela del escritor cartagenero, Germán Espinosa (1938-2007), *Los cortejos del diablo* (1970) recrea la vida de este fraile y su empresa.

[3] El pueblo de Calamar se menciona en *Elegías de varones ilustres de Indias,* cuando Juan de Castellanos en su «Historia de Cartagena», en la tercera parte, refiere la llegada de Pedro de Heredia a este sitio, que después se llamaría Cartagena, el 13 de enero de 1533.

[4] Véase sobre este particular la *Geografía de Cartagena i su provincia,* publicada por el mismo autor de esta obra el año de 1839. *[N. del A.]*

das las parcialidades[5] *de indios que había en sus inmediaciones, la de Calamar era la más numerosa, la más fuerte y la más civilizada; pues, sin embargo, de ser naturalmente pacífica, la pequeña parcialidad de Canapote y otras estaban bajo la dependencia de su cacique.*

El gobierno de este pueblo, como el de todos los indios, era absoluto; pero tenía una corporación llamada Tarpanaxy *o concejo de los escogidos que ayudaba con su dictamen al cacique, quien podía o no seguirlos.*

A excepción de los indios de Turbaco, que eran inquietos, valientes y de genio indomable, el cacique de Calamar tenía alianza con los otros pueblos de Carex[6]*, Matarapa, Cocon y Cuspique, situados en las márgenes de la bahía, y Bohaire*[7] *inmediato al puerto, cuyos aliados celebraban sus asambleas cada doce lunas, presididas por la de Calamar.*

Este pueblo adoraba al Sol, pero prestaba un culto especial a la Luna, porque conocía alguna parte de la influencia de este astro sobre la naturaleza. En cada luna nueva había una demostración de regocijo, anunciada por el jefe de los ministros del templo, a quienes se daba el nombre de Mohanes Capahies, *o adivinos espirituales, cuyas imposturas gozaban de un gran poder en el ánimo del pueblo. Por eso, aunque muy absoluta fuese la autoridad del soberano, este tenía que tolerarlos, y aun sostenerlos, a fin de hacerlos adictos a sus miras.*

Los caneis *o templos eran bastante ricos: en ellos habitaban los ministros, para cuidar las ofrendas. Estas, siendo de oro o plata, se custodiaban en un santuario, pudiendo usar de ellas el cacique para las urgencias públicas; y las de frutos servían*

---

5 Según el *Diccionario de americanismos:* «Zona en la que vive una comunidad indígena dentro de un municipio o circunscripción territorial».

6 Carex también fue el cacique más poderoso de la isla hoy llamada Tierra Bomba, denominada Codego en el siglo XVI. Véase Maury José Acuña, «La influencia de la isla de Tierra Bomba en la fundación de la ciudad de Cartagena de Indias», 2017; disponible en: <https://www.academia.edu>.

7 Hoy isla de Barú. *[N. del A.]*

para el sostenimiento de los sacerdotes. Estatuas informes representaban los buenos y malos Genios: las que representaban los primeros tenían un aspecto de mansedumbre y estaban adornadas con la mayor elegancia; mas las de los segundos tenían una fisonomía feroz, con adornos análogos a su carácter. Los calamareños, que atribuían poder sobrenatural igual a cada uno, se encomendaban a todos, y les ponían ofrendas indistintamente para hacérselos propicios.

Por una costumbre rara, y benéfica a la humanidad, los sacrificios humanos no tenían lugar en sus templos, aunque eran autorizados por el culto. La víctima destinada por el concejo de los ministros podía rescatarse ofreciendo en su lugar cualquier animal acompañado de una ofrenda: el primero era consumido en el altar por las llamas y la segunda se incorporaba a la masa común. Por un uso bizarro[8] *de este pueblo, el joven que hubiese sido escogido para el sacrificio se rescataba a sí y a toda su generación y amigos presentando un tigre*[9] *muerto, que era la fiera más temible entre ellos, revistiendo el sacerdote al agraciado con la piel, como un distintivo honroso de su valor. Generalmente los calamareños hacían las ofrendas más costosas al mal Genio, a quien suponían feroz y descontentadizo, mientras que al bueno solo le prestaban flores y frutos.*

Como no carecían de una idea, aunque imperfecta, de la otra vida, cuando alguno moría se le sepultaba con su macana[10]*, arco y flecha, y demás instrumentos de su labor para que le fuesen útiles y, además, cuanto oro y plata se recogía entre los parientes, lo cual quedaba en beneficio de los ministros espirituales, que lo recibían con el pretexto de entregarlo al buen Genio para que se encargase de la asistencia del muerto en el otro mundo.*

---

[8] Galicismo utilizado en el sentido de 'extraño'.

[9] Se refiere al jaguar, yaguar, la única de las cinco especies de félidos que se encuentra en América.

[10] Especie de machete o porra hecho de madera dura y filo de pedernal, propio de los pueblos americanos.

Había entre los sacerdotes unos llamados Jadcadhies *que profesaban la vida monástica, mortificándose con ayunos y maceraciones: el pueblo les atribuía la virtud de las maravillas y el espíritu profético, cuya opinión alimentaban ellos por medio de mil ceremonias e imposturas. Como por la ley todas las mujeres debían tener hijos, las que por devoción se querían retirar a vivir reclusas en los templos estaban obligadas a unirse a cualquiera de esos monjes, sin cuyo requisito no se les permitía la abnegación. Los hijos varones de esa clase de matrimonios eran dedicados al culto y las hembras quedaban en libertad de ser madres.*

Los indios de Calamar, siguiendo la costumbre de los otros pueblos de América, permitían la poligamia. Cuando un marido tenía que salir a un viaje largo repartía sus mujeres entre sus amigos si él, o ellas, no tenían parientes que se encargasen de sostenerlas: durante su ausencia, los recomendados, en cambio de la manutención, ejercían sobre ellas los mismos derechos que el marido, quien, si a su regreso las encontraba embarazadas, tenía que reconocer los hijos como legítimos suyos.

La industria fabril no les era absolutamente desconocida —ellos construían canoas para su pesca y trabajaban el oro y la plata con buen suceso; pues en una memoria antigua de este pueblo se asegura que en la fábrica de tejidos y adornos excedían en mucho a los demás de su comarca. Entre estos indios, las mujeres trabajaban más que los hombres —estos, fuera de la pesca y la caza, se desentendían casi de las demás ocupaciones. En sus canoas, aunque mal construidas por carecer de herramientas al propósito, recorrían no solo toda la bahía, sino una gran parte de la costa del norte y sur para mantener la comunicación con las otras parcialidades, en uno y otro lado de Calamar, supliendo su fuerza y agilidad la falta de útiles que hacen más fácil y segura nuestra navegación. Dentro de la bahía, y en los otros lagos, que forma el mar de este terreno, se servían de balsas o jangadas tan cómodas y capaces, que generalmente cubrían con techos de palma las que usaban los pescadores; porque estos llevaban a sus mujeres e hijos durante el tiempo que ocupaban en la pesca, y allí, como si estuviesen en sus propias casas, hacían todo el servicio de familia.

Cuando moría el cacique soberano, se convocaban los jefes de los aliados en el pueblo de Calamar, y unidos al jefe de los ministros del culto, procedían a la inauguración del príncipe heredero. Este se presentaba danzando a la cabeza de su comitiva armado del arco, la flecha y la macana. Subido a un andamio, el Gran Capahie *le cortaba la cabellera, que se quemaba en holocausto, la mitad al buen Genio y la otra mitad al malo, a fin de que el nuevo cacique contase con la ayuda de ambos, para gobernar a su pueblo. Enseguida, se le pintaban en el cuerpo ciertos caracteres jeroglíficos con colores significativos, se le colocaba el gorro de plumas de garzota blanca adquiridas por el príncipe mismo, guarnecido de oro y otras riquezas, su collar y sus brazaletes de lo mismo, y una costosa manta en forma de capa arrastrando hasta el suelo. Con estos atavíos y una serpiente de oro en la mano, emblema del poder supremo, el* Gran Capahie *anunciaba al pueblo que ya tenía un nuevo soberano. Entonces, la multitud prorrumpía en gritos de alegría acompañados del sonido de fotutos*[11]*, caracoles y otros instrumentos de su invención. Concluido el estrépito, por orden del* Gran Capahie *se procedía a la ceremonia de homenaje. Los Grandes, cada uno a su turno templando el arco armado con la flecha, después de varias mudanzas lo ponían a sus pies, echándose en tierra, de donde no se levantaban hasta que el cacique no lo tocaba con la serpiente de oro, terminando con disparar la flecha en el aire. Toda esta ceremonia tenía por objeto demostrar que estaban dispuestos a defender y sostener al jefe tanto en la paz como en la guerra. El pueblo prestaba homenaje colectivamente. A la voz del* Gran Capahie *se acostaban bocabajo todos en el suelo; entonces, el cacique, poniéndose de pie, tiraba la serpiente en medio de la multitud,*

---

[11] Trompeta hecha de la caracola grande de mar, que se sopla desde el extremo, propia de los pueblos taíno-caribes.

y aquel sobre quien caía anunciaba que el príncipe les permitía levantarse. El indio que cogía la serpiente era hecho noble en el momento, se le obsequiaba con un regalo, y se le incorporaba a la comitiva real. Enseguida, paseaban al cacique en andas por las calles, y lo conducían a su casa, donde repartía dádivas al pueblo, durante la celebración, que era de muchos días.

Aunque de antemano tuviese el príncipe sus mujeres, el día de su inauguración, debía elegir una que participase con él del homenaje del pueblo, como soberana, en cuya elección ejercían sus intrigas los jefes de los aliados, pretendiendo cada cual este honor para su casa.

En este pueblo, la usurpación no era un delito: el pretendiente al poder supremo que tuviese más fuerza que su competidor, si llegaba a vencerle, se le rendía vasallaje, no solo con respeto sino con admiración; porque sea que lo obtuviese con justicia, o sin ella, su valor y su fuerza le daban derecho a ser temido y a legitimar su autoridad.

Los calamareños pagaban tributo al cacique una vez cada doce lunas: los ricos, en metales preciosos; los labradores, en frutos, y los pobres servían con su trabajo personal en proporción del valor del que les correspondiese.

En tiempo de guerra, el cacique salía mandando el ejército en persona, y tenían por un presagio del triunfo el que el primer enemigo fuese muerto por su jefe, quien, para alentarlos con tal preocupación, se lo hacía creer, aunque no fuese cierto. En cuanto a los trofeos de la victoria, no imitaban en esto a los indios del Sinú, que los hacían consistir en colgar las cabezas de los muertos en sus andas y en sus casas, comiéndose después los cuerpos[12]*. Los trofeos de los calamareños consistían en traer de regreso de la campaña cuantos enemigos de ambos sexos*

[12] Referencia al canibalismo atribuido a los pueblos del Caribe sobre el que abundan crónicas, estudios y ensayos, como el del francés Michel de Montaigne, «De caníbales», que alimentó la imaginación europea con su carga de prejuicios con respecto a los pueblos americanos.

pudiese haber vivos con todo lo que poseyesen, haciéndolos entrar en gran pompa, junto con el ejército vencedor. De estos prisioneros se tomaba uno que era sacrificado al mal Genio como al Genio de la guerra, en reconocimiento del triunfo, y los demás se hacían esclavos del cacique, destinándolos a su servicio después de haber regalado algunos a los jefes de más mérito, o a sus amigos favoritos. Las mujeres también tomaban las armas, cuando lo exigía imperiosamente la defensa del país; y había de ellas quienes disputaban a los hombres la audacia, el valor y las recompensas.

Los padres de familia eran muy respetados; ellos tenían gran autoridad sobre sus hijos, mientras estos no llegasen a tener mujeres que mantener, pues entonces se independizaban de la potestad paterna. El primogénito era el privilegiado, y a quien se transmitían los derechos del padre sobre la familia, tan pronto como este moría, o porque se los delegase en vida.

Aunque la poligamia estaba en uso, todo hombre elegía una predilecta o favorita, que hacía con él de cabeza de casa para gobernarla, y no podía repudiarla sino por causas determinadas que atraían infamia. Esta mujer se reputaba por la dueña de los amores del hombre que la elegía; y para verificar esta unión, había convenios entre los padres de ambos, que se efectuaban con ciertas solemnidades que no se acostumbraban con las demás compañeras del indio. Tan pronto como el calamareño declaraba su pasión a la joven, y se aseguraba de su correspondencia, el primer paso que daba era comunicarlo a su padre, para que este solicitara el consentimiento de los padres y parientes de la presunta. Toda la familia se reunía para deliberar sobre la ventaja o desventaja que podía resultar del enlace propuesto, en virtud de que la mujer debía llevar al poder de su marido una dote que se recogía entre sus parientes, si los padres no podían proporcionarla por sí mismos. En el silencio de la noche que se prefijaba era que el padre del joven iba a recibir la respuesta de lo resuelto por el concejo de familia. Un arco y una flecha engalanados de flores y cortezas de hojas de piñuela[13]*, suspendidos a la puerta de la casa del padre de la calamareña, era el signo de aprobación; una macana desnuda en el mismo lugar, el de la negativa. En este último caso, el pretendiente se mostraba de duelo y lo acompañaban en su pesar sus parientes y amigos. Estos se tomaban varias veces la querella por suya, y declaraban la guerra a los de la pretendida, decidiéndose la cuestión por las vías de hecho. Esta contienda era libre y la autoridad no tomaba parte alguna en ella, con tal de que los contendores fuesen iguales en fuerza.*

Si el concejo de familia aprobaba la unión propuesta, el arco y la flecha que servían de signo demostrativo tenían su uso en manos del joven indio. Con ellos hacía el Taguanajá, *o correría de los amores, que duraba una creciente de luna, en cuyo término, el pretendiente recorría los montes inmediatos, hasta traer algunos animales matados con la flecha y que presentaba a su amada; siendo más meritorio este presente cuando era de los animales más feroces, pues por esto juzgaba la familia de su destreza y habilidad. Cumplida esta empresa que le hacía digno de su querida, era admitido en la casa mientras se celebraba la ceremonia nupcial.*

En la noche del día prefijado, y a la claridad de la luna a cuya influencia creían más visiblemente sometidas las mujeres, ambos esposos, acompañados de sus parientes y amigos, se dirigían al templo en gran solemnidad; y a la hora en que los rayos penetraban por la puerta hasta el altar, delante del ministro y conducido cada esposo por su padre, se juraban la fe conyugal, en presencia del astro benéfico de la noche, que según ellos bendecía esta unión. Después, dejaban una ofrenda que consistía en dos animales macho y hembra, elegidos para este objeto los más mansos, adornados de flores, y se retiraban a la casa de la novia, pues no tenía derecho de llevársela su marido. Este, para obtenerlo, atisbaba, como el que hurta, la hora en

---

[13] La corteza de la hoja de esta planta, cuando está en sazón, tiene un color rojo tan exquisito que casi se asemeja a la púrpura. *[N. del A.]*

que de acuerdo con ella pudiese arrebatarla de la concurrencia sin ser vistos. Desde que se notaba la falta, cesaba la diversión, y los padres de la desposada hacían demostraciones de sorpresa, por una desaparición que no les era desconocida, y a la que aun ellos mismos muchas veces contribuían o daban lugar. Estos casamientos eran bastante raros; y se tenían en gran concepto las personas que los celebraban.

Las demás mujeres de los indios, que eran como concubinas, las tomaban con el consentimiento de ellas mismas; y la única formalidad que se usaba era la de participarlo a los padres de la elegida, para que le permitiesen sacar su lecho, y le diesen los útiles con que debía trabajar para ayudar a su marido. Era un deber de la madre acompañarla a la casa de este, y entregársela para ser incorporada a las demás de que se componía la comunidad. Las calamareñas, naturalmente dóciles y de buen carácter, vivían como hermanas con sus compañeras de suerte, aunque es verdad que en estos pueblos ha sido siempre muy humilde la condición de las mujeres.

No era desconocido entre los calamareños el arte de la medicina, que ejercían por medio de sustancias vegetales y minerales. Dábase a los médicos el nombre de Mohanes Alcua Jabana, *o adivinos de la vida y de la muerte. Ellos aplicaban sus medicinas haciendo uso de ciertos exorcismos sobre el enfermo, por cuya causa los indios les atribuían una virtud sobrenatural e invisible de sanar las dolencias. Cuando hacía alguno una curación, se le regalaba por los ricos, además de otras cosas, una alhaja de oro o plata que representaba la parte que había sido sanada, estas dádivas las llevaban colgadas al cuello por medio de una cadena, y la reputación de buen médico consistía en el mayor o menor número que tuviesen de ellas los facultativos. Los pobres pagaban sus curaciones con frutos o con su servicio personal, pues el destino del indigente es el mismo, así en las naciones civilizadas como en las incultas, con una corta diferencia.*

Había en este pueblo y sus aliados unos personajes de gran importancia, que eran respetados hasta de los sacerdotes, gente que en todas las naciones ha pretendido la supremacía. Estos personajes se llamaban Mohanes *o* Adivinos, *que equivalían a los que en la ignorancia del antiguo mundo se denominaban nigrománticos. Los* Mohanes *asistían al concejo de los ancianos, eran favoritos de los caciques, consultores de los ministros del templo, ejercían siempre el empleo de embajadores o mediadores en las guerras y disputas; porque, reputándolos por los intérpretes de la Providencia, se tenía por infalible cuanto ellos aseguraban; en fin, el pueblo los consideraba como unos genios terrestres y como seres privilegiados desde esta vida por la divinidad. Estos impostores usaban por distintivo, en sus gorros, plumas verdes de papagayo, ave entre los indios reputada de inteligencia, y un báculo, de que se servían para marcar en la tierra los signos cabalísticos de sus pretendidas adivinaciones, con que engañaban a sus supersticiosos conciudadanos.*

Los calamareños usaban licores fermentados hechos del jugo de plátanos[14]*, maíz, yucas, piñas, piñuelas*[15] *y otras raíces o frutas suculentas, y por medio de incisiones hacían destilar un licor agradable de las hermosas palmeras abundantes en este país, que producen una nuez llamada «corozo»*[16] *destinada a varios usos.*

Las casas de estos indios eran de forma circular, cubiertas de palma y cercadas de palos y barro, teniendo una galería o corredor que las hacía sombrías y frescas.

Muy respetable era la memoria de los muertos: estos eran enterrados o quemados, según la voluntad que expresaba el indio a su fallecimiento. El cadáver se vestía y pintaba con colores significativos, prefiriendo siempre los que el muerto usaba más comúnmente en la vida. De este modo se exponía

---

[14] El plátano, que proviene del sudeste asiático, llegó a América con los españoles.

[15] De esta fruta hay dos clases, unas que nacen en el tallo de la mata y otras en la raíz, que se llama piñuela de tierra. Esta última es más apreciable. *[N. del A.]*

[16] La fruta de la palma coyol es propia de la gastronomía del Caribe colombiano, especialmente entre las culturas de origen africano.

por unas horas al público y su familia. Escogíase, de entre sus parientes o amigos, uno que refería todas sus obras, esmerándose en que las buenas excediesen a las malas. Después, lo llamaba once veces por su nombre en alta voz, cuya operación repetía por once soles en la sepultura, o en el lugar donde se depositaban sus cenizas. En estos once días guardaban duelo las mujeres del difunto, terminados los cuales quedaban en libertad de usar sus galas y parecer bien a otros hombres. Siempre se colocaban los sepulcros al pie de árboles[17]*, o se plantaban estos si no los había. Por eso, el* Majurcana, *o bosque de los muertos, como llamaban los cementerios, estaba poblado de corpulentos árboles seculares, cuya sombra producida por el ramaje semejante a una bóveda de verdura, y el sordo susurro producido por el viento, infundía a los indios tal temor y recogimiento, que muchos hablaban a sus muertos, creyendo en la fantasía ver sus sombras errantes por medio de los inmensos troncos, que se asemejaban a las columnas de un soberbio y encantado templo. El cementerio se tenía bastante retirado de la población. Después de los once días de enterrado o quemado el cadáver, era prohibido hablar más del difunto, ni bueno ni malo; porque, decían, se profanaba su memoria que pertenecía ya a la región de los genios*[18].

A la muerte del cacique se practicaban estas mismas ceremonias, aunque con más solemnidad; y como siempre su cadáver era consumido por el fuego con todos sus tesoros; el príncipe heredero era quien encendía la pira para evitar un fraude. Mientras se celebraba la inauguración del nuevo soberano, los grandes de la comitiva del predecesor custodiaban las cenizas en gran pompa fúnebre y, con la misma, las colocaban en el bosque de los muertos, en un lugar propio de la grandeza del cacique. Para este no se escogía quién publicase sus obras y,

---

[17] En el Sinú se tenía esta misma costumbre, con la diferencia de que de los árboles funerarios de los ricos colgaban unas como campanas de oro, y había muchos tesoros en los sepulcros, de que sacaron un gran provecho los españoles. *[N. del A.]*

[18] Solón, en sus leyes, prohibió se hablase mal de los muertos. *[N. del A.]*

aunque pasasen los once días, todos tenían derecho de hablar bien o mal del difunto: su memoria pertenecía al pueblo para que arreglase sus acciones el nuevo príncipe, quien, en honra de su padre, procuraba acallar con dádivas, y aun con amenazas, a los que le acusaban de alguna obra mala.

El cadáver del indio o india que moría soltero llevaba la cabeza descubierta, y el de los casados bien por matrimonio solemne o por el concubinato, además de adornada, se le ponían alrededor tantas palmas cuantos hijos habían tenido. Al fallecimiento del padre de familia había entre los dolientes una ceremonia llamada Cuxpana, *o la cena de los muertos, que consistía en un banquete tenido en presencia del cadáver al que asistían todos los de la casa y los amigos. Se comía llorando o haciendo que se lloraba y, suponiendo vivo entre ellos el difunto, se despedían de él con grandes demostraciones de dolor, sacándole a sepultar en este momento. Esta ceremonia se practicaba también en la muerte de los otros, pero era obligatoria e indispensable en la de los padres de familia, como un deber de esta el expresar más sentimientos por la separación.*

Los indios de Calamar eran muy lujosos y elegantes en sus vestidos. Hombres y mujeres usaban la toalla con que envolvían su medio cuerpo, ajustada a la cintura con una faja guarnecida de plumas, de las cuales adornaban también sus hermosos gorros, eligiendo de preferencia las de los pájaros de colores vivos. Las mujeres se distinguían por una manta larga, que llevaban, además, para cubrirse, colocándola al desgaire sobre los hombros, por el enrejado de las piernas igual a los brazaletes, y porque engalanaban su pelo con joyas y otros adornos de su sexo. Los hombres usaban un cinturón ancho de piel o algún tejido, de donde pendía el haz de sus flechas —la macana y demás instrumentos de su uso los llevaban a la espalda por medio de una faja terciada al cuerpo—; algunos se pintaban la cara y se ponían gorros de pieles, aunque adornados siempre con plumas. Desde la alianza y trato, que tuvieron con los primeros españoles, los calamareños empezaron a cono-

cer y usar las telas de seda y demás ornamentos de la industria europea, que cambalachaban[19] *por los productos de su terreno.*

Los calamareños eran de buena estatura y bien formados: eran fuertes, sagaces y determinados, aunque no dejaban de participar de la mala fe que ha distinguido generalmente a los indígenas. Sobresalían en agilidad e inteligencia a sus vecinos, particularmente en la pesca y cacería. Sus mujeres y las del pueblo de Turbaco eran tenidas por las más hermosas de la comarca.

La regularidad y el orden de este pueblo le hicieron respetar tanto de los primeros conquistadores, que Rodrigo Bastidas, el año de 1501 en su primer viaje que lo descubrió, y en el siguiente, que hizo por segunda vez, se limitó solo a aliarse y traficar con él, siguiendo su ejemplo Cristóbal Guerra, que le sucedió, sin embargo, del carácter feroz de este navegante. El año de 1509 que llegaron Alonso de Ojeda y Juan de la Cosa, habiéndose separado de la conducta de sus antecesores, intentando apoderarse de Calamar por la fuerza, habiendo sido rechazados tuvieron que desistir de esta empresa, para continuar otras en que no fueron tampoco muy felices. Este había de ser el último buen suceso obtenido por los calamareños contra sus conquistadores; pues ya el destino había marcado con su dedo la hora de su esclavitud.

---

[19] Del verbo «cambalachar» o «cambalachear». Según el *Diccionario* de la Real Academia Española: 'hacer trueque o cambalache'.

Primera parte

I

Acababa la aurora de anunciar al pueblo de Calamar el hermoso sol del día 14 de enero de 1533[20], cuando el Adelantado[21] don Pedro de Heredia, después de haber pasado revista al ejército, se aproximaba con sus castellanos[22]. Desde el día 13, había penetrado en el puerto y, aunque la fuerza invasora era superior en gente y orden a las anteriores, pues la hueste se componía de más de trescientos combatientes, no por eso los indios entraron en temor, antes bien, se disponían a usar de la misma conducta que con los demás capitanes, sin embargo, que concebían algunos recelos; porque, desde que había fondeado la flota que los condu-

---

[20] Histórico. *[N. del A.]*

[21] Según el *Diccionario* de la Real Academia, era la autoridad máxima de un territorio. Referido a Hispanoamérica, solía ser la persona a quien se le confiaba el mando de una expedición, concediéndosele de antemano el gobierno de las tierras que conquistase.

[22] Don Pedro de Heredia era natural de Madrid. Un lance de honor en que mató tres de sus adversarios le obligó, para liberarse del castigo, a huir de la Península y refugiarse en la isla de Santo Domingo, donde tenía un hermano. De aquí siguió al descubrimiento y la conquista de la provincia de Santa Marta, haciendo de segundo de Pedro Badillo, jefe de la expedición. Con el dinero que adquirió en ella fue a España, salió triunfante de la causa y solicitó el adelantamiento de Cartagena, que le fue concedido. *[N. del A.]*

cía, las apariencias les indicaban que en esa vez rehusaban tratar de alianza con ellos.

Con esta incertidumbre, la noche anterior, y a la claridad de la luna del bello cielo de Calamar, se reunió una asamblea convocada por el cacique[23] Ostáron, que entonces gobernaba, para tratar sobre las medidas de seguridad que debían adoptarse en caso de una invasión. Acordose estar preparados, aunque su natural confianza no les hacía esperar ningún revés.

Al día siguiente, cuando vieron desembarcar y acercarse a Heredia con su ejército en masa, se desengañaron de su error y se dispusieron a resistir. Ya de antemano conocían los calamareños el uso ventajoso de las armas de fuego españolas, y el cacique, considerando prudentemente que iba a sacrificar a su pueblo con una oposición que, sin tener fruto, irritaría a unos enemigos más fuertes que ellos, determinó abandonarlo y retirarse a lo de Canapote, para engrosar su gente con esta parcialidad, y tentar una sorpresa sobre los españoles cuando estuviesen más tranquilos y descuidados.

Al observar Heredia que los indios se disponían a resistirle, desplegó su ejército marchando en orden de batalla. Esta maniobra, que llamó la atención de los naturales, y que los convenció de su inferioridad para lidiar con una tropa tan disciplinada, acabó de determinar a Ostáron a la retirada, que verificó con bastante regularidad.

Cuando volvieron la espalda al ejército enemigo, se dirigieron a sus casas; y como los castellanos temiesen que fuese alguna estratagema para inspirarles confianza y atraerlos

---

[23] La palabra «cacique» es de origen caribe y significa «señor de vasallos». Así se denominó a los jefes taínos de las Antillas y por extensión los españoles lo aplicaron a todas las autoridades indígenas. De hecho, para N. Castillo Mathieu (1977) en lenguas caribes suramericanas la denominación de «jefe» es 'yopoto', 'yopotorï' o 'ayepotor' que significa «amo, señor principal».

desprevenidos, por lo cual no avanzaron apresuradamente, esto dio lugar a que los calamareños tuviesen tiempo de llevar consigo todos sus bienes y familias. Esta emigración, a cuya cabeza iba su jefe, no pudo abandonar sus hogares sin derramar copiosas lágrimas de dolor por la pérdida de la patria, que presentían no volver a pisar más. Los jóvenes llevaban a cuestas a sus ancianos padres, y los viejos y enfermos que carecían del apoyo de sus hijos eran conducidos por gente designada por el cacique. Las madres llevaban a los hijos más tiernos en su regazo, y los que andaban les seguían asidos de sus manos, mientras que los padres conducían sus animales domésticos y sus muebles. Los sacerdotes y las sacerdotisas traían en sus hombros los tesoros sagrados del templo, precedidos del *Gran Capahie;* y así reunida la familia de Calamar, se separó de su tierra natal, volviendo muchas veces sus ojos anegados en llanto que no se cansaban de verla, hasta que se internaron en el camino de Canapote[24].

Tenían razón los calamareños: su patria es hoy la mía[25], y, si en otras partes la risueña naturaleza tiene sus estaciones de gracia y de belleza, en Cartagena es siempre portentosa, magnificente. Un cielo tan despejado y hermoso, como la misma luz, que convida a la alegría, donde desaparecen con rapidez los nublados del invierno, formando un horizonte pintoresco y maravilloso, cuyos variados y esplendentes colores vespertinos pueden tomarse por modelo para representar el firmamento que sirve de asiento al trono del Eterno: en ese horizonte, donde el sol al ponerse, penetrando

---

[24] Nieto Gil vuelve sobre el tema del destierro en su novela *Los moriscos* donde subraya el dolor de un pueblo, los moriscos españoles, ante la pérdida de su patria, sentimiento que equipara al de los indígenas despojados de sus tierras.

[25] Esta afirmación evidencia el interés de Nieto Gil por determinar qué es la nación y busca la respuesta en la historia pasada y en las bondades de la naturaleza de su tierra, así como en la belleza del paisaje.

sus rayos de púrpura y azul por entre las nubes, los extiende al despedirse en la bóveda celeste, como si, aun deseando alumbrar más esta tierra, obedeciese a su pesar el mandato del Todopoderoso, que le ordena esconderse y seguir su curso para ir a alumbrar otras regiones: el dilatado océano que brillante como plata azota con sus olas espumosas y lucientes como la nieve la playa arenosa guarnecida de soberbios muros, y tantos bosquecillos de un eterno verdor divididos por pequeños canales y lagos; todo forma de Cartagena un paisaje que, visto de cualquier eminencia[26], llena de admiración al espectador, sin dejarle la naturaleza recurso a su imaginación para inventar bellezas, porque allí se le presenta a su contemplación, en toda su majestad... Pero me desviaba —era por ti, patria mía, a quien quiero tanto.

Sin embargo, de que los españoles habían visto la evacuación del pueblo de Calamar, aún recelaban de que fuese alguna estratagema, para ellos tanto más temible cuanto que estaban en un terreno que no conocían. Pero al cabo se resolvieron a avanzar, tomando las precauciones convenientes, y dejando una reserva que en cualquier revés apoyase o reforzase la vanguardia. Esta entró sin novedad, y enseguida todo el ejército.

El único habitante que encontraron fue un indio viejo llamado Corinche[27]. Este fue interrogado por medio de una india civilizada que traía Heredia, llamada Catalina[28], que le servía de intérprete: el indio informó la ruta que habían seguido sus compañeros, y de la distancia que había de allí al pueblo de Canapote. Heredia, como capitán experimen-

---

[26] La de la Popa, que está más elevada, presenta el espectáculo más interesante. *[N. del A.]*

[27] Juan de Castellanos recuerda este episodio en el que se refiere a Corinche como: «bárbaro ya cano, que no pudo huir de muy anciano».

[28] Catalina es un personaje histórico. De niña secuestrada a traductora y concubina de Pedro de Heredia, sirvió evangelizadora. Ello no impidió que declarara en contra de Heredia en el juicio al que se le sometió. Juan de Castellanos la menciona en *Elegías de varones ilustres de Indias.*

tado, no quiso aventurar por entonces ninguna tentativa, y solo se limitó a tomar posesión de Calamar en nombre del rey de España, y a trazar y fortificar su campo, para estar a cubierto de un ataque de sorpresa.

Grande fue la consternación de los indios de Canapote al ver llegar la emigración de los de Calamar. Estos encontraron en sus vecinos todos los recursos de la hospitalidad; cada familia hospedó otra en su casa y, después de provistos y acomodados, se trató de tener una asamblea esa misma noche, para informarles de los sucesos, y tratar de la seguridad de ambos.

Con este objeto, el cacique de Canapote[29] hizo requerir a todos los indios de las inmediaciones para que concurriesen a la reunión; en ella, el cacique Ostáron, después de referirles la invasión de los españoles y los motivos que había tenido para abandonar su pueblo, les manifestó que la independencia y libertad de todas las parcialidades estaban amenazadas, y que era preciso disponerse a defender la patria del común enemigo, para lo cual no había querido aventurar una resistencia inútil, en vista de la superioridad de las armas y táctica española, que podía muy bien contrapesarse con un número mayor de combatientes, y con la ventaja de un ataque de sorpresa que anularía toda su pericia. Demostroles, finalmente, que cualquiera que fuese la determinación que se creyese oportuna debía ponerse inmediatamente en ejecución; porque la poca distancia que había de allí al ejército de Heredia, pues solo era un camino de pocas horas, hacía peligrosa cualquier detención, de que se aprovecharía el enemigo para prepararse o atacarlos.

---

[29] Generalmente en esta parte de la América, los caciques daban su nombre a los pueblos que gobernaban, exceptuando unos pocos, entre ellos el de Calamar que quiere decir 'cangrejo', por los muchos que abundan en este lugar *[N. del A.]*. Esta interpretación del topónimo ya se ha dicho que es errónea.

Se resolvió: que luego se comunicase la inminencia del peligro a las parcialidades de Turbaco, Alipaya, y las demás inmediatas, invitándolas a formar un ejército para repeler a los españoles. Así se verificó, y cada mensajero salió para su destino. Entretanto, los caciques Ostáron y Canapote tomaron sus precauciones para estar seguros en el lugar en que se habían situado. Para esto, como eran de gran embarazo los muebles, las mujeres, los niños y demás gente inútil aumentada con la emigración, los trasladaron a otro pequeño pueblo cercano, quedando el de Canapote para la defensa, con solo los hombres útiles y las mujeres que quisieron tomar las armas en compañía de sus deudos, y expeditos todos, en caso de una retirada, que era lo más seguro.

No fue muy halagüeño el resultado de las diferentes comisiones dirigidas, que regresaron a la mañana siguiente. Las parcialidades requeridas, que tenían por muy poderosa y fuerte la de Calamar, temiéndolo todo de un enemigo que ella no había podido resistir, contestaron en términos dudosos, y apenas enviaron algunos indios, que más vinieron excitados por la novedad y a informarse del estado de las cosas que como auxiliares. El cacique de los turbacos, hombres bizarros e indomables, que no se aliaban con ninguno, porque ellos solos se creían capaces de repeler a cuantos los atacasen[30], contestó que debiendo ser su pueblo de los primeros que tendrían que defenderse contra los conquistadores, invitaba al cacique Ostáron, para que con sus súbditos se trasladase a Turbaco que, como punto mejor situado para fortificarse, se podrían defender con mejor suceso, teniendo un refuerzo tan considerable como el suyo. Los jefes de Calamar y Canapote se desengañaron, que solo debían contar con sus respectivos naturales.

---

[30] El año de 1590 rechazaron a Alonso de Ojeda y a Juan de la Cosa, pereciendo este último. *[N. del A.]*

Entretanto, Heredia se ocupaba en establecer gobierno de su colonia, nombrando todas las autoridades y los empleados necesarios para su administración y seguridad. Después de así arreglado, su determinación era salir por el interior, a continuar la conquista del territorio que se le había concedido en su adelantamiento; pero que nada podía emprender, sin someter antes a los pueblos de la bahía y otros. El de Carex, que hizo resistencia, fue vencido, y los demás, con este escarmiento, se entregaron, rindiendo vasallaje al rey de España, valiéndose para esto de un *Mohán* llamado Caron, de quien echó mano Heredia, para que fuese de embajada y los persuadiese. Solo faltaban por reducir los indios emigrados de Calamar y otras pequeñas parcialidades inmediatas.

Varios prófugos escapados de Carex, y llegados a Canapote, dieron la noticia del sometimiento de todos los pueblos de la bahía; y esto causó tal desaliento en los calamareños y sus compañeros que estaban tan dispuestos a resistir que, al primer ímpetu de su temor, resolvieron incendiar sus poblaciones y dispersarse. En la indecisión del partido que deberían tomar, se presentó la india Catalina acompañada de Caron, que iban comisionados por Heredia para proponer la paz, con la condición de reconocer y someterse al rey, dejándolos libres en sus pueblos con sus bienes y familias; e invitando muy particularmente al cacique Ostáron y sus calamareños a que volviesen a sus hogares bajo la dependencia de las autoridades reales, ofreciéndoles todas las garantías correspondientes, con tal de que se sostuviesen como fieles y leales súbditos de Su Majestad. La india Catalina, versada ya en estas comisiones e instruida muy particularmente en esta por Heredia para atraerse a los de Calamar, con el doble objeto de inspirar confianza a los otros y aumentar la colonia con nuevos súbditos, desempeñó su comisión tan diestramente ayudada del crédito de Caron, que los caciques y los indios todos decidieron someterse.

Muy pocos calamareños volvieron a sus casas, y aun el mismo Ostáron se quedó en Canapote con su familia, muy conforme con haber comprado la paz, aunque fuese a este precio, conjurando una tormenta que seguramente los habría aniquilado y reducido a una peor condición.

Heredia mismo, como hombre de cálculo y política, vino con su comitiva a Canapote, a hacer a los indios nuevas propuestas de seguridad, quedando ambos muy complacidos: Heredia, de la sumisión y mansedumbre de sus nuevos súbditos, y estos, de la cortesana afabilidad de su nuevo señor. Todos procedían de buena fe. En Canapote se establecieron autoridades españolas, y a los caciques y sus familias se les conservaron sus títulos y preeminencias, no en la plenitud de su antigua soberanía, sino como una halagüeña distinción de que podían hacer uso, en todo aquello que no contradijese las leyes del gobierno español.

Dispuesto así todo, y dejando Heredia a su hermano Alonso como corregidor encargado de la administración de la plaza y las dependencias, emprendió el descubrimiento y la conquista del interior de la provincia. A su salida, recomendó muy particularmente a Alonso visitase con frecuencia a los calamareños y que los tratase con dulzura, procurando adquirirse su estimación por medio de una conducta benigna y conciliadora, sin detrimento de la gravedad y la justicia. No presentiría Heredia que con esto ponía él mismo los fundamentos de una pasión que doblegó el corazón de su joven hermano.

II

Los indios de ambos pueblos vivían tranquilos y contentos en Canapote, sin echar de menos su antigua independencia. Solo el joven Catarpa, sombrío y pensativo, caminaba con paso incierto, como que le abrumaba algún peso que no podía soportar: él miraba con despecho la conformidad de sus conciudadanos, y les ultrajaba por la indiferencia en que habían caído, cuando acababan de quedarse sin libertad[31].

Yngermina, sin perder su común amabilidad, reposaba con sus compañeras de juventud bajo la fresca sombra de una corpulenta ceiba[32], cuyo follaje no dejaba penetrar los rayos del sol. Entreteníanse en juegos inocentes, y no faltaba de ellas quien hablase de sus amores, o que interpretase como signo de inclinación la mirada maliciosa de algún joven calamareño. En este risueño grupo todo era placer, todo alegría. Catarpa vino a ponerlo en consternación. Con los ojos inflamados y fijos en su órbita, como quien

---

[31] A través del personaje Catarpa se expresa la dignidad de un pueblo que se resiste a ser sometido.

[32] El nombre de este árbol es de origen taíno. Además de otros usos, con su tronco se fabricaban canoas. Se consideraba sagrado en zonas del Caribe y Centroamérica. El *Popol Vuh* da cuenta de su importancia, ya que los dioses sembraron cuatro ceibas en los puntos cósmicos del universo. En esta novela adquiere un valor simbólico, pues bajo su sombra ocurren hechos de gran importancia.

sufre una agitación violenta, con paso firme y acelerado se acerca a Yngermina y, tomándola por el brazo, la mira de hito en hito con el aspecto amenazante de la desesperación. Yngermina, alarmada con lance tan inesperado, procuraba desasirse y huir con sus compañeras no menos asustadas que ella. Al cabo, Catarpa rompió el silencio, y con voz terrible exclamó:

—¡Y tú también, Yngermina, eres indiferente a la pérdida de nuestra patria!

Soltola y desapareció. Las jóvenes que se habían prometido pasar una tarde divertida sin ningún accidente que interrumpiese su buen humor, invitadas por Yngermina, abandonaron aquel lugar en que había pasado escena tan extraña.

Yngermina, aún despavorida, llegó casi al mismo tiempo que el aturdido Catarpa a la casa del cacique Ostáron, a quien causó mucha sorpresa la novedad de ver a su hijo y a su pupila en aquel estado, temiendo algún suceso terrible, acaecido entre estos dos presuntos herederos de su soberanía, que pudiese influir en detrimento de la tranquilidad de su pueblo. Yngermina le refirió lo ocurrido en la ceiba: el cacique procuró calmar la agitación de la joven, sin dejar de entrar en cuidado por la exaltación de Catarpa. Este cogió sus armas y se fue a la cacería.

Se tenía a Yngermina por hija del último cacique Marcoya, destronado por Ostáron. Marcoya, de carácter feroz, ejercía su soberanía con suma dureza: exigía un excesivo tributo de sus súbditos y la menor falta hacia su autoridad la castigaba con la muerte. Desenfrenado por condición, no respetaba las costumbres ni preocupaciones, atropellando cuanto se oponía a sus deseos. De aquí, el odio que se adquirió con los sacerdotes y todas las clases del Estado. Los calamareños, acostumbrados al gobierno suave y paternal de sus antiguos caciques, estaban dispuestos a aprovechar la menor oportunidad que se les presentase, para deshacerse de un déspota tan brutal como Marcoya.

Ostáron había sido de la clase del pueblo, y fue incorporado en la comitiva real por haberle caído a él la serpiente de oro el día de la coronación de Marcoya. Sagaz y dotado de bellas cualidades, haciéndose amar de sus conciudadanos, consolándolos y mostrándose compasivo por su suerte, Ostáron ponía los fundamentos de su grandeza futura, aprovechándose del descontento que cada vez más inspiraba la conducta del cacique. Ocultamente indemnizaba con sus bienes a los indios despojados, y, por medio de sus agentes secretos comprados o adictos a sus intereses, sustraía los que estaban en prisiones. Ostáron llegó a ser el ídolo y la esperanza de sus oprimidos compatriotas. El *Gran Capahie* y algunos de los principales personajes habían designado a un príncipe pariente más inmediato para que se abrogase[33] el poder supremo de Marcoya, contra quien se preparaba una conspiración, en virtud de no tener hijo varón que le sucediese. Revelaron el proyecto a Ostáron, este lo aprobó sin dejar entrever sus aspiraciones, pero puso en acción sus manejos, que debían tener buen resultado, según la ilimitada confianza que le inspiraba la estimación de los calamareños.

El cacique salió a su cacería acompañado de algunos magnates[34]; y esta fue la hora de su caída. Ostáron reunió inmediatamente a los indios, se aseguró con una fuerte guardia compuesta de sus más adictos, y, sin sufrir la menor alteración en su semblante, se declaró soberano de los calamareños, quienes lo proclamaron con los transportes de una sincera alegría.

Un emisario voló a dar cuenta al cacique, pero el previsivo Ostáron, sin perder tiempo, salió con los suyos a prenderle. Marcoya hizo resistencia, y murió peleando. El usurpador, para evitar que el furor del pueblo recayese también

---

[33] «Abrogar»: americanismo con el mismo sentido de 'arrogarse'.

[34] Del latín *magnā, magno,* 'grande'.

sobre la familia del cacique, corrió a ampararla. Sobrecogida de terror, se llevó a su casa a la viuda y a Yngermina, entonces niña de solo cuatro años; y, para hacer de algún modo disimulable su conducta, la tomó por esposa adoptando a la huérfana por hija.

La usurpación de Ostáron fue justificada por la equidad y clemencia de su gobierno, al que se sometieron sin replicar hasta los mismos que tenían derechos a la soberanía, y que aspiraban a ella.

Ostáron tenía un hijo, este era Catarpa, de menor edad cuando la caída de Marcoya, y desde entonces formó el proyecto de unirlo con Yngermina tan luego como se hallasen capaces, para que ambos heredasen su soberanía; y, aunque ellos ignoraban las miras de su padre, este los hacía levantar juntos en su propia casa, empleando todos los medios para que se inspirasen cariño desde pequeños, de que resultó profesarse el afecto de dos hermanos.

Era Yngermina la joven más bella de su pueblo: su tez casi blanca y sonrosada a que daban realce los rizos de su pelo color de azabache, su talle esbelto, sus maneras graciosas, sus facciones proporcionadas y unos hermosos ojos negros intérpretes de la alegría y demás prendas de su alma la hacían la reina de los amores, y el tormento de más de un joven calamareño que suspiraba por ella sin esperanza.

Al tiempo de la ocupación de Calamar por los españoles, como los dos jóvenes tuviesen ya la edad competente para unirse, Ostáron se disponía a declararles su proyecto y a consumarlo sin demora. Pero la llegada de Heredia lo trastornó todo.

Pasando la vida en paz, aunque en condición diferente, y movido por el estado de exaltación y descontento en que se hallaba el joven Catarpa desde que habían abandonado Calamar, Ostáron se había declarado con sus hijos, después de haberse establecido en Canapote, en la confianza no solo de decidir su suerte, sino de que la dulzura de Yngermina suavizara el carácter determinado de Catarpa, que los acontecimientos habían transformado en sombrío e impetuoso.

La ambición de este joven príncipe de Calamar era un obstáculo para esta unión, aunque por otra parte no le repugnaba se llevase al cabo.

—¿Qué satisfacción —dijo él a su padre— puede resultar al hijo de un cacique heredero de su soberanía, de unir su suerte a una mujer escogida, que no puede ya participar con su esposo de las delicias del poder supremo, de que le ha despojado la usurpación del extranjero arrojándolos de su patria y hogar? ¿No fue con el objeto de que os sucediésemos que formasteis el proyecto de unirnos? Y bien: ¿de qué os seremos sucesores ahora? Solo de vanos títulos, que como por burla os han dejado para engañar vuestra sencilla credulidad, después que sin la menor resistencia se han humillado todos a los pies del vencedor, sin dar siquiera la más pequeña muestra de recibir el yugo con repugnancia. Enhorabuena: si vosotros sois indiferentes y soportáis la esclavitud hasta contaros dichosos con ella, yo no puedo serlo a la ignominia de mi patria y de mi casa. Si Yngermina participa, que no lo dudo, de estos mismos sentimientos como descendiente de soberanos, debe convenir en que se retarde nuestra unión hasta que logremos una mejor suerte; pues por mi parte me encuentro más feliz conservando mi independencia, errante por los bosques y entre las bestias salvajes, que sufrir la presencia siquiera de uno de nuestros opresores, que cada día nos echan en cara nuestra degradación, tanto más oprobiosa, cuanto que esa dulzura con que nos tratan es en recompensa de la deshonrosa mansedumbre con que nos hemos sometido. ¡Ojalá se nos tratase con dureza! Ella, aunque mortificante, nos enorgullecería, recordándonos que la merecíamos por haberles resistido como hombres, mientras que la tranquilidad con que se nos acaricia nos envilece, porque es hija... de nuestra cobardía. Si nuestros padres resucitaran, se precipitarían para volver a la región de los muertos, avergonzados de tan degenerada posteridad.

Desconcertado con este lenguaje, Ostáron, después de haber hecho a su hijo algunas juiciosas reflexiones propias de la vejez, a que siempre se hace sorda la fogosa juventud, cuya presunción alcanza hasta a creer poderlo todo, se dirige a Yngermina, que estaba no menos confusa por lo que había oído, sin saber qué presagiar de aquella escena, para pedirle su parecer respecto a la resolución de Catarpa. Ella respondió estar sometida a lo que decidiese su padre, que era el árbitro de su suerte.

El cacique dispuso que se realizara el casamiento, valiéndose para ello de la autoridad paterna —al efecto, ordenó a Catarpa se dispusiese al *Taguanajá* o correría de los amores—, para la primera creciente de luna.

En este intermedio tuvo lugar el suceso ocurrido en la ceiba con Yngermina y sus compañeras. Catarpa regresó muy tarde de la caza, acompañado de algunos jóvenes amigos suyos. Ostáron le reconvino por la sorpresa tan desagradable que había dado a su futura, derramando la consternación y la amargura en un corazón tan inocente. Concluyó exhortándolo a la moderación, y presagiándole que, de no refrenarse, podrían verse envueltos en una desgracia que los arrastraría a todos. Catarpa ofreció variar de conducta. A la tarde siguiente, anunciado por el *Gran Capahie* el regocijo del primer día de la nueva luna, partió Catarpa a cumplir la correría de sus amores, dejando a Ostáron más tranquilo por entonces, respecto a los temores que le infundía la exaltación de su joven hijo.

III

Fue en una de las risueñas mañanas del florido abril, tan deliciosas en el pueblo de Calamar y sus inmediaciones, que Alonso de Heredia se presentó por primera vez con su comitiva en Canapote. Llevaba por objeto hacer trasladar toda la población a la nueva Cartagena; y, por si se le mostrase alguna resistencia, un piquete de alabarderos que le acompañaba bastaría para hacer ejecutar sus órdenes. Las autoridades españolas intimaron a los calamareños, para que dentro de tres días se preparasen a ocupar sus primitivos hogares, pues hasta entonces la población de la colonia estaba limitada al ejército, empleados públicos, algunos particulares españoles recién venidos a la noticia del nuevo establecimiento, y unos pocos naturales asalariados, que se habían ocupado en la construcción de cuarteles y otros edificios del gobierno. El día prefijado, y cuando la parcialidad se iba a poner en marcha, un sordo rumor esparcido entre los indios los puso a todos en consternación. Habíase recibido noticia, que en un punto inmediato al pueblo había una reunión de gente armada, cuyo jefe invitaba a los calamareños a que se le uniesen. Informado Heredia de esta novedad, destacó un oficial y soldados para que dispersasen el tumulto.

Como todos estos movimientos pudieran indicar algún alzamiento de los indios, el cacique Ostáron, para que no se le sospechase cómplice, en unión de su familia se dirigió donde Alonso para ponerse bajo su salvaguardia. El castellano lo recibió con su acostumbrada bondad, no sin dejar de traslucir su admiración a la vista de la joven india que le acompañaba, cuya belleza le llamó muy profundamente la atención, inspirándole sentimientos muy diferentes a los de una mera urbanidad. Desde aquel momento cautivó Yngermina el corazón de Heredia, quien empezó involuntariamente a formar planes de que estaba ella muy ajena de ser el objeto. El cacique le informó de su historia, reservando los pasajes que pudiesen perjudicarle; y Heredia, que había solicitado saberla, quedó entonces más satisfecho al descubrir que la joven calamareña descendía de los soberanos de la tierra, propio de casi todo español, que siempre quiere ser hijo de algo.

La parcialidad se puso en marcha para la nueva Cartagena acompañada de Alonso, que se hizo inseparable de la familia del cacique. Grande fue la admiración de los indios al ver la transformación de su tierra natal, el orden de los nuevos edificios, y, más que todo, los cuerpos de guardia, los centinelas y el aparato militar que les infundía ese temor que es compañero inseparable de la esclavitud. Los calamareños ocuparon sus mismas habitaciones; uno de los nuevos edificios fue destinado por Heredia para Ostáron y su familia, a quien, desde este día, colmó de atenciones por respeto a Yngermina. Visitábala con frecuencia, y él mismo se dedicó a enseñarle a hablar el español, poniendo además grande empeño en que fuese poco a poco abandonando los hábitos nacionales. Ostáron observaba esto con diversos presentimientos.

Se concedió a los indios todas aquellas libertades compatibles con su nuevo estado, menos la del culto de su idolatría. Sus ministros quedaron confundidos en el pueblo, y se establecieron sacerdotes doctrineros que, instruyéndolos, los atrajesen al seno de la religión cristiana —en fin, trasladados los calamareños a Cartagena, acabaron de convencerse de su nueva condición.

La colonia tomaba cada día nuevo incremento, así por la fidelidad de los pueblos ya conquistados, como por la esperanza de someter otros, y por las continuas inmigraciones que de la isla de Santo Domingo, y de la misma Península, compuestas de individuos de todas profesiones, llegaban a Cartagena a poner sus establecimientos. Ya había formada una iglesia, adonde se hacían concurrir a los indios a las ceremonias del culto católico, y a recibir la instrucción de los sacerdotes. Casi todos los demás pueblos tenían sus párrocos, pues uno de los primeros cuidados del gobierno español era proveer de clérigos y religiosos cualquier pequeña posesión que ocupasen en la conquista, edificándose las más veces un templo antes que un cuartel.

Todas las tardes salía por la calle una procesión de indígenas niños de ambos sexos, presididos por el ministro cristiano que les hacía entonar en alta voz la doctrina que pronunciaban como unos papagayos; porque los artículos de la fe eran las primeras nociones de la lengua española que se daban a los naturales. Y de este modo, instruidas estas bandadas de catecúmenos de todas edades, eran bautizados, sin saber de su nueva religión más que las pequeñas prácticas exteriores de que eran testigos; de que resultaba una mezcla bizarra de cristiandad, pues no abandonando los adultos del todo su antigua religión, confundían la adoración de sus ídolos con la del verdadero Dios, que se les quería hacer conocer de un modo tan abstracto.

Sin embargo, por muy afectos que fuesen los calamareños a su creencia, la solemne majestad al culto católico les inspiraba alguna idea de su perfección. La forma y riqueza de los vasos sagrados, las vestiduras sacerdotales elegantes y vistosas, donde ingeniosamente brillaban el oro y las piedras preciosas, y el recogimiento y devoción de los cristianos en sus ceremonias, celebradas con cantos armoniosos y clásicos, haciendo notar a los indios toda la diferencia que había de esto a la estúpida simplicidad y el desaliño de sus ministros idólatras, por cuya ignorancia carecían sus prácticas de magnificencia y atractivos, los arrastraba a una edificación que, aunque hija de las impresiones producidas por el aparato, endulzaba sus costumbres, atrayéndolos insensiblemente al seno de la religión cristiana como meros devotos, ignorantes de su verdadero espíritu, único que puede obrar el convencimiento del alma y su reconciliación con las verdades eternas.

Yngermina llevaba una educación mucho más sólida, en la que ponía Alonso todo su esmero. Nada se le había aún dado a entender de religión, cuando tantos conciudadanos suyos estaban ya hechos cristianos y, aunque en unión de la familia del cacique, se le permitía asistir a los ejercicios del templo a que prestaba mucha atención, todo el empeño de Heredia era, por entonces, instruirla en la lengua española. No sabía Yngermina a qué atribuir la conducta obsequiosa del castellano; ajena de ser ella el objeto de sus solicitudes, admitía sus favores como propios de un caballero generoso que se compadece del infortunio y que, por medio de buenas acciones, pretendía hacer sobrellevar el amargo recuerdo de la grandeza pasada al jefe calamareño y sus adherentes. La madre, acaso más sagaz, llegó a penetrar las miras de Alonso; comunicó sus presunciones a Ostáron y, desde esta vez, era inseparable de su hija, como que era esposa prometida de un príncipe de Calamar. La joven indiana pensaba en este enlace no sin estremecerse, tanto porque su voluntad no se había enteramente decidido, cuanto porque las circunstancias en que se había proyectado su ejecución le parecían de muy mal auspicio. Su cariño hacia Catarpa, aunque particular, era el de un hermano y carecía de la ternura de un amante. La razón de estado y la condición humilde de las mujeres indianas pudieron, más que todo, someterla a consentir en el enlace del hijo del cacique; y como su gusto se refinaba algo más con las visitas continuas de Heredia y otros jóvenes castellanos, las maneras casi salvajes de sus conciudadanos le parecían ya inferiores y aun chocantes. El frecuente trato de Alonso, lleno de dulzura y afabilidad, unido a su gallarda figura, le hacían nacer por él una preferencia involuntaria, experimentando sensaciones tan nuevas para ella, que, no pareciéndose en nada a las de una amistad desnuda, le extraviaban el corazón, inclinando su voluntad hacia el objeto privilegiado. Perpleja en tal situación, Yngermina iba amando sin comprenderlo. Estos estímulos, y unas excelentes disposiciones intelectuales, la hacían progresar maravillosamente en su aprendizaje. Heredia, encantado, encontraba cada día nuevos motivos de acrecentar más su cariño y de estar satisfecho con su obra.

Varias veces el celo fanático e indiscreto de los sacerdotes españoles, tan común y pernicioso en aquel tiempo, reprobaba a Alonso sus íntimas relaciones con una mujer pagana que no se trataba de convertir: las murmuraciones se excedían hasta atribuirle el que el cacique y su familia no se hubiesen aún bautizado, debiendo ser los primeros en dar el ejemplo a los que habían sido sus súbditos, por cuya causa (se extendían a afirmar) se embarazaba la propagación de la fe, que debía ser más eficaz en un pueblo ya numeroso. Religiosos hubo que, creyéndose autorizados por sus deberes evangélicos, no tuvieron empacho de reconvenir al mismo Alonso por una conducta tan pecaminosa, compeliéndolo a que la reformase para evitar el escándalo y los escrúpulos de los ortodoxos. Pero el joven tenía todo el enérgico temple de un castellano: era el jefe de la colonia y, como en su conciencia obraba bien, sin disgustar a los ministros, hizo acallar los rumores, imponiendo respeto a cuantos quisiesen interpretar siniestramente sus designios. A la voz del que tenía el poder, todos enmudecieron pues, aunque Heredia no abusaba, contenía en sus límites a los que querían traspasarlos, sin que hubiese para él clase privilegiada, cuando llegaba el caso de cumplir con su deber y de hacerse respetar. Carácter peculiar a la nación española, que ha constituido una de sus mejores cualidades y que muy rara vez ha desmentido.

La partida de alabarderos enviada en descubrimiento y persecución del tumulto de indios armados que, a la salida de los calamareños de Canapote, se había anunciado estar en las cercanías regresó sin haber llegado a las manos. Informose que, habiendo los sublevados descubierto la tropa que iba a atacarlos, abandonaron la posición que ocupaban y salieron de huida; que los españoles siguieron en su alcance y que, habiendo gastado en esto algunos días, no lo habían podido conseguir porque se internaban en montes cuyo acceso les era totalmente desconocido; pues, aunque en el tránsito se había cogido un indio para que les sirviese de guía, sospechando de su fidelidad, no se habían servido de él para nada. El oficial advirtió que era preciso no abandonar la persecución de estos naturales errantes y hostiles, en una partida tan considerable, porque, si su proyecto era, como se debía creer, el de inquietar a la colonia, les era muy fácil aumentar su número y acercarse, cuando no a vencer, porque les fuese imposible, por lo menos a causar conmociones a un gobierno naciente que necesitaba tranquilidad para su progreso.

Con este motivo, Alonso hizo trasladar a Cartagena toda la parcialidad de Canapote, para impedir el que los insurrectos comprometiesen estos naturales, dóciles por condición, a seguirlos en su empresa. Esta medida era tanto más necesaria cuanto que, habiendo obras públicas que comenzar, se tenían estos hombres más disponibles para el trabajo[35].

Los calamareños ejercieron con sus amigos la misma hospitalidad que habían recibido de ellos en iguales circunstancias, y el gobierno les proporcionó habitaciones. Yngermina, sensible a la suerte de las mujeres de Canapote, de quienes había recibido tantas demostraciones de afecto y compasión, las consoló en su desgracia, dándoles repetidas pruebas de que recordaba con gratitud los servicios que había recibido de ellas, cuando había abandonado su patria. En todo esto tomaba una gran parte la generosidad de Alonso, como que con ella protegía también las buenas intenciones del objeto de su cariño.

---

[35] Desde entonces este pueblo quedó reducido a una hacienda de campo, que aún conserva su nombre. *[N. del A.]*

IV

Hacía ya un considerable espacio de tiempo que había pasado la creciente de luna, en que el joven Catarpa había salido a cumplir la correría de sus amores. En su ausencia habían ocurrido transformaciones capaces de causarle asombro —su familia nada sabía de él, y Ostáron particularmente estaba muy alarmado por tan extraña tardanza, pues sospechaba, no sin fundamento, estuviese enrolado en la partida sublevada, y que aun la acaudillase—. El cacique se estremecía con la idea de que, vencidos los indios, fuese su hijo muerto, o prisionero, presagiándole una suerte muy desastrosa. Estos temores los comunicó a su esposa, y como se rugía que se alistaba un fuerte destacamento para continuar su persecución, a causa de que se recibían denuncios frecuentes, determinó enviar cerca de Catarpa un emisario oculto que le informase de todo, conjurándolo a que se viniese a su casa antes que fuese atacado y, tal vez, vencido por los españoles. El emisario regresó sin haber encontrado al joven príncipe, sin dar tampoco razón alguna de la partida armada, que recorría el terreno inmediato. Esta ocurrencia agravó más los pesares del cacique, que lo consideraba comprometido por su exaltación, en un riesgo inminente de que tal vez no podría salvarse. Por otra parte, temía que Catarpa supiese los obsequios que Alonso dispensaba a Yngermina, y el interés que al parecer se tomaba por su bien, esmerándose en educarla; porque esto excandecería[36] más su odio acendrado a los opresores, atribuyendo a uno de sus jefes la crueldad de adelantarse hasta arrebatarle la que estaba destinada a ser la compañera de su vida. Aunque el joven indio, enajenado con el insoportable tormento causado por la decadencia de su casa, no estuviese muy decidido a este enlace, y que empeñado en sus quimeras hasta lo viese con indiferencia, bastaría el que un castellano distinguiese a su presunta para alterar su pasión y sus celos contra un rival execrable a quien pondría los medios de exterminar.

No estaba menos cuidadosa Yngermina con estos acontecimientos. No se le había quitado de la memoria el lance ocurrido con Catarpa bajo la ceiba de Canapote: y si entonces que solo era animada su venganza por la esclavitud de su patria y la pérdida de sus preeminencias, se había mostrado tan violento de cólera, ¿qué no sería de temer su furor alentado por los celos, y celos entre dos competidores, uno poderoso y otro desesperado, que necesariamente había de perderse alguno de ellos, si no ambos? Estas consideraciones acibaraban de tal manera la tranquilidad de la calamareña, que pasaba horas enteras sumergida en tristes alarmas, y el más pequeño rumor se le figuraba siempre ser la aparición del aturdido Catarpa. Solo la presencia de Alonso podía distraerla de tan amargos presentimientos. Bastaba él para volverle su alegría y su confianza.

Ostáron en sus observaciones descubrió que Yngermina demostraba una decidida adhesión por el castellano, y que casi no le quedaba duda de que se inclinaba hacia él, porque cada vez encontraba nuevos motivos que se lo persuadían. Su semblante halagüeño y su modo complaciente con el obsequioso Heredia le desengañaban de una verdad, que aun ella misma no se atrevía a poner en duda. Todo esto eran nuevos tormentos para el cacique: él deseaba el

---

36 Del latín *excandescĕre:* causar ira o enfado, irritar, encender de furia, según el *Diccionario de la Real Academia Española.*

enlace de los hijos para perpetuar siquiera un simulacro de privilegio y autoridad entre los indios y, a la vez que creía frustrados sus planes, le era aún ominoso el regreso de Catarpa, porque su fogosidad le ponía en peligro de atraerse una desgracia, desagradando a uno de los principales jefes de sus conquistadores. Era bien terrible la alternativa.

Alonso notó el trastorno y la inquietud de la casa del cacique: veía a este taciturno y pensativo y que, aunque en su trato procuraba disimular su dolor, su semblante desfigurado lo traicionaba: y que a su esposa, mujer todavía algo interesante por su frescura y amabilidad, se le anegaban los ojos de lágrimas sin que la contuviera el hallarse en su presencia; por lo que echaba de ver que un continuo pesar la atormentaba. Más de una vez, había sorprendido a Yngermina abatida como si sufriese alguna pena que, aunque procuraba disiparla con su presencia, sus vestigios la acusaban para con su protector. Alonso, sin ponerse a averiguar las causas, atribuía todas estas aflicciones a algún quebranto de familia. Pero no por eso dejaba de inquietarle la situación de su querida. Él ignoraba absolutamente la existencia de Catarpa, que estudiosamente le habían ocultado, tal vez no presumiendo el curso que habían de tomar los sucesos; y esta era otra consideración que tenía disgustado al cacique, porque desde entonces empezaba a temer lo que presumiría Alonso cuando descubriese semejante reserva, tanto más grave si los sublevados continuaban en sus proyectos. Solo una chispa de esperanza le quedaba: que ellos desistiesen y volviese su hijo a Cartagena.

Una tarde[37], y cuando menos se esperaba, el sonido de los clarines y tambores anunció la llegada del Adelantado don Pedro de Heredia con su tropa y comitiva. Todo se puso en movimiento para recibirle con los honores debidos a su categoría.

En el recorrido que había hecho, al norte de Cartagena, había conquistado todos los pueblos de indígenas aquella

---

[37] Histórico. *[N. del A.]*

parte de la provincia. Todos ellos sometidos, con muy poca resistencia, aumentaban no solo la población de la colonia, sino los medios de reducir los otros a la obediencia. La política y moderación del gobernador le atrajeron el amor de sus nuevos súbditos, y algunos le siguieron voluntariamente. Aunque estos pueblos no fuesen tan afamados por su riqueza como los del sur de Cartagena, que aún no se habían descubierto, con todo, don Pedro de Heredia había traído de esta campaña tesoros más que suficientes para halagar la codicia de los conquistadores y alentarlos a nuevas empresas. Él había despojado los templos de sus adornos e ídolos de oro, y, para formar un cálculo aproximado de lo que podría valer el producto de esta expedición, baste decir que el *puercoespín* de oro, quitado al templo de Zipacúa, pesaba cinco arrobas, y los ocho patos *sagrados* del mismo metal tomados al de Mahates[38], cuarenta mil ducados[39], fuera de las demás dádivas preciosas con que los caciques habían obsequiado a los soldados. Después de distribuidas las partes, deducida la del Tesoro Real, los partícipes se dieron por plenamente conformes con lo que a cada uno había cabido.

Don Pedro de Heredia quedó muy satisfecho del estado de progreso en que había encontrado a Cartagena, debido al celo y a la acertada administración de su hermano: él aprobó cuantas medidas había adoptado, tanto respecto de los indígenas como de los españoles, cuyo número aumentaba cada vez más con las frecuentes inmigraciones, atraídas por la fama de prosperidad de la colonia y el estímulo de las riquezas. Parte de los que habían venido, y que eran especuladores de profesión, se dispersaron en los pueblos ya conquistados

---

[38] Zipacúa y Mahates eran pueblos no muy distantes de Calamar. Al tiempo de la conquista, Zipacúa era gobernado por un cacique de este nombre, y Mahates, que es hoy villa cabecera de cantón, por uno llamado Cambayo, a quienes puso en paz Heredia sometiéndolos a ambos. *[N. del A.]*

[39] Por todo, setenta y siete mil pesos de nuestra moneda. *[N. del A.]*

para negociar con los indios, de que les resultaba una inmensa utilidad; porque estos naturales, desconociendo la belleza y el adelanto de las artes, cualquier bujería[40] española los alucinaba como una cosa maravillosa que jamás habían visto, y la cambiaban por su oro que reputaban en menor precio. De aquí tantos capitalistas; que los más se establecieron comprando el estipendio o la soberanía de varios pueblos indígenas para sí y sus descendientes, por medio de algunos ducados que redituaban[41] a la Corona. Con este motivo, los beneficiados fomentaban sus poblaciones hasta llegarlas a erigir en parroquias, cuyo suceso alentaba a otros a seguir su ejemplo; de donde resultó que las parcialidades dispersas se reunían en una sola comunidad, bajo la dependencia y dirección de las autoridades españolas.

Como la nueva Cartagena por sus vecinos y su riqueza tenía ya el carácter de una población bien organizada, capaz de excitar la codicia de los corsarios que frecuentaban las costas, y que particularmente dirigían sus miras a los nuevos establecimientos españoles del Nuevo Mundo, para ponerla de algún modo al abrigo de cualquier incursión, don Pedro de Heredia dispuso circundarla de una fuerte cerca de estacas provisional, mientras se emprendía la grande obra de sus muros. Comunicó a su hermano Alonso este plan, dándole a él la comisión de arreglar estas obras del modo que creyese más conveniente, advirtiéndole expresamente que los caciques, a la cabeza de sus súbditos, desempeñasen el empleo de directores, con cuyo método se dedicarían con más eficacia al trabajo.

El diligente Alonso puso en ejecución inmediatamente las órdenes de su hermano, y ayudado de Ostáron, a quien instituyó por jefe de todos los obreros, y que desempeñó su encargo con mucha actividad e inteligencia, en pocos me-

---

40 Mercancía de poco valor, de estaño, hierro o vidrio.

41 Según el *Diccionario* de la Real Academia Española: «rendir, producir utilidad o rédito». También se usa en el sentido de aprovechar o aprovecharse.

ses quedó concluida la estacada y los fosos, a entera satisfacción del gobernador de la colonia.

Alonso respetaba mucho a su hermano, para que por más tiempo pudiese estar tranquilo, sin comunicarle su amor y sus proyectos con Yngermina. Aunque estaba penetrado del carácter condescendiente y despreocupado de don Pedro, lo inquietaba, sin embargo, la sospecha de que el orgullo español pudiese obrar en su ánimo para persuadirlo a que desistiese de aspirar a una joven indiana que, aunque descendiente de los soberanos de su país, por su condición de conquistada y colona la tuviese como indigna de ser la esposa de un castellano, y hermano del gobernador, que podía obtener establecimientos más ventajosos. Con todo, echó a un lado los temores y se decidió a descubrir su pecho al Adelantado, confiado en su bondad.

Aprovechó para esto una mañana en que, juntos y sin séquito, se paseaban por la playa. Con toda la vehemencia de un corazón bien enamorado, le declaró su pasión, ponderándole las bellas prendas de su adorada, sin ocultarle el más pequeño incidente que pudiese interesar y llamar la atención a don Pedro.

—Yo creo —le dijo al concluir— que esta alianza es de grande utilidad a nuestros mismos proyectos de conquista. Por ella los indígenas se persuadirán de nuestras saludables intenciones, pues no reparamos en unirnos con sus hijas, como una prueba de que aun siendo colonos no tratamos de humillarlos y oprimirlos; y, como mi escogida es una princesa de su tribu, este motivo más les hará respetar el dominio a que se les ha sometido, porque les parecerá, en cierto modo, que sus soberanos tienen alguna influencia en él por estos enlaces. ¡Ojalá, cuando no todos, que muchos de los españoles los celebrasen!, este sería un medio muy eficaz e insensible[42] de atraer y conservar más estos naturales en la obediencia.

[42] En el sentido de solapado.

—¿Y es cristiana esa joven calamareña? —preguntó gravemente don Pedro.

—Aún no —respondió Alonso—, ella se instruye para serlo, y jamás una pagana sería la esposa de vuestro hermano.

Don Pedro observó a Alonso lo extraño que sería ver a un castellano unido a una indiana con mengua de su dignidad: que los colonos con tales alianzas, creyéndose iguales a sus señores, degenerarían del respeto a que debe tenérseles siempre acostumbrados: que estas naciones medio salvajes, destinadas por la naturaleza a la sumisión y la obediencia de sus conquistadores, irían poco a poco olvidándose de su humilde condición, si por medio de relaciones domésticas adquiriesen confianza y amistad con sus señores; en fin, que, sin desaprobarlo del todo, le parecía muy precipitado su proyecto, al que debía procederse con más madurez.

—Convengo —replicó Alonso—, que vuestras observaciones serán producidas por el deseo de mi felicidad, pero permitidme os manifieste que no estamos de acuerdo en opiniones, y la mía está autorizada con el ejemplo reciente de Pizarro en el Perú quien, después de haber muerto a Atahualpa, ha tomado por esposa a la viuda de este Inca, para quedar sin ninguna dificultad dueño absoluto de todo aquel imperio[43]. Y, aunque esto no fuera, ¿es culpa de los indios el que la Providencia les haya hecho nacer en estas regiones? ¿Dejan por eso de ser hijos de Dios y dignos,

[43] Cuando se estableció la primera colonia en Virginia, en los Estados Unidos de Norteamérica, un joven inglés, M. Rolfe, enamorado de la belleza de Pocahontas, hija del cacique Powhatan, solicitó su mano con mucho empeño. El gobernador Dale, persuadido de las ventajas de esta unión, la protegió con todo su influjo, y, celebrando el matrimonio, todas las tribus sometidas a Powhatan vivieron en estrecha amistad con los nuevos pobladores. Rolfe fue a Inglaterra con la princesa, su esposa, y Pocahontas fue recibida por el rey Jacobo I y la reina, con todas las atenciones debidas a su nacimiento, y se celebró enseguida su bautismo con toda magnificencia. *[N. del A.]*

como nosotros, de todos sus beneficios? ¿Quién nos ha dado derecho de reputar como esclavos nuestros a hombres que se nos asemejan tan solo por la casualidad de haber descubierto sus países? La gloria que, en mi concepto, nos cabe como conquistadores consiste en habernos tocado la dicha de hacer un bien al género humano, sacando a los conquistados de la ignorancia y la idolatría para cultivar su entendimiento y atraerlos al seno de la verdadera religión; y no, en clase de verdugos, sujetar enormes masas de hombres a la humillante condición de esclavos, contraviniendo a las leyes de la creación y la humanidad. Además, ¿qué éramos nosotros mismos antes de ser ilustrados e independientes? ¿Los íberos y los celtas primitivos naturales de nuestra patria no recibieron sucesivamente el yugo, costumbres, leyes y religión de los fenicios, cartagineses y romanos que les empezaron a enseñar el comercio y las artes? Y los alanos, los suevos, los vándalos y godos, nuestros padres, ¿eran acaso menos bárbaros que los indios que se quieren reputar inferiores a los demás hombres? ¿Hubo algún español que concediese a los árabes el derecho de dominio, ni que lo consintiese impasible, porque hubiesen ellos conquistado la Península dominándola por más de siete siglos? La diferencia debe establecerse entre la ignorancia y el saber, pero no de un hombre a otro, cuando en todos la naturaleza es la misma, y la única diferencia que encuentro entre mi Yngermina, cristiana y educada, y una española es la que sugieren esas vanas y ostentosas preocupaciones. Vos os desengañaréis algún día, y me diréis que tengo razón.

Don Pedro, que veía a su hermano tan decidido, le ofreció tratar más tarde de su asunto, para tener tiempo de examinarlo. También él quería ver a la joven calamareña, objeto del ferviente amor de Alonso.

V

Don Miguel Peralta Manrique, un navarro natural de Pamplona, hombre de pasiones inicuas y violentas y de carácter duro, había sido destinado por el Adelantado como primer alcalde de Turbaco, para que gobernase esta parcialidad, ya formalizado el pueblo, estableciendo en él la administración civil por medio de prudentes y acertadas medidas. En la ausencia del gobernador, Alonso, que había quedado con el mando de Cartagena, había recibido repetidas quejas contra Peralta por sus crueldades con los indios, a quienes arrancaba excesivas contribuciones, y por atropellamientos aun con los mismos empleados españoles. El corregidor lo hizo comparecer y, después de una severa reprensión, lo suspendió de su destino. Pero, luego, fue repuesto por intercesión de sus amigos, habiendo protestado la enmienda. Peralta, sin embargo, no mudó de conducta y aun se vengó de los que lo habían denunciado.

La mayor parte de los indios, cansados de tantos sufrimientos, abandonaron sus hogares buscando en la espesura de los montes un asilo contra la opresión, llevándose a sus familias y sus bienes. Aunque nuevas quejas habían sido puestas, denunciando al alcalde de Turbaco, la llegada de don Pedro distrajo a Alonso al momento que iba a proceder contra el acusado para hacer un ejemplar y, como su ocupación en las nuevas obras, agregadas a otras atenciones del servicio público y, sobre todo, sus amores que le embarazaban el tiempo, le llamasen con preferencia, enteramente se olvidó de Peralta y sus turbaqueros. Este olvido, que el alcalde creyó ser tolerancia, lo insolentó más, alentándolo a cometer atentados mayores que los primeros.

Celebrábase el cumpleaños del gobernador y, aún no se había terminado la ceremonia de felicitación o besamanos, cuando un tumulto anunció la precipitada aparición de Peralta y algunos empleados de Turbaco, que habían podido escapar y que pusieron la ciudad en conmoción. Traían la noticia de que una gran partida de indios armados había atacado el pueblo y, apoderándose de él, asesinado a los españoles allí establecidos.

Era que todos los turbaqueros descontentos que se ausentaban, habiéndose encontrado con la partida de indios sublevados, que recorría el terreno para aumentarla, desesperados con la opresión del concusionario Peralta y ardiendo de venganza, se incorporaron y, con ella, se dirigieron a atacar Turbaco para ver si lograban su intento. Ocuparon, en efecto, el pueblo y, aunque se les escapó el principal objeto de su odio, saquearon su casa y mataron los europeos que hubieron a las manos, permaneciendo allí en actitud hostil, resueltos a hacer resistencia. Con este motivo, reunieron todos los indios de aquellos caseríos y se fortificaron para esperar el ataque de los españoles.

Una partida respetable de tropa fue alistada inmediatamente para sofocar la rebelión y, como don Pedro estaba ocupado en varios arreglos económicos de la administración que requerían su presencia en la capital, su hermano Alonso, acompañado de los más afamados capitanes, fue destinado para acaudillar la expedición contra los turbaqueros, pues estos habían ya hecho conocer su valor en diferentes ocasiones.

Como la conducta opresiva de Peralta era la causa de la sublevación de Turbaco, según el testimonio de los mismos que habían emigrado con él, Alonso antes de salir informó a don Pedro de todo, sin olvidar los antecedentes. El Adelantado, que recomendaba siempre como un deber a las autoridades dependientes de él que se condujesen con los indios con bondad y moderación, para atraerlos y hacerles más llevadero el peso de la esclavitud, se llenó de indignación al saber los atentados del navarro, y lo hizo reducir a prisión para formarle juicio, y que su castigo sirviese de escarmiento a los demás empleados de su clase.

Alonso se despidió de su Yngermina. Sorprendida esta, le preguntó involuntariamente por su regreso, humedeciéronse sin querer sus hermosos ojos negros y el joven castellano hubo de hacer un esfuerzo para arrancarse de su presencia. El sonido de los tambores repetidos en el corazón de la calamareña le anunciaron la partida del objeto de su ternura.

He aquí nuevas angustias para el cacique Ostáron. Tenía casi como seguro el que Catarpa estuviese reunido con los turbaqueros y, si era así, también tenía como segura su pérdida. Desde la salida de los españoles quedó perturbada su tranquilidad, temiendo serle funesto el resultado de la sublevación. Las medidas tomadas por el gobierno aumentaban su inquietud.

Desde que llegó Peralta y los demás emigrados, el Adelantado hizo reforzar las guardias y poner avanzadas en los caminos. Se redobló la vigilancia de la ciudad por medio de patrullas, y se prohibió a los indios la salida del recinto interior de la plaza y que anduviesen en grupos hasta nueva orden.

Todo esto trazaba un cuadro, el más desolador, en la casa del cacique de Calamar. Este y su esposa sentían por su hijo; Yngermina por su amante. Poseída de temor por el peligro a que le creía expuesto, muy siniestros presentimientos asaltaban su corazón, al que solo la ausencia le era de suficiente tormento. Entregada a estos tristes pensamientos, estaba una tarde sentada en el mismo lugar en que acostumbraba a entretenerse con Alonso cuando, de repente, le saca de sus contemplaciones la llegada de don Pedro de Heredia, armado y seguido de algunos oficiales. El Adelantado, que como de costumbre recorría la ciudad para inspeccionar su guarnición, advertido de la casa del cacique por los de su séquito, repentinamente movido por los arranques de su propio genio y por un ímpetu de su curiosidad que le interesaba satisfacer, preparado anticipadamente por la declaración de su hermano, se acercó. Yngermina, al distinguir el principal personaje, se levantó y quiso ausentarse, pero era ya tarde: el gobernador estaba muy inmediato para que pudiese escapar. Entonces, en una actitud respetuosa y modesta, pero sin perder nada de su dignidad delante de Heredia, aguardó el resultado de este inesperado encuentro.

—¿Es esta la casa del cacique de Calamar? —preguntó gravemente don Pedro.

—Sí, señor gobernador —respondió Yngermina en muy bien articuladas palabras españolas.

—¿Sois vos Yngermina, su hija?

—Soy, señor, la hija del cacique.

A este diálogo, Ostáron se presentó. Don Pedro lo recibió con su acostumbrada bondad y, animándolo con sus maneras francas y familiares, el cacique salió de su primer embarazo y entró en conversación con él. Yngermina se aprovechó de esta oportunidad:

—¿Me permitís, señor, retirarme? —habló dirigiéndose al gobernador.

Este consintiolo, no menos prendado de la hermosura de la indiana, como de la nobleza y elegancia de su presencia, que llamó muy particularmente la atención de la comitiva. Don Pedro se despidió de Ostáron y continuó su paseo satisfecho de este encuentro, por lo que concernía a la felicidad de su hermano.

No así la joven calamareña: asustada con esta entrevista, temía haber causado al gobernador alguna impresión desagradable, o que algún premeditado mal fin le hubiese conducido a su casa siendo el jefe de la colonia pues, aunque los hombres de este carácter generalmente se extrañan de tratar con sus súbditos, esta cualidad era más inherente a los conquistadores, que reputaban a los indios de condición inferior a la de los demás hombres. Los cuidados de Yngermina eran tanto más graves cuanto que don Pedro le había preguntado, expresamente, si era ella la hija del cacique, distinguiéndola hasta por su propio nombre. ¿Y cómo lo sabía? ¿Y por qué lo averiguaba? Eran cuestiones que la confundían porque ignoraba en qué pudiese interesar al Adelantado, a menos que este no hubiese sabido sus relaciones con el hermano, que sería muy natural las desaprobase y aun se las procurase impedir y que, para verificarlo, se premeditasen medidas contra ella, que carecía de favor y protectores. Todo era posible, y estas nuevas penas, añadidas a las que de antemano sufría, empeoraban su situación.

A don Pedro le ocupaban pensamientos diferentes. Halló que la calamareña excedía a la pintura que le había hecho su hermano: la encontró hermosa, respetuosa sin humillación, de noble y modesto aspecto, con los fundamentos de educación suficientes para sacar de ella la digna esposa de un jefe castellano. Notó, además, Heredia la diferencia personal que había entre ella y sus compatriotas: que se aproximaba más a la clase europea que a la indígena, y que sus gracias y su gentileza realzadas en gran manera podían causar orgullo a la más garbosa hija de la risueña Andalucía[44]. Sin embargo, un inconveniente de no poca consideración se oponía a que este enlace se verificase con la brevedad que exigía Alonso. Había que descubrir y someter las

---

[44] No son extrañas estas excepciones; al contrario, son bastante frecuentes. El autor ha conocido en la costa del Darién jóvenes indianas de color muy claro y facciones bellas, y en los pueblos de Sotavento de Cartagena muchachas de la misma raza de figuras interesantes que, adornadas e introducidas en la sociedad de gran tono, harían muy bien el papel de una señorita. Sin hablar de los aborígenes de los lugares fríos donde son tan comunes las bellas caras y los hermosos colores, que se las pueden disputar a las de la bizarra Europa. *[N. del A.]*

poblaciones al sur de su adelantamiento: el importante Sinú, en que necesitaban de su ayuda; y la indiana, que aún no estaba instruida en la religión católica, no podía recibir el bautismo antes de la partida, que debía ser lo más pronto, y para lo cual se hacían ya los preparativos. Después de mil reflexiones, formó su proyecto; faltaba hacerlo consentir a su hermano.

VI

Un día muy funesto amaneció para el cacique. Muy temprano se anunció el triunfo de los castellanos con todas las demostraciones de pública alegría y, al declinar el sol, entraron los vencedores con los prisioneros. Catarpa, que había asombrado por su valor y peleado con desesperación, era uno de ellos y marcado como uno de los principales cabecillas. Acompañábale también una joven india, que se cogió a su lado ayudándole a defender con la mayor intrepidez. Entre los heridos había algunos españoles, a quienes fue preciso asistir muy pronto, para salvarlos de los mortíferos efectos del veneno de las flechas. La victoria había sido muy disputada: los indios ocupaban posiciones ventajosas en que no podía obrar la caballería de Alonso, y no las abandonaron sino con pérdida de mucha de su gente. Con la ocupación de Turbaco, volvió Cartagena a su primitivo estado, revocándose las órdenes de vigilancia y prohibición dadas contra los indios.

Obligado Catarpa por su padre a hacer la correría de sus amores, para celebrar su unión con Yngermina, salió despechado de su casa formando otros proyectos diferentes. La primera noche que se separó de Canapote la pasó solo en un bosque, meditando el modo de atacar a los españoles y vengar a su patria. Al rayar la aurora del día siguiente, se encaminó a los caseríos inmediatos en que había muchos indios retraídos, huyendo de los lugares ocupados por los conquistadores. Por todas partes donde pasaba, iba despertando el odio contra los opresores y encendiendo el fuego de la rebelión, ofreciéndose a conducirlos contra ellos. Con muy poca diligencia, reunió un número considerable de adictos, que le seguían reconociéndolo como al soberano heredero de Calamar. Alentado con estos sucesos, recorrió las tierras de Alipaya y Timiriguaco y conferenció con sus caciques, quienes, a pesar de su repugnancia a tomar parte en una guerra que, en vez de creer ventajosa, le presagiaban muy mal éxito, no pudieron impedir que se enrolasen los súbditos que quisieron seguir sus banderas. Con este motivo, engrosó tan suficientemente su partida que se atrevió con ella a acercarse e intimar a los de Canapote a que se le reuniesen, amenazándolos de ocuparlo y obligarlos por la fuerza. Esta fue la novedad ocurrida, al tiempo que el pueblo de Calamar salía para trasladarse a Cartagena.

Desalojado y perseguido por el primer destacamento que se mandó contra él, situó su pequeño campo bien distante de la plaza, en lugar muy extraviado y desconocido de los españoles. A tropa de tal naturaleza, acostumbrada a la vida errante y sin conocer más necesidades que las muy precisas de la conservación, bastaban sus cacerías y los frutos de sus mismas labranzas para alimentarse. Allí, pues, esperaba Catarpa ir aumentando sus fuerzas, para cuyo objeto era infatigable su solicitud. Como el campamento iba tomando el carácter de una gran población independiente, a causa de que se componía hasta de mujeres y niños, todos los indios dispersos por aquellos contornos se venían a refugiar en él y a más, los de las parcialidades conquistadas, a quienes les era insoportable la dominación extranjera. Aquella comunidad necesitaba una cabeza constituida. Catarpa fue aclamado cacique. El nuevo jefe no se ocupaba sino en preparativos de guerra y, a su gran placer, todos sus súbditos correspondían a sus deseos: él no desperdiciaba momento de exaltar su amor por la libertad e independencia y, cada vez más, oía nuevos votos por lavar la mancha de ignominia con que se había cubierto la patria. Para acostumbrarlos a la guerra y que su ardor no se extinguiese nunca, destinó las mujeres, los ancianos y demás gente inútil[45] a cultivar las sementeras, a buscar y preparar los alimentos, ocupando exclusivamente a todos los hombres útiles en ejercicios y simulacros de ataques militares, en faenas y correrías en que era el primero en dar ejemplo, y en salir expresamente a buscar cacerías difíciles y persecuciones de animales bravos y veloces en terrenos escarpados, para apresarlos por medio de estratagemas y llevarlos vivos en triunfo a la población.

Todo halagaba la ambición y esperanza del joven cacique, cuando un nuevo accidente vino a fortalecerlo y decidirlo más en su proyecto. Muchos descontentos de Turbaco llegaron al campamento que uno de los agentes de Catarpa les había descubierto; ellos le impusieron de las buenas disposiciones de sus conciudadanos a la rebelión para sacudir el yugo del detestable Peralta, y de que un gran número, desesperados, habían abandonado sus hogares buscando un asilo en los montes, donde tenían sus habitaciones internadas para sustraerse a los despojos y las pesquisas. Los turbaqueros concluyeron invitándolo a que se les incorporase con su gente, para apoderarse y arrojar de Turbaco a los mandatarios españoles.

El genio impetuoso del calamareño no era para desperdiciar la ocasión que se le brindaba de poner los fundamentos de su poder, haciendo una conquista que tenía como segura. Inmediatamente levantó sus reales, y siguió a buscar los otros indios, quienes lo recibieron como su libertador, proclamándolo caudillo de ambos pueblos reunidos. Un comisionado secreto fue enviado a Turbaco a participar cuanto pasaba a los otros descontentos, y a informarse igualmente de cuanto pudiese convenir al proyecto de los sublevados.

---

45 Se refiere a inútil para la guerra.

Adquiridas cuantas noticias eran de desear, Catarpa creyó conveniente no desperdiciar más tiempo y emprender sus operaciones, aprovechándose del ardor y entusiasmo de los aliados, particularmente de los turbaqueros que, alentados por los recuerdos de los ultrajes pasados, clamaban por que se les condujese a la venganza. Convenido todo y designada la hora, se avanzaron hacia el pueblo para atacarlo. Esta fue la partida que se apoderó de él y que causó la emigración de Peralta y demás españoles que lograron escapar de la rabia de los invasores. El jefe de estos, mandando una parcialidad numerosa, y ufano con tan buen suceso, se situó en ventajosas posiciones, fortificándose en su campo para esperar a los enemigos. Esta victoria animó a muchos indios indecisos y dispersos a que se presentasen a auxiliar las operaciones patrióticas del esforzado joven cacique. El de Turbaco, que consintió gustoso en que el mando se confiriese a Catarpa, ofreció a este su hija para estrechar más la alianza que habían contraído ambas comunidades. El calamareño aceptó el ofrecimiento, y se unió a la hija del cacique con tanta mayor satisfacción, cuanto que, según él, la princesa no pertenecía a un pueblo cobarde y degradado. Esta fue la joven india que, con tanto valor, se encontró peleando al lado de Catarpa al tiempo de hacerlo prisionero. Era de figura gentil, y no dio a conocer el más pequeño temor al apoderarse de ella los soldados españoles: mostró ser tan varonil en la prosperidad como en la desgracia; solo se inquietaba por la suerte de su esposo: era digna de él.

Alonso había entrado triunfante, y apenas hubo entregado los prisioneros y dado cuenta de su comisión, que su primer cuidado fue dirigirse a ver a su Yngermina, que lo recibió enajenada de gozo. Encontró al cacique y a su familia en la más amarga ansiedad por descubrir algo de los prisioneros. Pasada la primera conversación, Heredia, después de haberles referido los sucesos de la expedición, les contó con asombro su encuentro particular con un joven indio que le hizo frente aun después de estar ya derrotados.

—Yo iba —dijo— con una partida en persecución de los fugitivos, cuando de repente uno de ellos, mozo de una bella estatura acompañado solo de una joven, encontrando a su paso un soldado español tendido, se detiene, se apodera de la espada del muerto, y vuelve su frente hacia nosotros en ademán de resistirnos...

La turbación del cacique aumentaba a medida que la relación se prolongaba.

—Joven temerario, le dije —continuó Alonso—, ¿no ves tu pérdida inevitable pretendiendo sostener un combate tan desigual para ti? Ríndete que te empeño mi palabra de que serás respetado.

—¿Crees, orgulloso castellano —me respondió—, que preferiré la deshonra de deber la vida al enemigo de mi patria a la muerte gloriosa que, en esta hora, me ha de libertar de una miserable esclavitud? Si te precias de generoso, déjanos en paz en nuestra tierra, déjanos vivir sin zozobras y sin humillación bajo los techos que nos vieron nacer, en el suelo que nos sustenta desde nuestra infancia, y en los campos donde sacamos el alimento de nuestras esposas y nuestros hijos; déjanos abrazar sin temor estos objetos de nuestra ternura, que hoy son aún más desgraciados que sus padres, porque ahora empieza para ellos la vida del oprimido. Si tienes el corazón de un hombre, si eres magnánimo, haznos dichosos devolviéndonos nuestros derechos y nuestra libertad sobre esta yerba que pisamos, y que no volverá a producir si caigo luchando contigo sobre ella. Si nacimos bárbaros, déjanos sin una civilización que provee de tantos medios poderosos para subyugar al débil, abandona nuestra tierra, esta tierra que llamáis inculta; nada reclamaron de vosotros mil generaciones que la han ocupado sin quejarse, tranquilos y felices. Nosotros os damos nuestras riquezas, objeto de vuestra insaciable codicia: ningún sacrificio es este para nosotros, pues la libertad no tiene precio.

Haciendo después una pausa:

—Decídete, castellano —me dijo—, o perezcamos. En nada se desdora la dignidad de Alonso de Heredia en esta contienda..., defiéndete que es Catarpa, príncipe de Calamar, quien te desafía.

El joven me embistió, sin que le infundiese temor la gente que me acompañaba. Yo, admirando su valor y respetando su linaje, di orden para que solamente se defendiesen contra él, hasta poderlo apresar sin hacerle daño. Con mucha dificultad lo pudimos conseguir, porque la joven india que lo acompañaba, viéndolo acometido de todos, se puso a su lado y, armada de una macana, lo auxiliaba con tan maravillosa intrepidez, que llamó la atención de mis guerreros, sin atreverse ninguno a hacerle daño. Su sexo y su valor le sirvieron de escudo, lográndola también coger viva sin lesión alguna. Catarpa me pedía la muerte con instancia, como un bien para sí y su esposa. Yo no solo se la negué, sino que le hice tratar con los debidos miramientos y, a toda costa, estoy resuelto a salvarlo, porque es indigno de un caballero castellano abandonar al hombre de valor... y... en la desgracia.

No bien hubo proferido estas últimas palabras, que Ostáron y, a su imitación, su esposa e Yngermina se echaron a los pies de Alonso anegándolos con su llanto. A su gran sorpresa, Heredia había notado en el alterado semblante del cacique e inquietud de su familia que les había sobrecogido un pánico terror al oírle pronunciar el nombre de Catarpa. Creyó que su llanto lo había descubierto todo, pero, dudoso de su misma creencia, los levantó lleno de bondad, ansioso de oír una aclaración que lo sacara de tan inquietantes dudas. Entonces el cacique, las lágrimas en los ojos y con todo el embarazo del hombre que sufre, declaró todo a Alonso, disculpándose de no haberlo hecho antes, en la confianza que su hijo pudiese volver sobre sus pasos, convencido de lo difícil que sería llevar al cabo su tan temeraria empresa.

—¡Cuántas han sido mis tribulaciones —añadió— desde que tuve la primera noticia del levantamiento de una partida de los indios! Porque me supuse siempre que, en cualquiera que fuese, estaría comprometido mi hijo, el vigoroso e indomable Catarpa quien, descubierto que fuese, se me imputaría tal vez estar en inteligencia con él. Vos mismo os acordaréis que, para alejar toda sospecha, me puse bajo vuestra protección en Canapote. Entonces no presumía comprometido al príncipe, porque hacía muy pocos días de la creciente de luna en que faltaba de mi casa para ir a hacer la correría de sus amores, que yo le había prescrito, para una unión a que obligaba a Yngermina y a él por conveniencia de familia, pues no era del agrado de ninguno de los dos, según me lo daba a entender su comportamiento. Creedme, noble Alonso, yo soy inocente, vos mismo que habéis experimentado el temple de alma de Catarpa, su fogosidad y su denuedo, ¿podréis creer que ese genio altivo e independiente lo pueda domeñar algún poder humano, y menos su padre de quien huye la energía, para hacer lugar a la ternura? Mi temor es hoy todo por su destino, de nada soy sabedor, en nada soy cómplice, y este llanto que causa mi dolor es el de un padre afligido que os ruega por un hijo cuya exaltada juventud sirve de justificación a su extravío...

El cacique no pudo continuar, y todos le acompañaron en su súplica. Alonso lo consoló ofreciéndole salvar a su hijo.

Don Pedro de Heredia vio la rebelión de los indios con indulgencia; él no quería que se descubriesen cómplices. Llevados los cabecillas a su presencia, el cacique de Turbaco echó a Peralta la culpa de su desesperada resolución, haciéndole acusaciones muy terribles, que descubrían toda su maldad, y de las que se había dado parte al gobierno, para que por medio de la corrección evitase las consecuencias. Catarpa confesó todos sus proyectos desde que se ausentó de la casa de su padre.

—¿Qué razón ha podido conduciros a lanzaros en una rebelión, cuando yo os dejo vivir en paz? —le preguntó el Adelantado.

—El deseo de ser libres —respondió Catarpa—, y el de recuperar, como príncipe que soy de Calamar y heredero presunto del señorío de esta tierra, mis derechos usurpados por el extranjero. Si creéis que he hecho mal, decidme vos mismo, ¿os dejaríais despojar impunemente de estas conquistas que solo os pertenecen por la fuerza? ¿Cederíais vos mismo gustoso al poder de otro usurpador, sin disputarle vuestra posesión? Ahora, si no son iguales nuestros derechos a los vuestros para defender nuestras propiedades, ¿no es mejor dejar de existir que sufrir tal ignominia? Alegáis que nos dejáis en paz, es verdad, pero es una paz deshonrosa, vituperable, comprada al costoso precio de nuestra independencia, sostenida por la abyección de la esclavitud. Heredia, en esta contienda, yo solo soy el culpable; dadme a mí solo la gloria de sufrir, con tal que los demás queden salvos...

Don Pedro quedó absorto con el lenguaje del indio. Alonso, que había asistido al concejo que debía juzgar a los delincuentes, tomó su defensa y, siguiendo su opinión conciliadora, se pusieron todos en libertad, y se les devolvió contentos con algunos presentes que se hicieron a los más notables. Admirados y reconocidos de tan buen proceder, ofrecieron ser en lo sucesivo obedientes y pacíficos, pero suplicaron que no se les mandase más a Peralta. Después, elogiando el intrépido valor de Catarpa, Alonso pidió se le entregase este prisionero para disponer él de su suerte, seguro que nunca refluiría en perjuicio de su soberano. No pudiéndosele negar tal solicitud, se le entregó el joven indio.

Catarpa permaneció algunos días más en prisión: su esposa y su familia tenían libertad de verlo. Alonso lo visitaba cada día procurando, a fuerza de atenciones y beneficios, hacer inclinar aquel genio impetuoso a que se conformara con su situación, ofreciéndolo dejar libre tan luego como renunciase a sus proyectos. Al fin, pudo la persuasión lo que no había podido la fuerza; y el castellano, ayudado de los ruegos de Ostáron y las lágrimas de la esposa del joven indio, logró la promesa de obedecer al gobierno real. Como se aproximaba la expedición para el descubrimiento del importante Sinú, Alonso anunció a Catarpa que se preparase para acompañarlo: este, puesto ya en libertad, su gratitud no podía negarse a complacer a su protector, y le dio su palabra, que era sagrada para Heredia, pues que era la palabra de un valiente.

Ostáron recuperó su tranquilidad, debida a Alonso, a quien llamó su ángel salvador. Don Miguel Peralta Manrique, sentenciado a deportación, quedaba detenido en la cárcel hasta que se presentase buque que lo condujese.

VII

Terminado todo satisfactoriamente se apresuraron los preparativos de la expedición al Sinú, para lo cual solo esperaba el Adelantado un refuerzo de tropa y elementos de guerra de la colonia de Santo Domingo, que habían llegado ya con felicidad al puerto de Cartagena. Y como debía llevarse consigo a su hermano Alonso, quería dejar arreglado el negocio de su casamiento antes de la partida, para tranquilizar la pasión tan decidida que tenía por Yngermina. Para hacerlo sabedor de la determinación que había tomado lo hizo venir a su casa. Ya algo presagiaba su hermano, pues la calamareña le había referido el encuentro de don Pedro, y ansiaba por descubrir la impresión que le habría causado y el proyecto que esta le habría sugerido.

—He visto —le dijo— a la joven india objeto de vuestro amor y he quedado muy contento de ella: mi cariño no puede resistirse a haceros feliz, pero esta felicidad no podrá ser tan pronta, como yo lo desearía. Urge nuestra salida al Sinú, e Yngermina aún no es cristiana. La expedición no debe durar mucho, pues es preciso de tiempo en tiempo dar descanso a nuestra gente, trayéndola a Cartagena. Creo que en la primera vuelta que hagamos todo se podrá realizar. Quiero dejar al reverendo padre fray Clemente Mariana[46]

---

[46] Este sacerdote acompaña a Pedro de Heredia en sus primeras incursiones en la tierra de Calamar y es quien celebra la primera misa.

encargado del resto de su educación y de su instrucción, para que reciba el bautismo con todos los conocimientos necesarios al que abraza una nueva fe; y yo me prometo del celo de este varón virtuoso, que en muy breve nos dará en Yngermina una verdadera cristiana digna esposa de un español. No creo que fray Clemente se niegue a cumplir esta piadosa recomendación, tanto por su ministerio, cuanto porque por muchos respectos[47] nos debe ser adicto, en buena recompensa de las distinciones y los servicios que le dispensamos. Mis proyectos aún se extienden a más: a daros en administración y encomienda hereditaria toda la parte del Sinú que se descubra para que la disfrutéis en unión de vuestra esposa con la bendición de Dios y la mía, y sea un vínculo en la posteridad de ambos, cuya merced no dudo confirmará el monarca, en virtud de los importantes servicios que hacemos a la Corona, y que es una parte de mi adelantamiento de que me desprendo.

Alonso se mostró muy agradecido a las bondades de su hermano y como conocía que, a su pesar, eran justas las observaciones que le había hecho, se sometió a cuanto había resuelto.

Era llegada la época de una declaración con Yngermina —estos dos corazones se amaban en secreto, y ambos se van a ver colmados de placer descubriendo sus mutuas correspondencias—: van a amarse con aquella dulce libertad, única que satisface un alma sensible, depositando su ternura y su cariño en el seno del único objeto que sabe apreciarlos. ¡Cuán duro es amar a solas! No hay amargura comparable a la que sufre el que se consume con un fuego que no puede comunicar al que lo causa para que le dé refrigerio. La calamareña amaba a Alonso con la vehemencia distintiva de las indianas, y dos desconfianzas la atormentaban suce-

---

[47] Según el *Diccionario* de la Real Academia Española, una de sus acepciones es: «Razón o proporción de algo a otra cosa».

sivamente. Aunque él le aparentaba un afecto particular, ignoraba si fuese de la condición del que ella experimentaba y, en caso de que lo fuese, si la consideraba digna. El amor que alucina tanto la imaginación del que aprisiona, y que encuentra razón para todo, ofuscaba la inocente joven, presentándole unas veces imágenes halagüeñas y esperanzas lisonjeras que la tranquilizaban seduciéndola, y otras, ominosas dudas y un aciago porvenir que la desalentaban y consumían. Su tormento se acrecentaba con la presencia y continuos favores de Alonso, que frecuentemente la ponían en una cruel alternativa. El castellano amaba con más confianza. Solo dudaba de la voluntad de su hermano, y lo que parecía un gran obstáculo para su felicidad no existía más que en su presunción, supuesto que no fue difícil allanarlo.

Yngermina notó en el semblante del joven Heredia una alegría nueva para ella: él le declaró tenerla elegida para su esposa, de los motivos que había tenido para no descubrirle su pasión y sus proyectos hasta entonces, y de todo cuanto se había ya acordado al efecto con el consentimiento de don Pedro.

—Tú, amable Yngermina —concluyó Alonso—, eras hace mucho tiempo el objeto de mis ansias; por ti, esas preferencias con tu familia y el interés de instruirte, todo ha sido hijo de mi amor, que ha querido poseerte sin deshonrarte. Pronto llegará la época deseada en que ocupes el lugar que merecen tu nacimiento y tus virtudes y, para que siendo esposa mía, te rindan homenaje tus conciudadanos como su protectora y soberana, y los míos, como la compañera de un jefe castellano, que ambiciona las más distinguidas preeminencias para su escogida.

Perpleja la indiana con esta declaración, sin embargo, de su interior alegría, la recibió con un aire de modestia que prendó más a Heredia y saliendo del embarazo a que la había puesto este acontecimiento:

—Alonso —le dijo—, te tengo por el más virtuoso de los hombres, para creer que te burles de mi condición y mi candor. Aunque soy princesa de Calamar, los españoles creen inferiores todo lo que no sea de su raza, y tienen a los indios en menos que a los demás hombres, reputándolos como indignos de toda preferencia. Tú me has enseñado a decir la verdad y, aunque me ruborizo de decirte esta, tú eres ya acreedor a mi franqueza como lo has sido de mi amor. Sí, de mi amor, ya que él se ha anticipado a decírtelo. Si crees que esta es una ligereza y ves en ella algo de reprensible, sé indulgente, pues que tú solo eres la causa de mi error. Sin poderlo distinguir, yo sentía por ti una inclinación que jamás había experimentado, y que hasta ahora no sé lo que era —eras el único bien a que aspiraba mi corazón, sin embargo de mi desconfianza y resistencia—. Yo te amaba mucho y moriré amándote, porque tú me has enseñado.

—Moriremos amándonos, adorable Yngermina —exclamó Heredia enajenado—, yo he formado tu alma para mí solo, y tu corazón para que no conserve un soplo de vida, sino solo junto al mío. Con poseerte está cumplida mi felicidad: lo demás me es del todo indiferente.

Mil caricias terminaron esta escena, en que se disputaban la primacía el amor y la virtud.

Alonso participó a Ostáron su comprometimiento y sus intenciones con Yngermina. Catarpa había desconcertado todos sus proyectos de familia, tomando por mujer la hija del cacique de Turbaco: con este motivo, ella, que no tuvo nunca inclinación a esta alianza, quedaba libre para contraer otra que fuese de su voluntad, y Ostáron no juzgó hubiese otra más ventajosa que la del hermano del gobernador. Su orgullo de soberano se vio muy lisonjeado con la unión propuesta por el castellano, y no vaciló en dar su consentimiento. Catarpa mismo, más moderado y juicioso, aplaudió la dicha de su hermana —él estimaba ya a Alonso con toda la fuerza de su inclinación, lo reputaba digno de su casa y aun lo defendería con peligro de su vida si fuese necesario.

Este fue un negocio concluido por entonces, a satisfacción de todos. El reverendo padre Mariana aceptó con mucho gusto el encargo de preceptor y tutor de Yngermina, que empezó a desempeñar con el más asiduo interés, animado por las respetables recomendaciones del Adelantado y su hermano, y por las excelentes disposiciones naturales de su pupila. El religioso aprovechó también esta oportunidad para preparar al cacique y su esposa a que recibiesen también el bautismo, el cual les administró sin aguardar dilaciones. Catarpa no se prestó a esta condescendencia, y no se le compelió por consideración a Alonso, que ofreció persuadir por medios suaves aquel genio que nadie podía domar sin un explícito convencimiento.

Don Pedro hizo dos divisiones de su tropa[48]: la más pequeña para guarecer la ciudad, y la mayor le seguía en el descubrimiento y la conquista de los pueblos del Sinú. El Cabildo quedaba encargado provisoriamente de la administración civil durante su ausencia, reservándose aprobar o no los decretos que creyese convenientes. Dadas todas sus disposiciones, el día 7 de enero de 1534, a las ocho de la mañana, dejaron Cartagena el Adelantado y su hermano para emprender tan importante expedición, dejando muy recomendado al Justicia Mayor embarcase a don Miguel Peralta en el primer buque que saliese del puerto. Como los españoles de aquel tiempo afectaban[49] la religión hasta las cosas más profanas, el vicario de la ciudad echó su bendición al ejército, mandando tocar rogativas y hacer oraciones públicas por el feliz éxito de aquel descubrimiento y conquista, hechas según el clero, sin otro fin que la honra y gloria de Dios por la conversión de los paganos a la religión cristiana.

Apenas habían encontrado los primeros lugares del Sinú, que se vieron los españoles obligados a batirse tan frecuen-

---

[48] Histórico. *[N. del A.]*

[49] Según el *Diccionario* de la Real Academia Española, poner demasiado cuidado en el culto religioso.

temente y a sufrir tantas penalidades y privaciones, que llegaron a verse desalentados. Las parcialidades de indios eran numerosas y valientes, y sus caciques hábiles en mandarlas. Pero la constancia e intrepidez de los conquistadores superó todos los obstáculos, tanto por el carácter emprendedor y perseverante que distingue a los castellanos, cuanto porque desde el principio del descubrimiento de estos países empezaron a encontrar muestras de la enorme riqueza que se les esperaba. Un indio cogido y llevado como guía los condujo a un pueblo llamado Chinú[50] que, como asiento de los soberanos de aquella comarca, encerraba inmensos tesoros. Allí se encontró el célebre templo y los árboles funerarios de todo aquel territorio. El templo estaba cargado de ofrendas de oro, con unas estatuas chapeadas del mismo metal. Los árboles funerarios eran las señales con que se distinguían los sepulcros de los ricos: en cada árbol había una como campana de oro, cuyo tamaño, mayor o menor, denotaba la mayor o menor opulencia de los difuntos, cuyos tesoros estaban enterrados al pie; y eran en tanto número que, dedicados los españoles a explotarlos, bien saciados, tuvieron que dejar muchos sin tocar hasta su vuelta, pues había necesidad de apresurar el descubrimiento. Los indios que vieron como una profanación el expolio de las tumbas de sus muertos desocuparon las que habían escapado a su rapacidad tan pronto como volvieron las espaldas. Las averiguaciones y los castigos les hicieron devolver lo sustraído.

De Chinú regresó don Pedro para Cartagena. Varias quejas recibidas de la administración provisoria que había dejado le obligaron a ello, para oírlas y remediarlas: además, traía consigo la gran cantidad producida del quinto de los tesoros acumulados, que pertenecía al rey, para remitirla a la Corte. En su ausencia, la competencia del Cabildo con el Justicia Mayor estuvo a pique de poner la adminis-

---

[50] Hoy villa cabecera de cantón. *[N. del A.]*

tración en anarquía, lo que dio lugar a un pequeño tumulto, producido por el descontento de la tropa. La llegada del Adelantado restableció el orden y la confianza.

Alonso quedó encargado del mando de la expedición, y su actividad fue tanta que, bajo sus órdenes y su dirección, un afamado capitán Francisco César, acompañado de unos pocos soldados animosos, llevaron al cabo la arriesgada empresa de descubrir todo el curso del río Sinú, recorriéndolo hasta su desembocadero en el mar, en cuyo tránsito, encontrando pueblos muy poderosos, recogieron muchas riquezas, con las que, despertando la envidia de sus demás compañeros de Cartagena, dieron motivo a que los pusiesen en prisión, para despojarlos con el pretexto de que defraudaban el quinto del rey, suponiéndoles no dar en proporción de lo que habían conseguido.

Alonso, después de varias adquisiciones importantes, dispuso regresar a la capital a dar descanso a su gente, de la cual alguna se había perdido por los frecuentes ataques de los indios, por las enfermedades y por una disputa que se suscitó a mano armada en la distribución del oro, en que tuvo Heredia que hacer uso de toda su energía para apaciguar la sedición, haciendo decapitar a los principales jefes.

Como el pueblo de Chinú y algunos de sus cercanías se habían sometido y prestado obediencia, y como era tan necesario un punto fijo de reunión para continuar el descubrimiento, se dejó allí una guarnición capaz de contener alguna felonía de los indios, para proteger los intereses de los negociantes que atraídos por la abundancia y riqueza del país se iban a establecer en él. El hermano de don Pedro, además, nombró autoridades civiles que juzgasen y conservasen el orden dependientes del gobierno de la capital. Después de tomadas todas estas medidas, emprendió la marcha para Cartagena.

VIII

Deja mis párpados libres,
Retírate dulce sueño,
Retírate, hasta la noche
En que eres mi solo dueño.
Deja mi cuerpo expedito
Para cultivar mi huerto,
En que encuentro mi reposo,
En que mis dichas encuentro.
En las huertas de Valencia
Yo vivía entre viñedos,
Siendo objeto del amor
De mi esposa e hijo tierno.
Ellos eran mis delicias
Y ahora expatriado, y viejo,
Mis sembrados son mi amor,
Tristán, mi fiel compañero.
¡Ay risueña Andalucía!
¡Cuán dulce me es tu recuerdo!
¡No volveré más a verte,
Estando de ti tan lejos!
Aquí ignorado del mundo,
Bajo extraño clima y cielo,
De ti, me despido, patria,
Que aquí yo dejo mis huesos.

—¿Quién vive? —dijo un soldado en alta voz interrumpiendo el cantor que se acercaba al cuerpo de guardia.

—España —respondió este, absorto de oír pronunciar su idioma en aquellos montes salvajes, y por gente armada.

—Adelante el romancero —continuó el centinela, después que dio parte y que vino el caporal a recibirlo.

Era un labrador español seguido de un perro que, azorado con el extraño vestido del militar, se avanzó a ladrarle, reculando a las piernas de su dueño cuando el caporal le amenazó con su arma para defenderse. A la sorpresa de encontrar un castellano en aquellos lugares, se añadía también la de su traza. Con su cabello y barba prodigiosamente largos y blancos como la nieve, que cubrían un rostro tostado por el sol abrasador de la zona tórrida, estaba vestido y armado como los indios, a más, un cuerno colgado a la espalda y una ancha espada a su costado, que era la única pieza exótica que traía.

Tres días hacía que Alonso había salido de Chinú en su regreso para Cartagena con la expedición. Habiendo querido hacer una jornada muy larga, y no alcanzando a llegar a ningún caserío para hacer alto, la noche le obligó a suspender la marcha en el camino. A las cuatro de la mañana ya estaba en vela para levantar su campo, cuando le presentaron al cantor, cuyas trovas había oído, no menos sorprendido que él de encontrar un personaje semejante en aquel país.

—¿Quién sois, y cómo os halláis en estos lugares? —le preguntó Alonso.

—Soy Hernán Velásques[51], y vine a la Costa Firme en la expedición de los desgraciados Alonso de Ojeda y Juan de la Cosa. Sucesos muy extraños, pero ciertos me tienen en esta tierra; ellos son de larga relación, para detener a un jefe que querrá adelantar la marcha de su tropa.

---

[51] En *Las genealogías del Nuevo Reino de Granada*, de Juan Flórez de Ocariz (Madrid, Joseph Fernández de Buendía, impresor de la Real Capilla de Su Majestad, 1674), se recoge siempre «Velazquez».

Heredia lo persuadió a que siguiese con ellos, informándole, para alentarlo, de los brillantes progresos de las armas españolas, que habían conquistado ya casi toda la provincia, con lo cual se decidió acompañarlos, fuera de sí de contento por el encuentro de sus compatriotas. Ansiosos estaban todos por saber las aventuras del labrador español, quien, habiendo ofrecido su relación en el primer lugar donde se hiciese la jornada, satisfizo su curiosidad del modo siguiente:

Historia de Hernán Velásques

Nací en la famosa Sevilla, de hidalgos de casa solariega. Éramos dos hermanos y perdimos nuestra madre estando todavía muy tiernos. Mi padre, algo disipado, estando aún mozo, quiso contraer nuevos esponsales con una rica heredera, pero un rival poderoso y de la voluntad del padre de la dama frustró todos sus proyectos. Los celos de ambos enamorados fueron terribles y pararon en un desafío, en el cual su competidor quedó muerto. Mi padre huyó dejándonos bajo la tutela de un hermano suyo sacerdote que, por descontado, nos puso a instruir para que siguiésemos la misma carrera. Supimos, después de algunos años, que mi padre, habiéndose refugiado en Portugal, había tomado el hábito de religioso, mandándonos de allá su bendición, única con que nos podía socorrer.

Nuestro pequeño haber tocaba ya a su fin y era preciso pensar en establecernos. Yo había cumplido ya la edad de las hermosas ilusiones, la edad en que, conduciéndonos por la mano el placer y la resignación, cada enorme obstáculo nos parece una miseria que nos menguaría si nos dejásemos asustar por ella: la edad de los veinte años, con lo cual todo está dicho. Mi hermano, que era el mayor, siguió el estado eclesiástico, última vocación en España de los que, no queriendo trabajar, piensan con cordura en cuanto a su conveniencia y conservación. Yo resistí fuertemente a mi tío: me apellidó hereje y desnaturalizado, negándome absolutamente los medios de subsistencia. Amenacele con la justicia, pero, siendo inexorable, tomé mi partido. Atisbelo y habiendo logrado agarrarle algunos ducados, le desocupé la casa y la ciudad en menos de lo que rezaba un 'gloria patri'. Dirigime a Valencia, donde tenía un pariente que mostraba querernos mucho; este me recibió muy bien y aprobó mi resolución, como hombre que era también de carácter determinado, y me ofreció proporcionar industria de qué vivir. Estuve unos meses en Valencia, y como se hubiese celebrado un armisticio entre el Rey Católico y el moro de Granada, pudiendo los súbditos visitar ambos reinos, me fui a esta última ciudad que tantos deseos tenía de ver, por la fama de su opulencia y galantería.

Un buen andaluz no necesita de recomendaciones para introducirse. Yo pedí hospedaje en la primera casa que me pareció bien; los moros de Granada son muy hospitalarios y me encontré admitido por un empleado de palacio[52]*. Aún me quedaban algunos de los ducados de que había despojado al bueno de mi tío, pues los trataba con economía. Abreviemos: no mal parecido, cortejador y complaciente, no tardé en enamorarme de la hija de mi huésped. La bella Zelima me correspondió, y tanto ella como su padre me pusieron por única condición para unirnos el que abrazase la religión mahometana. Entré a hacer mis cuentas, y me resolví. Parecía que realmente pasaba mi vida en el paraíso: mi esposa me idolatraba hasta el delirio y su padre me quería bastante; nada me faltaba, y casi puedo decir que nadaba en la opulencia, a costa de los cequíes del buen islamín de mi suegro.*

---

[52] La historia que cuenta Hernán Velásques pone en evidencia que la sociedad española, durante el reinado de los Reyes Católicos, ya era una sociedad mestiza, lo que explica la actitud de algunos españoles que, al llegar a América, asumieron el mestizaje en su convivencia con los nativos americanos.

A poco rompiéronse los armisticios y se declaró de nuevo la guerra entre moros y cristianos. Fernando V[53] *y su heroica esposa Isabel juraron no soltar las armas hasta no dejar la Península toda libre del yugo extranjero, para cuya empresa vosotros sabéis que se pusieron todos los recursos en movimiento. Cuando vi toda la nación preparada para esta guerra y los ejércitos cristianos acampados cerca de Granada, se despertó en mí el amor de la patria y religión. Yo no era más que un renegado provisorio, y a un buen español jamás se le borran los recuerdos de su tierra natal, por muy bien que le vaya en la ajena, además, que yo no había salido de la mía. Resolví pues fugarme y pasarme a mis compatriotas: resistíame a hacer una traición a mi Zelima ocultándole el proyecto de mi fuga, y la noticia le fue tan funesta que creí perderla de dolor. Por esto, no me fue difícil seducirla para que me acompañase. Salimos y llegamos a donde estaban situados los reales de los cristianos. Yo senté plaza y, en buena retribución de lo que habían hecho conmigo, Zelima recibió el bautismo, mudándole su nombre en el de Isabel; tal era el amor y respeto de los españoles por su augusta soberana. Yo me quedé en el ejército y mandé mi esposa a Valencia recomendada a mi primo, hasta que se terminase la campaña. Un hermoso hijo me dio antes de partir y yo no pude, sin algunas lágrimas, separarme de objetos tan queridos para mí.*

Granada la deliciosa, llamada por los árabes el 'cénit de su paraíso', fue entregada por la capitulación de Santa Fe. Los castellanos entraron triunfantes enarbolando en sus muros el estandarte de la cruz. Mi primer cuidado fue buscar a mi suegro: lo hallé y pude persuadirlo a que me siguiese para reunirnos con Isabel, haciéndose cristiano. El amor de su hija lo pudo todo y yo, sin ser misionero, conquisté dos almas a la religión. Separeme del servicio, y seguí para Valencia con él, llevándose consigo todos sus haberes para disfrutarlos juntos. Yo

---

[53] Se refiere a Fernando «el Católico», II de Aragón y V de Castilla.

era muy afecto a la agricultura: las huertas del rededor de Valencia invitando al recreo, compré en ellas un cortijo, donde, haciendo una famosa casa de campo, pasaba una vida cómoda y deliciosa con mi pequeña familia. ¡Pero ay, qué poco me duró esta felicidad! Mi esposa y mi hijo, que ya me consolaban, murieron casi a un mismo tiempo. Pensé no sobrevivir a tamaña pérdida. Mi Isabel tenía todas las prendas que la hacían digna de ser amada, y el que es padre sabe cómo se siente un hijo. Mi suegro se había vuelto a casar: yo vendí mi cortijo y abandoné aquellos lugares que solo me recordaban mi dolor. Vacilaba en el partido que debía tomar, cuando me acordé que la América ofrecía un vasto campo a las empresas y la ambición de los jóvenes españoles que querían hacer fortuna. Fuime pues a Cádiz a esperar oportunidad para embarcarme.

Llegué en ocasión que emprendía su cuarto viaje el inmortal Colón, y me embarqué con él. En su unión, recorrí la costa del Darién, sufriendo todas las terribles penalidades de aquella dura campaña: fui uno de los náufragos salvados de las embarcaciones que se perdieron al frente de Jamaica, y uno de los trescientos españoles que estuvieron a pique de morir de hambre y de fatiga en esta isla[54]*, hasta que vinieron a socorrernos de Santo Domingo. Yo me quedé en este último lugar y Colón regresó a la Península. Ocupado en una plantación de caña, que me trabajaba una partida de indígenas que me adjudicaron, me producía para pasarlo con alguna comodidad, sin pensar más en volver a mi país. Este fue todo el fruto que saqué de mi primer viaje y no me di por mal servido de haber conservado hasta entonces una vida, que tantas veces estuve a riesgo de perder.*

Preparábase la expedición de Alonso de Ojeda y Juan de la Cosa para la Costa Firme. Estos navegantes que, con la esperanza de encontrar muchas riquezas, habían seducido a un

---

[54] El autor escribe «esta isla», y no «esa isla», porque está escribiendo la novela en Jamaica.

gran número de españoles no tardaron en tenerme por compañero. La ocupación de labrador no se acordaba con mi genio. Yo quería también probar si, al fin de mis trabajos pasados, hallaba alguna recompensa, y en esta vez me lo prometía todo.

Salimos de Santo Domingo y llegamos felizmente al puerto de Calamar. El primer proyecto de Ojeda era apoderarse de este pueblo, para tenerlo como punto de reunión y depósito en la continuación de la conquista. Si hubiera sido tan fácil como acertado, sin duda que el buen éxito habría sido la base de nuestra felicidad futura. Creímos que los indios, aterrados, o huirían o se rendirían sin resistencia; esta confianza nos perdió porque, a nuestra gran sorpresa, se nos opusieron vigorosamente, hasta obligar a Ojeda a la retirada para salvarse él y los suyos. Es verdad que el primer ataque no se hizo en orden, pero, cuando volvimos por segunda vez a la carga, los indios, que habían ya contado nuestras fuerzas, se emboscaron para recibirnos. No se pudo resistir y fue preciso abandonar la empresa. Los calamareños, ocultos, causaban gran daño a los españoles, mientras que estos no descubrían el enemigo que los ofendía. Todos volvimos la espalda para embarcarnos. Aquí empieza para mí una nueva vida mezclada de varios acontecimientos, unos más y otros menos adversos, sin contar uno siquiera en que gozase de una felicidad completa.

Quedeme algo atrasado al retirarse Ojeda con su gente: el cansancio y la fatiga me impedían acelerar el paso. Una lluvia que se descargó en aquel momento no dejó que mis compañeros me viesen para aguardarme; ellos se embarcaron y me dejaron en tierra. Cuando la lluvia hubo cesado, observé los botes ya muy lejos de la playa y esta, ocupada por multitud de indios: entonces vine a conocer todo el horror de mi situación. Fue preciso ocultarme para no ser descubierto de los enemigos. Serían las tres de la tarde y, tomando la primera senda que se me presentó por el lado de la tierra firme, me oculté entre la selva, donde me eché a descansar sin más compañeros que mi mosquete y esta tizona que llevo aún conmigo. Después de haberme reposado un poco, me levanté para reconocer el lugar donde me encontraba, así para preparar mi abrigo para la noche, como para asegurarme en una sorpresa. La sed me devoraba y, a mi mayor consuelo, encontré no muy lejos de allí una laguna de agua fresca que me desalteró. Dormí algo en la noche, tranquilizado con la esperanza de que pudieran volver los españoles para incorporarme.

Amaneció el otro día y el hambre empezó a acosarme. No podía desviarme de mi recinto para buscar algún alimento pues, en la incertidumbre de no hallarlo, podía ser atacado por los naturales, cuyo rumor percibía con frecuencia desde allí. Llegó la tarde, y la quietud en que continuaba el pueblo y sus alrededores me indicaba que el ataque no se repetía. Entonces fue que se apoderó de mí tal terror y melancolía que creí que mis facultades, abrumadas ya con el peso de mi desgracia, me querían por fin abandonar; y, como para hacer más cruel mi situación, se me representaron entonces todas las escenas de horror de que había sido víctima en el curso de mis viajes. ¡Cuánto me censuré el haber abandonado mi risueña campiña por una quimérica fortuna! Así pasé unos ocho días, alimentándome con las frutas silvestres que encontraba, muchas de las cuales me sabían bien, con algunos cangrejos que asaba a la lumbre que prendía con el rastrillo de mi mosquete, continuamente sobresaltado con el temor de que los indios me descubriesen: este mismo temor me privaba aprovechar de tantos exquisitos animales de caza, que se me presentaban continuamente, pues un tiro de arma de fuego bastaría para mi pérdida. Al fin me faltó la paciencia y, cansado de sufrir, tomé el partido de la desesperación. Acordeme que era castellano, que no debía temer a la muerte, y el orgullo nacional me sacó del abatimiento, restituyéndome a mí mismo. Levanteme, sacudí mi capa y encamineme al pueblo de Calamar para presentarme, resuelto a ser amigo de los naturales o a morir matando si no me daban hospitalidad.

Había ya andado algunos pasos cuando, de repente, me encuentro a la entrada de un gran bosque cubierto de corpulentos árboles colocados en diferentes órdenes y cuyas frondosas copas entrelazadas daban a todo el terreno una sombra imponente y deliciosa. Maravillado, acerqueme y entré. Parecíame que estaba bajo un templo cuyo cielo de verdura estaba sostenido por innumerables columnas de diversos tamaños. Esta desigualdad, aunque carecía del gusto y la armonía del arte, representaba no obstante los bellos caprichos de la naturaleza, tan maravillosa en todas sus obras. El silencio de aquella soledad, interrumpido a veces por algunas ráfagas de viento que movían los ramajes con un ruido sordo, y el recogimiento que involuntariamente se apoderó de mi espíritu, me indicaron que aquel debía de ser un lugar sagrado. Observé con más atención y descubrí una población de los muertos: aquel era el cementerio de los calamareños. Los árboles señalaban los sepulcros; había uno recientemente plantado sobre una fresca tumba. Poseído de tristes reflexiones, animadas con el aspecto de aquel paraje tan propio para inspirarlas, no pude resistir a un impulso interior que me conducía y me senté junto a aquel sepulcro apoyado en mi mosquete. ¡Cuánto envidiaba yo el descanso eterno de todos aquellos que habían ya cesado de padecer! Debilitado por la falta de alimento y sueño, aturdido por mis contemplaciones y convidados mis miembros al descanso por una suave brisa que se esparcía por todo el recinto, tendime y me quedé dormido.

Al abrir mis ojos, me encontré que dos personas me habían despertado: eran un indio ya viejo y una india joven de buena figura. Todos estábamos sorprendidos y nos contemplábamos absortos; quedeme tranquilo cuando vi que no me eran hostiles. El aspecto de los dos me inspiraba confianza porque demostraban ser amables. Asegurados de mi inacción por las señas con que se la di a entender, ambos derramaron un licor blanco sobre la sepultura, y una gran cantidad de agua traída por el indio, en la tierra donde estaba plantado el nuevo árbol. Concluida esta operación, la joven, poniéndose de rodillas y tomando una actitud suplicante, lloraba pronunciando en alta voz unas palabras que yo no comprendía. Yo que estaba tan dispuesto al dolor me conmoví tanto del suyo, que hube de le-

vantarme y, aunque mudo, acompañarla en la misma disposición. Los dos manifestaron mucho agrado por esta demostración y, al retirarse, me hicieron señal de seguirles; yo no vacilé, y me fui con ellos.

Entramos en Calamar. A todo el pueblo llamó la atención mi compañía con el indio, pero ninguno hizo demostración de ofenderme. Observaba también que el anciano era tratado con respeto. Condújome donde uno que creí ser el cacique, y, de allí, me llevó a su casa; era esto al ponerse el sol. Contarmá (este era el nombre de mi protector) satisfizo mi apetito, presentándome carne de caza y vituallas que, sazonadas por mí a la española, fueron muy del agrado de él, y de Tálmora, su hija. Sentámonos y cenamos juntos, acompañando los bocados con unos buenos tragos del mismo licor blanco que les vi derramar en la sepultura y que era bastante agradable. Yo continué recibiendo demostraciones de la mejor hospitalidad y, perdida ya toda esperanza de mi patria, me convencí al fin de que la casa de Contarmá era la mía, y Calamar mi residencia.

Entregueme a aprender el idioma de los naturales, en que hice progresos rápidos (porque no hay mejor maestra como la necesidad y una muchacha buena moza) y seguía viviendo en paz con mis nuevos conciudadanos. Vosotros que debéis conocer el carácter suave y cariñoso de los calamareños, que inspira amistad y confianza, no dudaréis si lo pasaría yo bien con ellos, y en Contarmá y su hija tenía mis mejores amigos. Los dos satisficieron mi curiosidad respecto al lance de nuestro encuentro. Dijéronme que aquel sepulcro fresco era el de la madre de Tálmora, viuda hija de Contarmá, que hacía solo cuatro días que había sido enterrada, que la joven y el anciano iban todas las tardes a regar su árbol fúnebre, a derramar un poco de vino de palmera para apaciguar al mal genio, y a llamarla once veces para hablar con su espíritu, que estaría errante en el bosque de los muertos hasta que su árbol retoñase dando muestras de vivir, con cuyo interés se apresuraban a echarle agua con frecuencia; lo que, si no se conseguía, era un mal presagio contra el alma del difunto. Los calamareños creen que, prendido su árbol fúnebre, es admitida en el paraíso como intachable, de lo contrario anda errante en el bosque hasta que retoñe el que se ponga en su reemplazo. La multiplicación de ellos indica la multiplicación de las obras malas que están espiando, y los dolientes se felicitan cuando el primer plantado anuncia la purificación de su muerto. Contarmá me dijo también que habiéndome presentado como su prisionero al cacique, este, a su petición, le cedió sobre mí todos los derechos, de que hizo tan buen uso el indio, así por humanidad como por haber ayudado a la hija a invocar el nombre de su madre en el cementerio.

No podían por más tiempo estar tranquilos dos jóvenes a quienes cubría un mismo techo. Tálmora oyó mis suspiros y no fue insensible a ellos. Su inocencia, su bondad y el interés con que me cuidaba, complaciendo hasta mis más ligeros deseos, me la hicieron amar no solo con inclinación, sino con gratitud. Yo la tomé por mi esposa conforme al rito y costumbres de los calamareños, entre quienes hay una ceremonia llamada 'correría de los amores', que prescriben al pretendiente antes de casarse y que consiste en la persecución y el apresamiento de animales veloces para presentarlos a la presunta. Mi 'correría' *fue tan copiosa, por supuesto ayudado de mi mosquete, que los indios absortos concurrían a examinarla, y el buen Contarmá, orgulloso de mí, la mostraba a todos para aplaudir la destreza de su yerno: y para que fuese más eficazmente sentida todos sus amigos participaron de mi cacería. El flaco de las mujeres (y aun de los hombres también) es el verse lisonjeadas con la envidiable posesión de alguna cosa superior a las demás; y si es marido lo poseído, ¡Virgen Santa!, su presunción no tiene límites. Júzguese pues de lo encantada que estaría Tálmora con mi triunfo, cuando todos unánimemente me aclamaban por el mejor de los maridos, como el único que hasta entonces había hecho proezas de amor tan asombrosas. Y como tenían las barrigas llenas... Un niño que murió luego fue el primer fruto de nuestro amor; el segundo fue una niña, de quien tuve que separarme, cuando aún estaba al seno de su madre.*

El cacique soberano de Calamar era, por entonces, un tirano disoluto y desenfrenado, que tenía oprimido a este buen pueblo. Las personas, esposas, hijas, ni bienes de los indios estaban seguros de la rapacidad de este monstruo, y de todo usaba a su arbitrio. Apasionose fuertemente de mi Tálmora, arrancándola de mis brazos anegada en llanto por medio de sus satélites, y yo fui amenazado con la hoguera a la menor queja. Ni yo podía sufrir con indiferencia tal ultraje, ni mi odioso rival creerse seguro con mi presencia. Yo quería vengarme y sacar a mi esposa de la esclavitud, pues la tenía encerrada en una estrecha prisión porque resistía prestarse a sus brutales deseos. El cacique, creyendo que mi ausencia la podría decidir, le hizo saber que yo me había suicidado. Contarmá, informado por un amigo de este nuevo ardid, lo tuvo por mi sentencia de muerte, y confirmado de que ciertamente se iba a llevar al cabo me aconsejó que huyese. ¿A dónde había de ir en una tierra desconocida, poblada de bárbaros? El buen anciano disipó mis temores, ofreciéndose él mismo ser el guía que me condujese a paraje de salvación. Supe a nuestra salida que Tálmora y mi hija no existían, sacrificadas acaso por su feroz verdugo. Retirábame de aquel lugar con el sentimiento de no vengarlas, muriendo junto con su raptor; pero Contarmá, que supo llegaban a prenderme, me arrancó de su casa casi por fuerza y partimos.

Pasamos por diferentes poblaciones de naturales, que admiraban sobre todo mi espada y mi mosquete, importunándome unos con preguntas y otros con pedírmelos. Por todas partes fui respetado, teniéndome por un ser superior a ellos. Caminamos tres días más, hasta que llegamos a uno de los caseríos de la tierra de los juyas[55]*, indios de buena índole y muy hospitalarios. El buen Contarmá me recomendó a esta pequeña parcia-*

---

[55] «Juya», «Huyà», «Juyà», del wayuunaki, */hu'ja/,* dios de la lluvia en la cultura de los wayuu, pueblos que se sitúan en la parte más occidental del Caribe colombiano, en la península de la Guajira, en la frontera con Venezuela, y que da nombre al pueblo indígena referido.

lidad y me acompañó unos quince días más hasta dejarme establecido y relacionado, concluidos los cuales nos separamos, preñados de lágrimas nuestros ojos. He aquí una nueva vida que empezaba entre salvajes.

Diéronme una choza que acomodé al gusto europeo, y me mostraron el terreno para que cultivase. Mi método de labrar la tierra, el modo de manejarme en mis ocupaciones, el uso que hacía de la industria para economizar trabajo y facilitar el producto llamaron mucho la atención de los indios, y me atrajo el aprecio de la comunidad, poniéndose todos bajo mi dirección, para que les enseñase el cultivo de sus campos con cuantas cosas más yo supiese. Y héteme aquí, a imitación de Ínaco[56]*, Cécrope*[57] *y Argos*[58]*, ejerciendo con ella las funciones de estos egipcios, cuando civilizaban y enseñaban esto mismo a los primitivos griegos. La tierra de los juyas es feraz, y en poco tiempo las cementeras eran muchas, y las cosechas abundantes, pues la naturaleza que es allí tan liberal en sus dones corresponde con pequeña diligencia al trabajo del labrador, retribuyéndole con profusión en todo cuanto emprende*[59]*.*

Con las dádivas de oro que he admitido de los indios, presentándomelas con tan buena voluntad, he adquirido un considerable tesoro, tesoro inútil, que de nada me ha podido servir en un país donde no hay en qué emplearlo, y esta era la fineza

---

[56] Personaje de la mitología griega, primer rey de Argos y uno de los oceánicas o dioses fluviales.

[57] Personaje de la mitología griega, especie de rey serpiente y primer rey de la ciudad estado de Atenas, según la leyenda, nacido directamente de Gea. A su nacimiento sobrenatural se atribuye la cola que lo relaciona con la serpiente.

[58] El nombre corresponde a distintos personajes de la mitología griega. Uno de ellos se dice que era constructor de barcos, como el bautizado 'Argos' en su honor, y que sería el velero utilizado por Jasón en su búsqueda del vellocino de oro.

[59] Este terreno en que está la Villa de María la baja fundada por Alonso de Heredia en 1535 es aún muy afamado por la abundancia de sus frutos. En él hay muchas haciendas. *[N. del A.]*

que he mirado como menos estimable de su cariño. Yo soy, en fin, el patriarca de esta tribu de naturales, en cuya unión estoy hace más de veinte años, y que no puedo dejar sin un gran sentimiento reconocido a sus beneficios. Hoy, mi ausencia los tendrá en la mayor alarma, porque, habiendo salido tan solo por un día a visitar un amigo enfermo en su ranchería, regresaba a buscar mi huerto que yo mismo cultivo por entretenimiento, cuando me he encontrado con ustedes al atravesar al camino que conduce allí, acompañado de mi fiel perro Tristán, que nunca me abandona. Por eso me vuelvo de aquí para tranquilizarlos, y referirles las conquistas hechas por las armas de nuestro soberano. Este será un motivo que alegaré para separarme de los juyas, y venir a la Nueva Cartagena a reunirme a mis compatriotas: pues tantas vicisitudes, tantos trabajos y desgracias, no han podido borrar de mi corazón el recuerdo de mi tierra natal; nunca he olvidado que soy hijo de una nación ilustre y magnánima: en fin, que soy español.

Así terminó Velásques la relación de su historia y, despidiéndose con repetidas muestras de admiración y aprecio de sus compatriotas, levantó Alonso el campo para continuar su marcha. Después de una larga ausencia, en que había aumentado muy importantes posesiones al adelantamiento de Cartagena, ansiaba por ver a su amada, a quien creía ya en estado de poder sellar su felicidad. Llegó en tiempo en que sus consuelos eran muy oportunos para Yngermina, que, en unión de su madre, lloraba la pérdida de Ostáron, que hacía pocos días acababa de morir. Viose entonces al altivo Catarpa doblegar al sentimiento de semejante catástrofe, y tan vehemente en los ímpetus de su energía como en los de su dolor, solo Alonso, que lo alcanzaba todo de él, fue quien pudo mitigarlo. Con la muerte de Ostáron terminó la serie de los caciques de Calamar, único simulacro de soberanía que les había quedado como recuerdo de su antigua independencia.

Segunda parte

I

Había llegado a Cartagena su primer obispo don fray Tomás del Toro. Yngermina estaba ya en el seno de la Iglesia católica, pues de manos de este prelado había recibido el bautismo, después de pasados los días de duelo del cacique; y todo parecía anunciar el complemento de los votos y la felicidad de los dos amantes por que tanto anhelaban, cuando un acontecimiento inesperado vino a frustrar los planes y a empapar de amargura todos los corazones.

Un buque que había fondeado en el puerto[60] traía a su bordo al licenciado Francisco Badillo, que venía con orden de la Corte para encargarse del gobierno, y con comisión de residenciar[61] a don Pedro de Heredia. Desembarcó, y al mayor asombro y desagrado de este, don Miguel Peralta, que había sido expulsado, acompañaba a Badillo en clase[62] de secretario.

Resentido Peralta por el castigo que el Adelantado le había impuesto, luego que llegó a Santo Domingo puso en práctica todos los medios de vengarse. El Badillo, hombre avaro y codicioso de la fortuna y el mérito ajeno, oyó con

60 Histórico. *[N. del A.]*

61 Según el *Diccionario* de la Real Academia Española: «Pedir cuentas o explicaciones a una persona que ejerce un cargo».

62 Según el *Diccionario* de la Real Academia Española: «En clase de...», o «en calidad de...».

suma complacencia los apasionados y exagerados informes que le dio y, echando sus cuentas con la desgracia de Heredia, dio inmediatamente parte al rey de los enormes abusos que se le imputaban en la administración del país que había descubierto y conquistado. No siendo difícil perder un hombre de importancia en el ánimo del monarca, cuando engañado por una bien manejada intriga, hacen despertar en él desconfianzas y celos contra el súbdito que le acusan (lo cual se vio con tanta frecuencia en los diferentes encargados de los gobiernos en la América española, si tenían malquerientes que tratasen de desposeerlos para subrogarlos); con gran satisfacción de los enemigos de don Pedro, la Corte creyó todo, comisionando a Badillo para que lo juzgase[63]. Heredia, de un buen carácter natural, era incapaz de suponer malas intenciones en otros; y confiado en su inocencia nada temía de su visitador, por más prevenido que viniese, pues no presumía la clase de cargos que podría hacerle. En la separación del quinto que pertenecía al rey, sacado de los tesoros adquiridos, era tan escrupuloso, que había nombrado un tesorero encargado de percibirlo y custodiarlo, remitiendo frecuentemente grandes cantidades de los productos a la metrópoli y, aunque en el ejército y los empleados civiles había hombres descontentadizos, cuya ambición causaba algunos disturbios en el reparto de las riquezas, queriendo más de lo que les tocaba, valiéndose para ello de motines y amenazas, el Adelantado los acallaba y contenía, siendo generalmente respetado y querido, hasta de los mismos indios. Por tanto, no sabía de qué lado esperar la acusación.

---

[63] El inmortal Colón mismo no estuvo exento de estas visitas de residencia —dos veces fue conducido a España para juzgarlo, y en una de ellas cargado de prisiones—. Don Pedro de Heredia fue residenciado tres veces, y en la última que se le condujo preso a la Península, habiendo naufragado el buque en que iba, murió ahogado sobre la misma costa en 1555, a la edad de sesentaisiete años. *[N. del A.]*

Desde los primeros pasos, se dio a conocer el licenciado Badillo. Reconocido en su carácter de juez de residencia, despojó del mando a don Pedro de Heredia y, con la mayor tropelía, lo redujo inmediatamente a una estrecha prisión junto con su hermano Alonso. Iniciose el juicio, usando en él de manejos tan reprobados, que descubrían toda la malignidad del juez, fomentada por su vengativo secretario. Por el indicio más leve se perseguía a todo el mundo, y las prisiones no tardaron en llenarse de supuestos culpables, que no tenían más delito que ser amigos de Heredia.

El estado de prosperidad en que Badillo encontró la colonia dio más pábulo a su desmesurada ambición, resolviéndose atropellarlo todo, con tal de continuar en el mando de una provincia rica, cuyos pueblos y tesoros aún no se habían acabado de descubrir. Él era propietario de algunas posesiones en Santo Domingo; pero como por su codicia le parecían insignificantes, respecto a las ventajas que se prometía sacar de Cartagena, le fueron indiferentes aquellas, si llegaba a asegurarse del mando absoluto de esta. Su objeto era levantar su grandeza sobre las ruinas de Heredia, cuyos partidarios temblaron, desde que vieron las intenciones hostiles del visitador. Todos los empleados públicos de cuya fidelidad se sospechaba fueron depuestos de sus destinos, y reemplazados por personas de su entera confianza, que no faltaron, aunque el Adelantado se tenía por generalmente querido. Es verdad que todo se debe esperar de esta miserable condición humana: todos empujan al hombre caído, a quien muy rara vez queda un amigo en la desgracia; mientras que al que está en el poder le sobran adictos, que lisonjeando hasta sus más leves caprichos, comúnmente por interés, y algunas veces por sistema, elevan hoy a aquel de quien tienen que esperar, y cuya ruina precipitan mañana, cuando ya no tienen más que recibir. Ejemplo vemos de esto cada día, y Heredia sufrió un triste desengaño, porque no quedó uno que no saludara el sol naciente. Toda la administración fue alterada. Badillo se formó una guardia que le acompañaba siempre, redobló los destacamentos de la plaza, no daba audiencia sino a sus agentes, y el aparato con que se custodiaban los presos era bastante para anunciar un funesto porvenir. La ciudad estaba toda en confusión, pues la conducta del visitador era exactamente la de un tirano.

Consternada la sensible Yngermina, no sabía qué pensar de tan infaustos sucesos: ella, que con razón creía tener su felicidad tan próxima, su corazón sufría las más terribles angustias al ver de un momento a otro frustradas todas sus esperanzas, y el objeto de su amor reducido a tan triste condición, abrumado con el peso de sus cadenas y amenazado, lo mismo que su hermano, de un enemigo que mostraba ser tan implacable. Los recuerdos de la vida pasada, las delicias del amor de Alonso, su ternura y la dicha de que gozaba con un joven que sin orgullo no cifraba su grandeza, sino en adorarla y complacerla hasta elevarla a ser la predilecta de la segunda persona de importancia y autoridad en aquella tierra, y que hacía poco no ostentaba su dignidad, sino con la dicha de poseerla, todo esto, era un nuevo motivo a su quebranto. El seno de su madre se regó mil veces con sus lágrimas, único reclinatorio a su dolor, porque no tenía siquiera el consuelo de desahogarse en los brazos de su Alonso, aunque fuese desgraciado, pues estaba prohibido comunicar con los presos, teniéndolos en la más severa vigilancia.

No sufría menos el corazón de Alonso: absolutamente le eran indiferentes las tropelías de su opresor, porque al fin se hacía cargo de que él era hombre para sobrellevarlas, con la esperanza de que algún día había de triunfar su inocencia, aunque fuese después de un largo padecer. El sentimiento que le despedazaba el alma, sobrellevando el peso de sus cadenas, era el estado de desolación en que creía hallarse Yngermina. No podía alcanzar cuál fuese su suerte en tal persecución, y ya se alarmaba por la de su amante, que debía ser muy funesta, perdiendo sus únicos apoyos, huérfana y bajo la dura esclavitud de un atroz mandatario, que no respetaría consideraciones algunas, y menos las de una joven indiana, cuya condición por sí sola daba derecho para justificar la opresión de los conquistadores. Se figuraba ya ver expuesta a mil peligros su inocencia y su virtud, sin un brazo que protegiese esta hermosura dotada de tan bellas cualidades, de la pasión brutal de alguno que pretendiese abusar de su desamparo.

—¡Oh interesante Yngermina! —decía en los accesos de su pesar—, más dichosa serías siendo la esposa de alguno de tu tribu que mía: estarías ignorada y exenta de tantos tormentos. Sí, yo que te he formado para ser dichosa, no te escogí sino para hacerte desgraciada. Perdóname, adorable calamareña, si no me hubieras conocido, tú no conocerías el dolor, y yo estaría más tranquilo sin tener que atribuirme la causa de tu desventura.

Así se lamentaba el joven castellano: cuatro días había que estaban presos sin tener comunicación con ninguno, pues los inexorables guardias echaban a la espalda a cuantos pretendiesen pasar adelante, cuando de improviso se oyeron crujir los pesados cerrojos de los calabozos y abrirse las puertas. Hízose saber a los dos Heredias que tenían libertad para hablar con quienes quisiesen.

El obispo del Toro, alarmado con tantas tropelías, no aprobando las violencias usadas con hombres tan beneméritos como don Pedro y su hermano, aventuró hablar por ellos al juez de residencia. Hízole presente los servicios que habían prestado a su soberano y a la religión, aumentando en estas opulentas regiones el número de vasallos sometidos y organizados por sus esfuerzos: que, desde que él había llegado a ocupar la silla episcopal de la Nueva Cartagena, no había oído la menor queja contra el Adelantado, cuya bondad y energía habían hecho acallar los motines sin necesidad de sangrientas escenas; y que, aun los mismos cabecillas le habían significado[64] después su arrepentimiento,

[64] Según el *Diccionario* de la Real Academia Española, también se utiliza en el sentido de «ser representación de una idea u objeto».

porque todo provenía de una desmesurada ambición por las riquezas. Que aun, suponiendo delincuentes a los dos hermanos, usando del decoro debido a la dignidad de jefes españoles, opinaba porque fuesen enviados a la Corte, para que allí respondiesen a los cargos, guardándoles todas las consideraciones debidas a su carácter. El terrible Badillo oyó con el mayor desagrado estos elogios, pronunciados por la boca del buen prelado, y su emulación se vio altamente ofendida: él no quería sino acusadores. Sin embargo, moderó su resentimiento por urbanidad y, aparentando deferencia por el obispo, le respondió que, aunque había graves cargos contra el Adelantado, a quien se le seguía ya su causa, de la cual no podía sobreseer sin exponerse a una gran responsabilidad, para darle una prueba de complacencia, lo único que podía hacer en su obsequio era aliviarlos de las prisiones, poniéndolos comunicables, sin perjuicio de hacer, en cuanto le permitiesen sus atributos, todo el bien que pudiese a los acusados por respeto a su recomendación. El obispo no quedó satisfecho de esta visita, al contrario, sacó un mal presagio para el destino de los dos hermanos Heredia, particularmente para el de don Pedro. Badillo cumplió su ofrecimiento, y por esto fue que, cuando no lo esperaban los presos, se abrieron las puertas de sus calabozos para que pudiesen comunicar con ellos, encargando a la guardia redoblar más la vigilancia.

Yngermina era infatigable en averiguar cuanto interesase a Alonso, y, tan luego como supo que se permitía la entrada en su prisión, voló acompañada de su madre a ver el objeto de sus ansias, y no pudo menos de desfallecer al encontrar a su generoso amigo cargado de cadenas, que ella lavó con sus lágrimas. Alonso procuró tranquilizarla, asegurándole que, confiado en su inocencia, tal vez podría conseguir su libertad para restituirse a sus brazos y ser de ella para siempre. Esta fugaz confianza calmó algo la agitación de la joven calamareña:

—Querido Alonso —le dijo—, aunque lo pierda todo en este mundo, siquiera una queja me oirás, con tal que te salves para mí; fuera de ti, todo lo demás es indiferente a este corazón que no me pertenece desde que te hiciste amar de él.

—Adorable bien mío —le respondió el castellano—, Dios, que conoce nuestras sanas intenciones, premiará nuestros sufrimientos: confía en su bondad infinita, y en tu plegaria que debe ser tan pura como tu alma; no ceses de rogarle, para que su poder nos proteja de las calumnias y acechanzas de los enemigos que nos persiguen, haciendo que triunfe la verdad y se confunda la mentira a despecho de...

—¡Arriba los de guardia! —interrumpió en alta voz el oficial de la cárcel, oyéndose enseguida el confuso rumor de los soldados, que se levantaban y tomaban las armas para ponerse en formación. Pronto quedó todo en silencio, hasta que se dejó oír el pífano y el tambor que batían el toque de honores. Cesado, se sintió el ruido de algunas personas que entraban: era el licenciado Badillo con su secretario y otros de su comitiva que venían a tomar declaración a los presos.

—¡Dios eterno! —exclamó Yngermina—, yo, que detesto tanto a ese gobernador, no habría querido me encontrase aquí, porque temo no poder disimular todo el horror que me inspira.

—No te asustes —la dijo[65] Alonso— nada tendrá que hacer contigo, tú no eres capaz de infundir sospechas, y yo no creo que su maldad se extienda a faltarte el respeto, quebrantando las leyes del honor, que deben ser para un caballero sagradas e inviolables.

Los dos Heredias estaban en calabozos separados: el licenciado, después de haber evacuado su diligencia con don Pedro, entró en el de Alonso, que a la sazón tenía su mano asida a la de Yngermina, en cuyo rostro aún se notaban los vestigios de su llanto. Sorprendido Badillo por este encuen-

[65] El autor es laísta y no corrijo su elección.

tro, se detuvo algo en la puerta antes de entrar, llamándole su atención aquella joven que extrañaba ver en aquel lugar. Interesante hasta en su dolor, Yngermina causó la admiración del gobernador, cuyos esquivos ojos la miraban de hito en hito.

Por gusto de Alonso, hijo de un refinado capricho, su vestido era aún el de las hijas de Calamar, solo con las reformas producidas por el uso de las ricas telas españolas. Todo lo cual ingeniosamente colocado, y su cabeza guarecida de naturales rizos negros y adornada con joyas de oro y perlas, dando a sus graciosas formas un realce maravilloso en que tanta complacencia encontraba el enamorado castellano, hicieron ver a Badillo un ángel en la persona de la hermosa calamareña. El maligno Peralta, no menos absorto, terminó la escena diciendo, con su acostumbrada desfachatez y atrevimiento, que se despejase el local para recibir la declaración del reo. El aire de modestia y dignidad con que se despidió Yngermina al salir acabó de aumentar la admiración del juez de residencia, que la siguió con sus ojos hasta que pasó de la puerta.

La sorpresa de Badillo no podía menos de mover su curiosidad, hasta informarse quién fuese Yngermina, y la causa por qué la había encontrado en la prisión de Alonso. Peralta, que sabía algo de antemano, y que al presente adquirió cuantas noticias pudiese desear, le informó de todo. El licenciado oyó con mucho interés la noticia, y desde entonces empezó a concebir los planes que su iniquidad había de poner en ejecución dentro de muy poco, y para lo cual premeditaba los medios de que se había de aprovechar, y los instrumentos de que se había de valer. Se había apoderado ya de él una pasión criminal, que pensaba satisfacer a toda costa.

Velásques, fiel a su palabra, se despidió de los juyas y se dirigió para Cartagena, acompañado de unos indios que le traían su tesoro y los regalos que le habían dado al separarse. Ignorante de cuanto pasaba, lo llevaron ante el gobernador, a quien refirió su historia que fue oída de todos con mucho interés; y, creyendo que Badillo fuese el Adelantado don Pedro de Heredia, le colmó de elogios llamándole el héroe de aquella comarca, y elevando hasta las nubes sus méritos adquiridos, por los servicios tan eminentes hechos a la nación española, que no podrían jamás oscurecer sus más exaltados competidores. Igualmente demostró su gratitud por las atenciones que había recibido de su hermano Alonso cuando lo descubrió en el camino, y concluyó preguntando por su habitación para ir a alojarse donde él, y tener el gusto de volver a ver a su amigo, conforme se lo había ofrecido desde que se conocieron. No podía sufrir tanto el licenciado, y, prorrumpiendo en amenazas contra el anciano Velásques, lo mandó conducir a la misma prisión en que estaba Heredia, ya que quería vivir en su compaña. Alonso vio entrar a su compatriota no menos sorprendido que él del estado en que ambos se encontraban, y, comunicándose uno al otro sus cuitas, se consolaron con ser compañeros en aquella adversidad. Velásques echó muy pronto de menos la vida tranquila que pasaba entre los juyas, siendo su ídolo y casi el jefe de aquella pequeña comunidad que tanto lo respetaba, y donde no había recibido el más pequeño contratiempo.

II

La llegada del licenciado Francisco Badillo fue precursora de las calamidades que habían de sobrevenir a los indios de Calamar y parcialidades inmediatas. Ambicioso de honores y riquezas, él había convertido su gobierno en un ramo de especulación, tanto más detestable cuanto que la ejercía en perjuicio de la humanidad; y ayudado de su digno secretario Peralta se quitó la máscara y empezó a obrar. De repente se reducen a prisión todos los indios de ambos sexos, dándose cumplimiento a esta orden con el auxilio de la tropa, y diferentes destacamentos, comisionados con el mismo objeto a los pueblos cercanos, salieron inmediatamente. Consternados los naturales no sabían qué esperar de semejante tropelía; y muy pocos tuvieron tiempo de huir precipitadamente para ocultarse en los montes. Con las partidas que llegaron tomadas en los lugares que habían sorprendido se llenaron las prisiones, teniendo que destinar nuevas cárceles por no ser ya capaces las que había. Una escena de luto y llanto se siguió a esta primera catástrofe. Escogiéronse de entre ellos todos los hombres y las mujeres más mozos y robustos, embarcándolos para ser enviados a la isla de Santo Domingo, unos a trabajar como esclavos en las posesiones de Badillo, y otros a ser vendidos a su provecho en subasta pública. ¡Día de desolación para los hijos de Calamar! Solo se oían los gemidos de tantos desgraciados, que lloraba cada uno un padre, un hijo, o un hermano, y todos los apoyos de su vida, pues no quedaban más que viejos y niños abandonados. Solo el malvado Badillo y sus secuaces podían presenciar este cuadro sin estremecerse de horror. El obispo, conmovido por la suerte de tantos miserables, y alarmado con el atroz procedimiento del licenciado, se acercó a este para interceder por sus ovejas: ni la elocuencia cristiana del prelado, ni las amenazas de censura que le fulminó, bastaron para ablandar aquella alma feroz endurecida en la iniquidad, para que revocase su sentencia. Las infelices víctimas de la rapacidad de este monstruo salieron para su destino, con anticipación a las que debían seguirles muy de cerca[66].

Aturdidos en el primer movimiento de confusión, cuando los esbirros en tropel ejecutaban el prendimiento ordenado por Badillo, Yngermina, acompañada de su madre y Catarpa con su esposa, intentaron huir para sustraerse de la persecución que les amenazaba, como a sus otros conciudadanos, pero una partida de soldados, que a la sazón pasaba conduciendo algunos presos, les hizo desistir de tomar la calle, para no ser agarrados en ella. Este temor los indujo a cerrar las puertas y ocultarse en su casa. Cada rumor que se acercaba les parecía el de los aprehensores. En estas angustias pasaron, hasta que cesó el tumulto y vieron que ninguno se dirigía a ellos, novedad que les llamó más la atención, cuando muchos alguaciles, oficiales y soldados los habían descubierto, y nada les habían hecho.

Muy ruidoso fue este acontecimiento para que no llegase a oídos de Alonso. Al saber tan inicua medida, su corazón sobresaltado tenía como cierto que su prometida fuese una de las víctimas envueltas en la catástrofe, con toda su familia. En tal conflicto, ansiaba por obtener alguna noticia, que lo tranquilizase o confirmase en sus temores, aumentándole nuevas penas. Pronto supo que Yngermina y su

---

[66] Todo lo anterior es histórico. *[N. del A.]*

familia estaban a salvo, y les mandó advertir no se presentasen en público, hasta que cesase la conflagración que el opresor había hecho recaer sobre sus conciudadanos, sin adivinar cuál fuese la causa de una excepción tan remarcable.

Aunque no cesaban de llegar indios prisioneros de las otras parcialidades, creyose calmada la tormenta para los de Calamar, con todos los que habían ya embarcado, pues no se había dispensado ninguna persona útil de las que pudieron haber a las manos. Con esta confianza, aventurose Yngermina a ir a la prisión de Alonso acompañada de su madre: la ausencia de tantos días le había parecido un siglo, y los mayores peligros le serían ahora indiferentes, con tal de encontrarse al lado de su querido, cuya situación era entonces más digna de su ternura. Tú, amable lectora, si alguna vez has amado de veras, dirás si tenía razón la joven hija de Calamar[67].

Velásques dormía profundamente a un lado del calabozo, y hacía un gran rato que hablaban sin que lo percibiera. Despertábase al momento que la madre de Yngermina preguntaba a Alonso quién fuese aquella persona que le acompañaba, en la que la hija no había hecho atención. A Velásques, aunque algo ofuscado, no le fue extraña aquella voz, y se incorporó. Aturdido su conocimiento con el sueño, se figuraba ser alguno de sus fantasmas lo que se le presentaba en aquel instante. Levantose, y, acercándose a la mujer que aún hablaba, a su mayor admiración reconoció a Tálmora en la viuda del cacique Ostáron. En los primeros ímpetus de su alegría, solo pensó en abrazar a su esposa. Alonso y su amante, absortos con aquella escena, estaban perplejos sin saber qué adivinar de ella; pero no tardaron en saber todo

[67] Nieto Gil apela a la complicidad de su lectora, en primer lugar, su esposa, y en segundo lugar un público femenino sensible a las intrigas amorosas habituado a las novelas románticas. También en *Rosina o la prisión del castillo de Chagres,* la mujer es destinataria de muchos de los comentarios del narrador relacionados con su educación.

el secreto. Velásques, ansioso, preguntó cuál había sido la suerte de su hija; entonces Tálmora, tomando a Yngermina de la mano, la presentó a su padre. Encantado el anciano Velásques con este descubrimiento, que le parecía una ilusión, no cesaba de estrechar entre sus brazos y colmar de besos a estos tan interesantes objetos de un amor que sentía revivir después de tanto tiempo pasado, coloreando aún sus mejillas nevadas ya por los años: particularmente no acertaba a desprenderse de su hija, envanecido de encontrar en ella tantas perfecciones. Ya Alonso lo sabía todo: solo Yngermina ignoraba todo el misterio encerrado en tal acontecimiento, cuyos arcanos no alcanzaba a traslucir. Calmados los transportes y enjugadas las lágrimas causadas por tan opuestos accidentes, Velásques refirió a Tálmora sus aventuras desde el momento que la arrebató el cacique de sus brazos, descubriendo a su hija todo el suceso de su nacimiento, que tan inviolablemente le habían reservado, para que, no creyéndose de extracción diferente, este no fuese un obstáculo a su unión con Catarpa. Después, apoyado por Alonso, exigió de Tálmora le refiriese cuanto le había acontecido desde su separación, lo que hizo ella del modo siguiente:

Prosigue la historia de la esposa de Velásques desde su separación

Del mismo modo que a ti —dijo dirigiéndose a su marido—, me hicieron creer que te habías dado la muerte en un arrebato de tu desesperación, y esto redobló más mi dolor. El bárbaro Marcoya, cuando supo que te habías ausentado, me hizo sacar de la prisión y llevarme a su presencia. Me recibió con mucho agasajo, haciéndome saber que me había elegido por su esposa, adoptando mi hija por suya. Yo no pude contenerme, y le eché en cara el modo indigno de un soberano de apoderarse de las mujeres ajenas, arrancándome de los brazos de un esposo que adoraba, sin ocultarle todo el horror que por semejante acción me inspiraba, y que sería un obstáculo para que yo viviese feliz con él, pues cada vez más me infundiría su vista el odio implacable que alienta al oprimido contra el opresor. El cacique, algo desconcertado de mi resistencia, aunque naturalmente cruel, no se mostró agraviado y me repitió que su determinación estaba tomada y que era irrevocable. No encontrando medio de salvarme se me ocurrió uno: le dije que le perdonaba todo, y que aún le acordaría mi cariño con una condición, la de ser su esclava con mi hija, con derecho a mis servicios, pero nunca a mi cariño ni obligaciones como esposa, teniendo en mí su más adicta servidora. Marcoya, aunque enamorado, no quería violentar tanto mi voluntad, y, contando con que los días y sus continuas atenciones podrían decidirme en su favor, cedió a mi proposición. Todo el pueblo de Calamar me reputaba como esposa del cacique y solo para él no lo era; como tal me tributaban los homenajes de su respeto. Naturalmente inconstante, como todos los tiranos, acostumbrado a mis continuas vistas y a mis repulsas, llegaba a tenerme algunas veces como una persona indiferente en el número de sus mujeres, a quienes tenía yo siempre ocupadas en que lo complaciesen y halagasen para distraerlo, pero, otras, volvía a sus pretensiones con el mayor empeño, teniendo que redoblar mis fuerzas para resistirle. Sus ímpetus se moderaban cuando me veía enteramente resuelta a hacerlo todo por no satisfacerlo. Dábame valor para esto el saber, por boca de Contarmá, que te hallabas a salvo, descubriendo de este modo la impostura de tu muerte, pues a su vuelta me lo refirió todo, y el lugar donde te había dejado, animándome a no perder enteramente la esperanza de volverte a ver. El pobre anciano murió poco después: ya no tenía quién me consolase, ni contaba yo con más apoyo que con el mío.

Tres veces doce lunas habían pasado desde que el cacique me había hecho conducir a su casa. Mi situación era la misma y él nada había obtenido en mi cariño, cuando el pueblo, cansado de sus atrocidades, levantó el grito y sacudió su pesado yugo. Ostáron, uno de sus oficiales, se puso a la cabeza de los malcontentos y, seguido de los más adictos, mataron a Marcoya al momento que, informado de la rebelión, regresaba de la caza para venir a oponerse a ella, pues en su ausencia había estallado. Ostáron, idolatrado de antemano por los calamareños, fue nombrado soberano, y para que el pueblo no extendiese su venganza hasta mí, como que me tenía por dueña del difunto, el nuevo cacique me refugió en su casa, tomándome por su esposa, con el fin de legitimar de algún modo su usurpación. Esto fue ponerme en nuevo comprometimiento, cuando me creía libre por la muerte de Marcoya. Para desembarazarme, abrí mi pecho a Ostáron. Este buen calamareño me lo ofreció todo y convenimos en que yo no haría sino el papel de su esposa, para tener derecho de unir mi Yngermina al hijo único suyo llamado Catarpa, y que heredasen ambos la soberanía de Calamar, con cuyo objeto los hacía criar juntos. Él cumplió su palabra y me estimó como a una amiga, haciéndome vivir tranquila en mi estado, pero no en mi espíritu. Yo no podía olvidarte y, como no había vuelto a obtener la más leve noticia tuya, entre triste y confiada, un rayo de esperanza venía de tiempo en tiempo a consolarme.

Los calamareños eran felices bajo el gobierno de Ostáron, cuando los castellanos, acaudillados por don Pedro de Heredia y Alonso, su hermano, los acometieron para conquistarlos. El cacique, que se penetró de la inutilidad de una resistencia, que solo iba a sacrificar sin fruto millares de sus súbditos, abandonó el pueblo a los invasores y se retiró para ver si podía engrosar su gente y repelerlos. Pero todo fue en balde, sometiéronse confiados en los ofrecimientos pacíficos y en la buena fe de los Heredias, que no han quebrantado jamás. Sin embargo de la condición de colonos a que estábamos reducidos, Ostáron dispuso casar a nuestros hijos, contando con perpetuar en ellos siquiera una sombra de autoridad en su pueblo, pero el orgulloso joven Catarpa, único que sobrellevaba con repugnancia la nueva dominación, se resistió con el pretexto de que, no teniendo soberanía que heredar para ser partícipe de ella a Ynger-

mina, con cuyo principal objeto se había meditado esta unión, creía que hasta que su suerte no cambiase debía suspenderse, pues faltaba una condición que su carácter no podía ver con indiferencia. Yngermina, aunque había crecido con el joven, lo quería como su hermano, pero no le tenía inclinación como su amante, y solo la razón de estado la sometía a la voluntad del cacique. Este obligó a su hijo, a pesar de su resistencia, a emprender la 'correría de sus amores' para unirlos inmediatamente. Catarpa, en vez de obedecer a su padre, levantó a los indios de las inmediaciones contra el nuevo gobierno, atacó y ocupó Turbaco y, renunciando del todo a la mano de nuestra hija, admitió la de la del cacique de aquel pueblo. De aquí salieron fuerzas al mando de Alonso y, aunque vencido y prisionero, Catarpa acreditó su arrojo y valentía. Dígalo si no el jefe de los castellanos. Su esposa lo ayudó a defender y fue cogida en unión suya. Ya de antemano, vueltos todos los calamareños a sus hogares, Alonso obsequiaba y protegía a Yngermina, adelantándose hasta elegirla por esposa. Por su mediación se perdonó la vida a los prisioneros y no se derramó una sola gota de sangre. Esta indulgencia ganó de tal manera los corazones, que los indios ofrecieron, y han cumplido su promesa, de ser fieles. El impetuoso Catarpa, que es el mejor amigo que hoy tiene el joven Heredia, ganado por sus bondades, cedió de sus proyectos y se reconcilió con los nuevos mandatarios, con cuya condición logró su libertad.

Cuando Alonso volvió de la expedición del Sinú, llegó en tiempo de enjugar nuestro llanto. El buen Ostáron había muerto llevando tras de sí el sentimiento de un pueblo que lo adoraba. Como ya era cristiano, como lo soy yo, don Pedro de Heredia le hizo sus exequias fúnebres con pompa y magnificencia, honrándolo como el último soberano de esta tierra, y dispensando a la esposa y suegra de su hermano cuantas consideraciones pueden apetecer las personas de más importancia.

Dos lunas tenía Alonso de haber regresado, y muy cerca nos parecía que estaba el día de ver a estos dos jóvenes felices. Yngermina había recibido el bautismo de manos del 'Gran Ca-

pahie' de los cristianos (el obispo), y todo se preparaba para esta solemnidad, cuando la llegada del nuevo gobernador Badillo vino a turbar nuestro reposo y disipar nuestra alegría. Tú sabes el resto, de que somos todos tristes víctimas.

Así habló la esposa de Velásques quien, satisfecho de su fidelidad, la estrechó de nuevo en unión de su hija. Enseguida, haciendo lo mismo con Alonso, le confirmó el placer que sentía al tener por yerno a un joven tan digno y este quedó más contento al saber que su futura descendía de la noble sangre de Velásques. Después acordaron ocultar este descubrimiento hasta mejor ocasión, de cuyo modo, no habiendo sospechas contra el padre de Yngermina, podría lograr su libertad y servir de agente secreto y seguro en todos los negocios de los presos. Convenido así, se separaron.

No bien habían llegado a su casa Tálmora y su hija, cuando un alguacil se presentó citando a esta de parte del gobernador, para que le siguiese a su palacio. Yngermina, terriblemente asustada con semejante novedad, no acertaba a resolverse, pero, estrechada fuertemente por el mensajero, que la amenazó con que sería llevada por la fuerza, hubo de obedecer temblando seguida de su madre y de Catarpa.

III

El licenciado Badillo no había separado de su memoria a la joven indiana que tanta admiración le había inspirado, sin dejar de mano el proyecto de obtenerla a cualquier costa. Comunicose con Peralta quien, aplaudiendo interiormente esta nueva venganza contra Alonso, aprobó sus intenciones ofreciéndole sus más eficaces oficios, para lo cual formaron su plan. Por orden de Badillo, se había exceptuado a Yngermina y su familia del apresamiento general con el fin de que, presenciando en la persona de sus conciudadanos todo el horror de esta catástrofe, fuese preparando su ánimo aterrorizado a temerla y a sacrificarlo todo por libertarse de ella, confiando en que esto valdría mucho a sus pretensiones. Despachados los miserables destinados a la servidumbre, acordaron hacer venir a su nueva víctima al palacio de gobierno donde el juez de residencia se congratulaba de antemano, con un triunfo que aún ignoraba le fuese difícil obtener.

La hija de Velásques, toda desconcertada, entró en aquella casa en que se hospedaba el crimen. No se permitió pasar adelante a Tálmora ni Catarpa, que quedaron detenidos en la puerta en la más inquietante expectación. El infame Peralta la recibió en una de las antecámaras:

—Os doy la enhorabuena —la dijo al recibirla con semblante festivo—, bella calamareña, por la fortuna que os ha deparado tu feliz estrella. ¡Cuántas españolas envidiarían hoy tu suerte! Tus atractivos han tenido tanta fuerza que tienen perdidamente enamorado al hombre más poderoso de esta comarca, al ilustre gobernador Francisco Badillo, cuyo corazón jamás se ha doblegado al yugo de ninguna mujer por interesante que haya sido. No despreciéis los suspiros de quien os hará dichosa hasta donde puede aspirar criatura humana, si consientes en ser su dama, partido que no puede ser más ventajoso. Él os dará tal valimiento que excederéis en esplendor a las mujeres de más importancia, confundiéndolas si tuviesen la temeridad de pretender competiros. Aleja esas vanas y necias preocupaciones que no sirven sino para mantener en la oscuridad a las personas de mérito: el tuyo, que no debe estar olvidado, es digno de que salga a luz para que cause la admiración de cuantos te conozcan, y Dios te dé muchos años de vida para que goces...

—¡Detente, sacrílego, y no profanes el nombre de Dios invocándolo en la consumación de tu maldad! —le interrumpió Yngermina, a quien había dado tiempo de recobrarse de la introducción de Peralta.

Este, suspenso por un momento, con una respuesta que no esperaba, y por la cual descubría todo el temple de la mujer que quería seducir, procuró disipar su turbación.

—No es necesario —continuó— acalorarse en estos lances, ni sorprenderse por nada. Vos sois el objeto de los desvelos del gobernador y, como nadie negará que esta es una dicha, no es extraño se me haya escapado el deseo de que se os perpetúe, supuesto que vais a ser el ídolo de quien es acreedor a todo mi cariño y mi respeto. No lo dudéis...

De pronto se presentó Badillo. Aunque complaciente y halagüeño, su vista hizo dar un paso atrás a Yngermina, cuyo semblante no pudo disimular todo el horror que le había causado semejante aparición.

—Sí, bella indiana —la dijo—, cuanto te ha manifestado Peralta es cierto. Yo te amo, a tus pies está todo mi poder, mis honores y mis riquezas si consientes en ser la dama de mis pensamientos. Tú sola eres la dueña de este corazón, como te lo habrá hecho presentir la preferencia de haberte exceptuado a ti, y a tu familia, de las órdenes que he mandado ejecutar con los demás indios. Oye mis votos y hazme el más feliz de los mortales: tú sola puedes hacerlo, y yo no apetezco la dicha de otras manos que no sean las tuyas. Por ti, mi alma se abrasa de amor y tú eres la única digna de apagar este fuego que me consume... —concluyó tomando una mano de la joven calamareña para besarla, la cual retiró ella con viveza e indignación antes que la llevase a la boca.

El secretario salió en este momento.

—Sosegaos, señor —contestó la hija de Velásques—, ya no me asombra el atrevimiento de Peralta. Él ha sido vuestro digno mensajero. Aunque fuese por esa cortés galantería propia del carácter español, debierais emplear para vuestros fines otro lenguaje y otros medios, y no abusar, de un modo tan torpe e indecoroso al puesto que ocupáis, de mi desamparada situación, cuando por él vos debierais protegerla. ¿Qué motivos habéis tenido para creer que la hija del último de los caciques soberanos de mi patria se rindiese a vuestros criminales deseos? ¿Por ventura, la autoridad que ejercéis os da derecho para ofender el pudor, proponiendo a una joven la corrupción de sus costumbres, sin aparentar siquiera ese miramiento, esa consideración que todos los hombres deben a mi sexo? Desengañaos, señor, si habéis contado con mi fragilidad y condescendencia, porque sea una persona a quien tenéis bajo vuestro dominio: yo no podré ser jamás de un hombre sino con honestos fines y vos, además de no serlo los vuestros, habéis ultrajado mi virtud haciéndome conducir a vuestra casa para proponerme mi deshonra, bajo este techo en que debierais ser más circunspecto y siquiera respetar la hospitalidad. Nada me importa el que pongáis a mis pies vuestras riquezas y honores, como homenaje de vuestro amor, si no tenéis sanas intenciones; pues el homenaje digno de una joven de mi clase es el de un alma pura que sepa apreciarme en lo que soy. Dejad esas grandezas para tantas mujeres que se deslumbran con ellas, sacrificándoles su decoro, y con quienes sacaréis mejor partido, que yo, señor, conforme con la esfera en que el destino me ha colocado, toda mi ambición está satisfecha con conservar ilesa mi virtud, único patrimonio a que se reduce toda mi ambición. Permitid, señor, que me ausente, que harto tiempo he dilatado aquí para mi deshonra: yo os perdono todos los agravios que me habéis hecho, si me dejáis en libertad de salir.

Desconcertado el atroz Badillo con tanta dignidad, avergonzado de las enérgicas reconvenciones, que no era capaz de presumir en una joven indiana, dudó un rato entre su pasión y su despecho.

—Toda esa altivez —la respondió— es inútil cuando se despliega con un hombre de poder, a quien le es fácil hacerse obedecer por la fuerza; y he aquí una demostración más que tenéis de mi amor, con haber sido indulgente en escucharos. No me negaréis que os hago una gracia con haceros el objeto de mi cariño, y vuestro orgullo no ha debido excitarse sino al honor que os resultaría de tenerme por vuestro amante, y no en reputarme indigno de poseeros, teniendo en mi mano el haceros dichosa o muy desgraciada, de elevaros al pináculo de la grandeza, o de precipitaros al abismo de la miseria. Pero aún quiero daros más pruebas de mi afecto olvidándolo todo, y dejando a tu discreción todo el bien que dejas escapar con un apasionado que te adora, y que debes disculparle en sus extravíos, porque tú eres la causa. Sí, hermosa calamareña, uno solo de tus favores vale toda una vida: muéstrate más benigna, destierra esas odiosas preocupaciones, cede a mis súplicas, y ven a estos brazos que tan tiernamente te estrecharán contra mi pecho que solo se conmueve por ti... —dijo y, avanzándose a Yngermina, trató de vencer su resistencia prodigándole caricias. La hija de Velásques, prevenida por los gestos y las últimas palabras de Badillo, repelió el ímpetu de su tentación, retirándose hacia la puerta.

—¡Qué pretendes, bárbaro! —exclamó con el acento de la indignación—, ¿pretendes vencerme por la fuerza, abusando de mi debilidad? Te engañas, miserable: antes me verás aquí morir, que ceder a tus depravados designios. Dejadme salir o hago pública vuestra vergüenza llamando a los guardias.

—No te tomes ese trabajo, que yo mismo los llamaré —dijo entonces Badillo encendidos los ojos de cólera— para que castiguen tu audacia, conduciéndote a la prisión con tu familia, donde experimentarás todos los efectos de mi venganza. ¡Tiembla por tu suerte, mujer obstinada!

—Jamás tiembla la inocencia de miedo delante del tirano, vos sois quien debierais estar a lo menos turbado, porque sois un delincuente, en oprimir a personas inermes y desgraciadas. Sabed que la esposa prometida de don Alonso de Heredia le sabrá guardar inviolablemente su fe a despecho de tus negras persecuciones —concluyó Yngermina, lanzando una mirada de desprecio al licenciado, quien, más irritado con estas últimas palabras, llamó a unos soldados de guardia.

Ordenoles conducir a aquella joven a un calabozo con toda su familia inmediatamente. Tálmora y Catarpa se incorporaron a la salida y todos siguieron su destino. A la sazón pasaba el obispo por la calle, y no pudo menos de llenarse de dolor al ver el humillante aparato con que se conducía a la cárcel a la joven escogida de un jefe castellano, cuyo rostro encendido iba lavado con esas ardientes lágrimas que solo el dolor hace brotar en su violencia. El prelado la ofreció ir a consolar en su calamidad.

No tardó mucho en que llegase a la prisión de Heredia la noticia de este nuevo atentado del gobernador, y contémplese cuál sería su pesadumbre al saberlo con todas las circunstancias que le habían precedido. Antes, no sentía más que la separación del objeto de su cariño, aunque esta separación no era absoluta, y las desgracias que le podrían sobrevenir dejándola abandonada a merced de un destino incierto; y aun en estas tristes contemplaciones no dejaba de vez en cuando de consolarlo algún rayo de esperanza.

Pero, habiendo del todo cambiado la escena, su situación se hizo más horrorosa porque presumía hasta dónde podían extenderse las miradas de su perverso enemigo, que se había propuesto mortificarlo por cuantos medios eran imaginables, tocándole por el más terrible con la persecución de su amada. No menos afligido estaba Velásques; recorriendo rápidamente en su memoria todos los acontecimientos de su vida, cuando se creía en el término de sus desgracias, encontrando su hija y su esposa después de tantos años de tenerlas como perdidas, se halla con reconocerlas en momentos tan aciagos, arrebatándolas a su cariño para sepultarlas en una prisión, bajo el poder de un desenfrenado opresor de quien ninguna indulgencia se podía esperar. Con este motivo, con acuerdo de Alonso, convino reclamar su libertad para hallarse en aptitud de atender con actividad a cualquier parte que lo requiriese la necesidad de los acusados, o para tenerlos por lo menos en comunicación desde sus respectivos calabozos. Velásques se presentó manifestando no ser culpable para que lo retuviesen preso hasta entonces y que, si alguna indiscreción había podido cometer faltando el respeto al gobernador, la creía suficientemente compurgada, con el tiempo de su arresto. En efecto, Velásques fue puesto en libertad. Despedido de sus compañeros, fue a ocupar la casa de Tálmora, en la cual no encontró más persona que a la mujer de Catarpa, afligida por la separación de su marido.

El primer uso que hizo Velásques de su libertad fue informarse del estado de las causas que se seguían a los dos Heredias, quienes no habían tenido la menor noticia de ellas desde que se habían tomado sus confesiones. El padre de Yngermina era sagaz y discreto y, por lo mismo, una persona a propósito para hacer indagaciones sin hacerse sospechar; y, como tenía oro, eran más eficaces sus diligencias. Descubrió por fin que, particularmente, presentaba mal aspecto la causa de don Pedro, a quien se le hacían gravísimos cargos, atribuyéndole enormes delitos y asegurándose, según la opinión del licenciado, que sería sentenciado a muerte: cosa no imposible de suceder, siendo su juez el más implacable de sus enemigos, aguijoneado por el vengativo y concusionario Peralta. Visto el peligro que corría la vida del Adelantado, se trató de hacerle fugar, único medio de salvarse por entonces. Velásques tomó con empeño la ejecución de su plan, para aprovechar la salida de una embarcación que iba para España. Convenido con el capitán el modo como lo había de recibir a bordo, desembarazado de las prisiones y con disfraz de soldado, una noche se sustrajo del poder del juez de residencia y de su rencoroso secretario, navegando libre de sus maldades para las costas de la Península[68].

Fácil es concebir el furor de Badillo al saber que el preso había burlado su vigilancia, cuando creía tenerle tan seguro; y mayor fue, al ver inútiles sus pesquisas, tanto para capturar el reo como para descubrir a los cómplices de su fuga, pues se conformaba aunque fuese con saciar su venganza con los que se la habían facilitado. Con este motivo, para impedir la de Alonso, se redobló su guardia y sus prisiones, dirigiendo entonces toda la saña contra quien no tenía más delito que ser hermano del Adelantado.

El obispo cumplió su palabra, consiguiendo permiso de introducirse en la prisión de Yngermina. Este cuadro conmovió vivamente su piedad. Encontrola sumergida en tristes contemplaciones con sus ojos marchitados por el llanto, acompañada de su madre y hermano, cuyo aspecto desolado no era menos digno de compadecer. La llegada del prelado en aquella situación fue un bálsamo derramado en las llagas de su espíritu.

—Ánimo, hija mía —la dijo el buen pastor cuyos ojos lloraban también—, en las tribulaciones es que son más eficaces los consuelos de la religión cristiana, como la única ta-

---

[68] Histórico. *[N. del A.]*

bla de salud que nos queda naufragando en el mar proceloso de esta vida. Aun los mismos criminales, sufriendo la pena de sus delitos, concibiendo un verdadero arrepentimiento de ellos, encuentran remedio ante el Padre celestial cuando se acogen con una fe sincera a su misericordia. Nada importa a un alma pura la persecución de los enemigos de la inocencia, pues su paz espiritual no se turbará jamás con las inquietudes que sufre un corazón empapado en la iniquidad. Dejemos que obren los malos, que el Señor que protege a sus escogidos derriba a los soberbios y poderosos, y eleva a los humildes y mansos de corazón, haciendo que al fin triunfe la virtud en toda su belleza y ostentación. Y aun cuando nuevas angustias no cesen en este mundo de acometernos, siendo este un valle de miserias donde nacimos para padecer y llorar, premiando el divino hacedor nuestra conformidad en los dolores, que él mismo nos manda para probar nuestra paciencia, nos reservará otra mejor recompensa en la vida eterna, en donde nos levantará llenos de gloria y majestad para confundir a nuestros enemigos, cuyos ojos no se atreverán ni a mirar a sus víctimas. Acuérdate, hija mía, que nuestro sublime Maestro, siendo la misma perfección, fue calumniado y muerto como el mayor de los malhechores, por quebrar las cadenas del pecado original que borró con su sangre preciosa, y que al tercer día resucitó triunfante del infierno y de la muerte, hollando la cabeza del dragón enemigo de su grandeza y de sus redimidos. Confía en su pasión y muerte, encomiéndate fervorosamente a sus méritos, y a los de su Santísima Madre; entrégate en los brazos de esta poderosa intercesora, que acoge bajo su amparo la inocencia y la virtud perseguida, y no dudes que esta madre de la pureza verterá sobre ti a manos llenas el bálsamo de la consolación, de que tanto necesitas en este amargo lance. Por este medio, se te comunicará un valor sobrenatural que solo se comunica al que pone su entera confianza en el Salvador, quien fortalecerá tu flaqueza, haciéndote superior al furor de tus enemigos.

Tranquilízate, hija mía, deja a los réprobos a cargo de la cólera celeste, ocúpate de las delicias eternas, y entrega tu suerte en manos de nuestro Padre celestial, que él cuidará de ella, sacándote sana y salva como sacó a Daniel de la cueva de los leones; a los tres jóvenes hebreos del horno ardiendo, a que los hizo arrojar Nabucodonosor, porque permanecieron fieles en confesar el verdadero Dios; como hizo salir a Jonás del vientre de la ballena, para que fuese a predicar la penitencia a los de Nínive; como libertó al pueblo de Israel de la cautividad del Faraón, rey de Egipto; a Lot, del incendio de Sodoma y Gomorra; en fin, como salvó a la casta Susana de la calumnia de sus lascivos acusadores. No dudes que quien hizo llover el maná en el desierto para saciar el hambre, y brotar agua de la roca de Horeb para apaciguar la sed del pueblo de Dios, hará llover en tu alma el suave maná del consuelo y el agua de la salud, para refrigerarla y prepararla contra las tentaciones de la carne y del espíritu.

Yngermina, transportada con la exhortación del santo prelado, se echó a sus pies para pedirle su bendición, que recibió con el más profundo recogimiento; interiormente tranquila, le ofreció seguir en todo sus saludables consejos, suplicándole no la abandonase su piedad en circunstancias tan aflictivas y en que tanto necesitaba de su ayuda. El venerable no solo le hizo esta promesa, sino la de emplear su ministerio en abogar por su inocencia, hasta donde alcanzasen sus débiles fuerzas, sin embargo, dijo, que harto lastimado estaba ya su corazón con la suerte desgraciada de tantas ovejas que el lobo furioso había arrebatado de su aprisco. El obispo concluyó su visita y se retiró dando su bendición a los presos.

IV

Los consuelos de la religión dados por el obispo habían sido tan eficaces para la hija de Velásques, que procuró transmitirlos a su madre y hermano, particularmente a este último, que aún no era cristiano y quería convertirlo, para desterrarle ciertos ímpetus de desesperación, conducido de los cuales intentaba algunas veces atropellar a los guardias y salirse. Exhortolo a la conformidad que en los trabajos comunica la religión de Jesucristo, y que, para que fuese partícipe de los mismos bienes que ella, era preciso recibiese las aguas regenerantes del bautismo. El joven Catarpa, impaciente con su cautiverio, no prestaba atención ninguna a las insinuaciones de su hermana.

—Cesa de persuadirme —la dijo— a que abrace otra religión, yo quiero conservar siquiera esta memoria de mi pueblo, pues quien reniega de su religión es capaz también de renegar de su patria, y yo no me he propuesto aún renunciar a la mía. Yo he oído cuanto te ha dicho el *Gran Capahie* de los cristianos, sus palabras eran dulces e insinuantes, es verdad: confieso que me penetraban el corazón, haciéndome experimentar cierta conmoción interior que yo no sé explicar, pero que me parecía ser una fuerza irresistible, que me inclinaba hacia el seno de la religión que él te explicaba. Yo también estuve como estático y lleno de admiración por entonces, mas... todo se me borra, todo lo olvido, cuando recuerdo que esa religión que se dice ser tan buena es la misma que profesa el malvado autor de nuestras desdichas, y cuando en nombre de ella también se nos oprime y aniquila. Si la caridad es una de las máximas de tu nueva creencia, ¿por qué no la ejercen con nosotros los nuevos dominadores, sino que por el contrario se empeñan y complacen en nuestras calamidades? ¿No eres testigo de la desolación de nuestros conciudadanos, conducidos como manadas de inocentes corderos al más cruento sacrificio? Es verdad que Heredia nos ha conquistado, y si somos sus súbditos es porque los valientes son dueños de la tierra, mas él ha embellecido su triunfo con sus bondades, y nos ha dejado en paz haciéndonos llevadera la esclavitud[69]. Y Badillo, esa fiera que nos devora, ¿qué bienes nos ha traído? Aquí mismo ves que no siendo delincuentes nos hace sufrir, y que a todos ha tratado y trata sin caridad, porque no nos tiene como hijos de un mismo creador. Advierte, Yngermina: o tu religión no es la mejor como tú me dices, o Badillo no tiene ninguna[70].

—Así es, Catarpa —replicó ella—, nuestro verdugo no tiene ninguna, que, si la tuviera, él sería manso y compasivo con su prójimo y no se gozaría en la miseria de los desgraciados...

Oyéronse retumbar los cerrojos del calabozo, y cesó esta interlocución.

Era Velásques, a quien había permitido el oficial de guardia la entrada por mera condescendencia, y por un tiempo muy limitado. Como él temía que la suerte de los presos empeorase, le pareció que, descubriendo ser el padre

---

[69] Nieto Gil busca el equilibrio en el discurso reivindicativo de Catarpa, a través del cual intenta comprender las razones del otro y, a la vez, justificar la empresa civilizatoria.

[70] Lucrecio —dice De Fontanes—, como casi todos los ateos famosos, nació en un siglo borrascoso y desgraciado. Testigo de las guerras civiles de Mario y Sila, no atreviéndose a atribuir a dioses justos y sabios los desórdenes de su patria, quiso destronar una Providencia que le parecía abandonada al mundo de las pasiones de algunos tiranos ambiciosos. *[N. del A.]*

de Yngermina y esposo de Tálmora, podrían guardársele las consideraciones de un vasallo español y que, tal vez por ellas, renunciando el licenciado a sus criminales proyectos, ponerlas en libertad, para lo cual haría las correspondientes reclamaciones. Refirioles la fuga de don Pedro de Heredia y la desesperación del gobernador por verse burlado y que Alonso, aunque muy afligido con la prisión de su futura, la exhortaba a tener resignación. Yngermina refirió a su padre la visita del obispo y los ofrecimientos que le había hecho. Ambos confiaron mucho en que de algún valimiento les podría ser el respeto del prelado. Particularmente, Velásques se prometió mucho de él, encargándose de llevar siquiera este consuelo al cuitado Alonso, tan pronto como saliese de allí.

Al mismo tiempo se presentó el oficial intimándole[71] ser ya hora de salir. Apenas lo había verificado que Tálmora y Catarpa fueron separados de Yngermina, dejándola sola en su calabozo. Limpiose la pieza y se trajo una mesa, un asiento y luces, porque era ya de noche. La separación de su madre y hermano, y aquel aparato que no comprendía, causaron a la calamareña la más terrible impresión, disipándosele por entonces cuantas esperanzas de salvación había concebido. Ocupada de tan tristes presentimientos, cayó en tal abatimiento, que sintió todos sus miembros desfallecer: sus ojos, que apenas eran los que estaban en disposición de llorar, en gruesas gotas bañaban con lágrimas sus encarnadas mejillas. Sacola de este estado el ruido que sintió en el cuerpo de guardia, y a su mayor sorpresa vio entrar en su prisión a Badillo, quien con la mayor calma tomó la puerta, arrastró la silla y se sentó cerca de la mesa, levantando una pierna sobre ella. Yngermina se quedó como pasmada al ver aquella sangre fría, propia de un

[71] Como verbo transitivo, el *Diccionario* de la Real Academia Española recoge esta acepción: «Requerir, exigir el cumplimiento de algo, especialmente con autoridad o fuerza para obligar a hacerlo».

hombre que ha premeditado ya, y que viene resuelto a todo; ella se preparó también a repelerlo, llamando toda su energía en ayuda. Un rato de silencio intercedió, durante el cual estuvo Badillo como cavilando. Roto al fin:

—Acércate, calamareña —la dijo con mucha gravedad. Ella obedeció temblando.

—Atiende —prosiguió—, he querido por última vez, aun con menoscabo de mi carácter, venir a hablarte de mi amor, y a persuadirte que todo lo pierdes con esa resistencia, con la cual no haces otra cosa que empeorar tu suerte. ¿Qué más puedes apetecer, hasta donde puedas aspirar, que a ser la predilecta del primer jefe de estos países que lo puede todo, y que al mayor asombro de sus súbditos pone a tus pies su dignidad, sus honores y riquezas? ¿Qué dicha puedes esperar de don Alonso de Heredia, acusado y preso, y que aun para su propio bien está incapaz? Ese título de esposa con que ha lisonjeado tu orgullo ¿crees que te lo confirmará con los hechos ese altivo castellano, cuya presunción no encuentra mujer que se le iguale, encubriendo bajo su promesa los más torpes designios con que confía seducirte y dejarte burlada? Y, aunque así no fuese, ¿quién es capaz de alucinarse con una felicidad dudosa, prefiriéndola a una felicidad presente y cierta, y superior en mucho a la que él te ha prometido? Desengáñate, Yngermina, por más que te proteste y te ofrezca don Alonso de Heredia, aun suponiéndole buenas intenciones de cumplir su palabra, tú misma lo estás viendo en una absoluta imposibilidad de verificarlo y complacerte, y no esperes que su fortuna varíe, porque, siendo para mí un rival peligroso y teniendo yo su suerte entre mis manos, primero perecerá, que tú ser suya. Actualmente estás viendo sufrir a tu familia junto contigo, y ni tú ni ella saben el destino que les reservo: pues has de saber que será tan funesto como es de violenta mi venganza, y que una sola palabra tuya bastará a calmar la tormenta que les amenaza y los salvará a todos de su ruina, y... aun hasta ese mismo Alonso te deberá su libertad. No vaciles, bella indiana, si es que te interesa tu felicidad y la de tus deudos, y ya que no, el amor y los suspiros de quien todo lo sacrifica a la dicha inapreciable de poseerte. ¿No será un triunfo para ti el que tantos desgraciados te miren como su bienhechora, complaciéndote en la obra de tus manos, y recibiendo las bendiciones que sin cesar te prodigará su reconocimiento? Eh, bien, reconciliémonos, vuélveme la calma que me has arrebatado y la facultad de hacer el bien que he perdido por tus crueldades. Confieso que ellas me han conducido a encerrarte en esta prisión con todos tus parientes: disimula, que en el ardor de mi pasión desoigo el clamor de la razón y la justicia. Dame, dulce Yngermina, un día de gloria, restitúyeme a mí mismo, o decide entre mi cariño, y... mi severidad.

—¡Cuán dichosa era yo, señor, sola en mi tribulación! —respondió la hija de Velásques—, sin que vinieseis a agravarla más con vuestras nuevas maquinaciones, hasta empeñaros en hacerme odioso el escogido de mi amor, que tanto me ha respetado siempre. Vos que aglomeráis iniquidad sobre iniquidad, ¿cómo queréis haceros digno de mí, por medios tan abominables? Acaso, ¿esperabais mi resistencia a vuestras pretensiones, para desplegar toda esa tendencia a la crueldad que os dirige en todas vuestras acciones? Tantos hombres libres, destinados a la servidumbre por vuestra codicia y vuestra maldad, ¿han necesitado de mi ingratitud para ser infortunados? ¿No fue antes de declararme vuestras torpes e impuras aspiraciones, que trazasteis vos mismo ese cuadro de desolación, capaz de conmover el alma menos sensible fuera de la vuestra, y en que una gran porción de mis desvalidos conciudadanos, destinados a la miseria, mendiga el sustento que les arrebatasteis al arrebatarles sus apoyos? ¿No ves sus lágrimas, no ves sus sollozos, que en tu misma presencia piden venganza contra ti? ¿Qué motivos has tenido para esperar mi condescendencia, tú, que has ultrajado mi pudor con solicitarme un crimen, y vejado mi estimación echándome como criminal en un calabozo, para vengaros de mi firmeza? Tú, monstruo de iniquidad, que no contento con mi desgracia me has venido a insultar en ella, ostentando tu poder a costa de mi debilidad y humillación, dime, ¿qué te puedes prometer de mí? ¿Crees por ventura que me atemorizan tus persecuciones, que me infunden terror tus amenazas? Tu presencia, sí, es la única que me horroriza, pues ella me es tan ominosa como la misma calamidad. Si quieres ser generoso, si quieres borrar los males que has causado, de tu mano lo tienes: hazlo, que aún es tiempo, pero no exigiendo que tu obra sea por premio de mi corrupción. Tú que puedes, devuélvenos la calma que hemos perdido: sé magnánimo restituyendo a ese que quieres tener como tu enemigo, su tranquilidad y su esposa tan pura como ha sido siempre. Pero... perdona si me excedo en mi dolor: a tus plantas, señor, yo te lo ruego, conmuévante mis lágrimas, conmuévate nuestra suerte, y rompe las cadenas de nuestra esclavitud con esas manos que los redimidos besarán empapándolas con reconocientes lágrimas; conmuévate, en fin, el ver postrada a tus pies la princesa de Calamar, en posición tan suplicante...

El terrible Badillo, algo turbado e indeciso en lo que debía hacer, dio su mano a Yngermina para ayudarla a levantar. Después de despejado, quedó un rato pensativo, como quien vacila en tomar una determinación.

—Basta de sufrimiento, joven temeraria —profirió al fin—, tú exiges de mí sacrificios que mi pasión no está dispuesta a conceder por la leve recompensa de una gratitud desierta: tú has de ser el premio de mi generosidad y de mis ansias o, en mi furor, te haré temblar a ti y a cuantos te rodean, ya que mi bondad no basta a que me concedas lo que puedo alcanzar por la fuerza.

Al concluir estas últimas palabras, dichas con el acento de la desesperación, su traza y sus movimientos indicaban que se disponía a acercársele. Notándolo Yngermina, se previno corriendo y apoderándose del puñal que el licenciado había puesto sobre la mesa.

—No te acerques, monstruo de torpeza y de iniquidad —le dijo—, si no quieres verme anegada en mi propia sangre, antes que dejarte consumar algún brutal designio. Ahora me vitupero de haberme humillado hasta implorar tu clemencia, engañada de que aún conservaseis siquiera algún vestigio de humanidad, en ese corazón nacido y alimentado solo para la maldad. Líbrame de tu presencia, hazme morir, para no respirar más en esta tierra que se degenera en sustentar una fiera como tú, alterada de sangre y de víctimas. Por piedad, sé tú mismo mi libertador, siendo mi verdugo, y débate esta suprema felicidad, ya que no respetas la hija de Velásques.

No esperaba Badillo este acontecimiento, para él tanto más alarmante, cuanto que la calamareña reclamaba en cierto modo los fueros de hija de un español. Velásques, que todo lo percibía desde afuera, atropellando centinelas, llegó en ese momento fuera de sí de la cólera, para proteger a su hija confirmando ser su padre; y los guardias, atraídos por las voces, acudieron al calabozo, donde encontraron aún a la joven armada con el puñal desnudo en la mano. Frenético y corrido de que tantos fuesen testigos de su vergonzosa liviandad, el licenciado la dijo que soltase el arma; ella la entregó a su padre, asegurada de que no se persistía en perturbarla.

—No te quitaré la vida, esta es una pena muy dulce para saciar mi venganza; ella te reserva otra, en que cada día encuentre una nueva satisfacción, complaciéndose en tus nuevos sufrimientos; entonces acabarás de conocer a quién has ofendido, y te arrepentirás cuando no haya remedio.

Estas palabras de Badillo, pronunciadas al retirarse con una voz de trueno, hicieron retumbar el antro y estremecer las entrañas de la ilustre prisionera, que vio ya un abismo abierto bajo de sus plantas. Las puertas se cerraron, y la que antes tenía siquiera el consuelo de la compañía de su madre y hermano quedó por entonces abandonada a sí misma. En el resto de aquella tormentosa noche, el sueño huyó de sus párpados, y deseaba el día, alucinada como se alucina el que sufre con que la luz, en vez de esclarecerle nuevas zozobras, disiparía las que le habían atribulado en las tinieblas.

Tálmora y Catarpa, en el cuarto donde los habían encerrado, ignoraban cuanto se pasaba en el calabozo principal. El ruido de la guardia y el eco de las alteradas voces del licenciado al salir les hicieron creer que alguna ocurrencia desagradable se pasaba en aquella parte, y el silencio que sucedió a tanto rumor los dejó confusos sin saber qué adivinar, ni si habrían sacado a Yngermina, si la habrían dejado sola en el calabozo. En estas inquietudes llegó la mañana, cuando el carcelero vino a sacarlos de la incertidumbre, trasladándolos a su primitiva prisión. La calamareña, que los recibió como un presente del cielo, refirió a su madre, las lágrimas en los ojos, cuanto había sucedido y cuanto debía esperarse de las amenazas que en su furor había proferido Badillo.

Velásques se apresuró a ir donde Alonso y puso en su conocimiento cuanto acababa de suceder y, de acuerdo con su opinión, procedió a reclamar a su esposa y su hija como personas que estaban bajo la protección de un súbdito español, de cuyos privilegios debían participar. Por muchas y muy sólidas que fuesen las razones en que apoyaba su solicitud, el licenciado estaba inaccesible a la justicia: su voluntad no se movía sino a los impulsos del resentimiento y de sus pasiones y, por más que insistió el tenaz Velásques, solo consiguió que se le entregase su mujer, prohibiéndosele bajo las más severas penas el que reiterase su pretensión respecto de Yngermina y Catarpa. La sensible Tálmora no quiso abandonar a su hija en tan penosa situación, conformándose al sacrificio de su libertad, por el placer de estar en su compaña[72].

---

[72] «Compaña», según el *Diccionario* de la Real Academia, es una forma derivada del latín vulgar 'compania' de *com-* 'com'- y *panis* 'pan', término en desuso para designar a «compañero» y que aquí se utiliza quizás

Con los indios que frecuentemente llegaban presos todos los días se había completado un gran número, que se reservaba para enviarlos a Santo Domingo en el buque que había conducido los primeros. Ya este había regresado y traído un resultado de su comisión muy satisfactorio a los intereses de Badillo, quien alentado con tan buen suceso preparaba una segunda remesa, y, advertido por sus agentes de que la necesidad que había de trabajadores aumentada con las nuevas posesiones hacía este negocio sumamente ventajoso, tomó el mayor empeño para enviar en esta vez una partida superior a la primera. Con este fin, mandó alistar una embarcación más grande, la cual, estando ya preparada, no aguardaba sino el cargamento de criaturas racionales con que traficaba el depravado juez de residencia, que aumentaba nuevos desastres a un pueblo que no le debía sino lágrimas. Hasta entonces nada había hecho en prosperidad de la colonia, ni en utilidad de su soberano, a quien don Pedro de Heredia hacía frecuentes remesas de los tesoros, que le producían sus descubrimientos y conquistas[73].

Badillo se aprovechó de esta oportunidad para ejecutar sus planes de venganza. Dispuso, pues, que don Alonso de Heredia, bajo buena custodia, se embarcase para Santo Domingo, para de allí ser conducido a España, y que Yngermina y Catarpa fuesen incorporados entre los indios que seguían al mismo lugar destinados a la esclavitud, con expresa recomendación de que habían de ser ocupados en los trabajos de sus posesiones, recargados más que otros, y tratados con más severidad que los demás esclavos. Peralta fue el encargado de notificar estas sentencias, y poco faltó para que Heredia sucumbiese al peso de su dolor, cuando supo la suerte reservada a su querida. El primer ímpetu de su desesperación fue acometer a Peralta, a quien miraba

---

como «compañía», lo que también permite concluir que podría tratarse de una errata.

[73] Histórico. *[N. del A.]*

como cómplice y agitador de las persecuciones que el juez de residencia había declarado a él y su hermano. El secretario, a mucha fortuna suya, pudo escaparse de ser agarrado y pagar de aquel modo la cruel complacencia que tenía en presenciar la aflicción de estos desgraciados. No menos abatida Yngermina que, absorta de tanta iniquidad, soltó los diques a su llanto al contemplar la humillante condición de la esclavitud a que se le había condenado y la dura separación de su amante y la de sus padres, tal vez para siempre. En tan amarga situación, solo un consuelo tenía, el de su conciencia que estaba tranquila, pues que estaba pura.

Aturdido con novedad tan inaudita, el anciano Velásques se persuadió que no quedaba más esperanza que la fuga. Para poderla llevar a cabo, comunicó su proyecto a algunos españoles amigos descontentos, y no menos alarmados que él por la conducta de Badillo: ellos le ofrecieron acompañarlo y exponerlo todo para el buen éxito de su empresa, la que se empezó a poner en ejecución, con toda la actividad que se requería en tan urgentes circunstancias.

V

Era ya algo avanzada la noche; un opaco rayo de luna, cuyo disco aún no había aparecido enteramente detrás de los montes, daba una débil claridad a las chozas del pueblo de Cuspique. Yngermina como de un gran letargo abrió los ojos y, al volver en su conocimiento, quedó absorta de encontrarse estrechada por los brazos de Alonso, asistida de su hermano Catarpa y rodeada de muchos indios que con mechones encendidos alumbraban su lecho, y mostraban la más viva solicitud de acudir a cuanto necesitase para su servicio. Empapados de agua los vestidos de los tres, y no habiendo comido en todo el día, se apresuraron a proporcionar ropa seca y alimentos, particularmente para la hija de Velásques, cuyas fuerzas se encontraban muy extenuadas por la debilidad. Los cuspiques trajeron sus vestidos y provisiones, aderezadas con la mayor prontitud, los mudaron de limpio y apaciguaron su hambre. Yngermina se resistía a tomar nada, su espíritu estaba muy agitado para que pudiese, pues ignoraba el lugar donde se encontraba, cómo había llegado hasta él, ni qué accidente le había precedido: todo le parecía un sueño. Al fin, las persuasiones de Heredia, en cuyo semblante se descubría cierta satisfacción interior, pudieron vencerla, y los acompañó a participar de la frugal cena, que con tan buena voluntad les habían ofrecido sus huéspedes. Alonso se esforzaba en animarla:

—No temas —le decía—, que poco nos falta para estar enteramente libres de nuestro verdugo; procura alentarte, en la confianza de que ese monstruo no podrá arrancarte más de mis brazos. Estamos en un pueblo amigo y hospitalario: él se interesa en nuestra suerte y nos ayuda, además, que nada debe inquietarte cuando defendemos tu libertad yo y el intrépido Catarpa.

—Pero mis padres, ¡qué será de ellos! Tal vez a esta hora sufren mientras nosotros estamos salvos —respondió la calamareña, sofocada su voz con los sollozos.

—No te dé esto cuidado —dijo entonces Catarpa—: yo te ofrezco buscarlos y conducirlos al lugar en que nos ocultemos tan pronto como lo hayamos elegido, y no pasarás mucho sin haberlos abrazado. Pon algo de tu parte, ahora tranquilízate, pues necesitas de algún descanso para continuar nuestra marcha antes de que amanezca, no vaya a suceder que aquí seamos descubiertos y alcanzados. Reclínate, ínterin lo arreglamos todo, no te turbe ningún siniestro presentimiento, vas a dormir el sueño del hombre libre, y tiempo hay para que sepas lo que ignoras de este tan milagroso acontecimiento.

—Dejémosla sola —concluyó dirigiéndose a Alonso, y ambos salieron de la choza.

Encontrábase Heredia indeciso sobre el partido que deberían tomar. Aunque había caminado gran parte de la provincia, no sabía los lugares ocultos que pudiesen servirles de asilo, ni los caminos extraviados que les impidiesen encontrar[se] con los pesquisidores[74].

—No os inquiete este cuidado —dijo Catarpa—, corre de mi cuenta el lugar que hemos de escoger. Yo conozco todos los que quedan en la cercanía de Calamar, pues en ellos no me pudieron descubrir todo el tiempo que estuve reuniendo gente para atacar a los españoles. Conozco, ade-

[74] Investigador.

más, los caminos que nos pueden conducir sin que nadie nos encuentre. Los indios de esa parte tienen labranzas y muchos frutos: nada nos faltará, porque ellos son naturalmente hospitalarios, y no dejarán de reconocer en mí al jefe que eligieron con tantas aclamaciones, y a quien dieron más de una muestra de su adhesión. Lo que debemos hacer, ante todo, es advertir a los cuspiques para que, en caso de que nos busquen, que es lo más cierto, no informen que hemos estado aquí, ni la dirección que hemos tomado, pues de otro modo sería menos difícil alcanzarnos.

Alonso, que hallaba muy discretas las observaciones de Catarpa, las siguió en un todo.

La condición de Yngermina no le permitía emprender un camino a pie, debiéndose andar con alguna precipitación, y tocaron el inconveniente de carecer de cabalgaduras a propósito. En este embarazo, se le ocurrió a Catarpa un expediente. Descubrió a los indios que aquella joven era la princesa de Calamar, y él su hermano, que huían en unión de aquel castellano, su esposo, de las persecuciones del nuevo gobernador de Cartagena. Esta insinuación bastó por sí sola: inmediatamente, por disposición del cacique que se hallaba presente desde la llegada de los prófugos, se formó una cama portátil cubierta para preservarla de la intemperie, y se nombraron unos indios para que condujesen en ella a Yngermina, hasta la parte en que se estableciesen.

Ya era de madrugada cuando se dispuso la partida, habiendo secado los vestidos a la lumbre y preparado provisiones para el viaje. Catarpa iba delante sirviendo de guía y, sin abandonar Alonso la cama de su prometida, dejaron el pueblo de Cuspique, muy reconocidos al buen acogimiento que habían recibido de aquellos naturales, que los acompañaron muchos de ellos un gran trecho de las habitaciones, donde se separaron deseándoles un feliz éxito. Dejemos seguir a nuestros viajeros para volver a Cartagena, puesta toda en movimiento por el desesperado Badillo.

En la oscuridad de la noche había sido Alonso sacado de la prisión, y embarcado en la fragata que debía dar la vela para Santo Domingo y, como reo de consideración, se le puso en un camarote custodiado de un centinela. A la mañana siguiente, en medio de una gran partida de soldados, se condujeron al muelle todos los desgraciados que se destinaban a la esclavitud para ser puestos en el mismo buque. Apenas había cesado el bullicio producido por el pueblo en espectáculos semejantes, cuando se oyó ruido en el cuerpo de guardia y, muy luego, en el calabozo de Yngermina. Era el licenciado que, acompañado de un oficial y una escolta, venía en persona a sacarla para llevarla con su hermano Catarpa.

—Alistaos para partir —la dijo con voz terrible.

La calamareña lo miró con una triste indignación, echose en los brazos de Tálmora, y los sollozos no le permitieron articular palabra. Madre e hija estrechadas no acertaban a dejarse: el dolor de la separación les tenía embargadas todas sus facultades; el lance era muy amargo para dos personas sensibles, en quienes la ternura daba más vigor a las conexiones de la sangre. Badillo dio orden al oficial para que se apoderase de los dos presos: los soldados se avanzaban a cumplirla, pero Yngermina apartándose espontáneamente para no dar lugar a los ejecutores, con toda la dignidad propia de su carácter, respetable aun en medio de su calamidad:

—Deteneos, miserables —les dijo—, que manos sacrílegas jamás se han puesto sobre mí; yo puedo ir sin que nadie me toque.

Salieron, y Tálmora, que no pudo resistir a su dolor, cayó en el suelo perdido el conocimiento.

Velásques, ausente en aquel momento por hallarse ocupado en los preparativos de la fuga, ignorante de cuanto pasaba, solo llegó a tiempo de socorrer a su esposa, porque el bote que conducía a su hija del muelle estaba ya atracado a la fragata. No esperaba el anciano español tan de prisa este tremendo golpe; traspasado su corazón, soltó los diques a su dolor mezclando sus lágrimas con las de su esposa, que había vuelto en sí reclinada en su pecho.

—¡Malvado Badillo! —exclamaba—, indigno del nombre castellano que deshonras; tú, monstruo, que me has arrebatado mis delicias por satisfacer tu venganza, ya que no has logrado corromper la virtud para que se doblegue a tu torpeza; tú, que eres la imagen misma del crimen, tiembla; que, si la justicia divina oye los lamentos del desgraciado, no te gozarás largo tiempo en tu iniquidad.

Sus amigos vinieron a consolarlo, sacándolo de aquel lugar terrible y acompañándolo a su casa con Tálmora.

Todos lamentaban su suerte, y la de tantos, perseguidos por la maldad del licenciado que tenía a Cartagena en la mayor desolación. Todos detestaban al tirano y clamaban por su escarmiento; pero, fuerte el ejército al que tenía bien pagado y consentido, ninguno se atrevía a alzar el grito, por no aumentar el número de las víctimas. No quedaba otro medio que el de denunciar al monarca los excesos cometidos por Badillo, denuncio que se prometían ser muy eficaz, apoyado en que ninguna ventaja había recibido la Corona de la administración del juez de residencia, que la había convertido en un ramo de especulación, para enriquecerse a costa del pueblo[75] de Calamar, y de su nación[76], usurpándole los usufructos que le producía la de don Pedro de Heredia con sus continuos descubrimientos. Esta idea fue la única que se ocurrió poner en práctica a los descontentos, resolviéndose a sobrellevar pacientemente el yugo de la brutal opresión del gobernador hasta obtener alguna esperanza de remedio, remedio tan lejano como del Viejo al Nuevo Mundo.

El dolor tenía a Velásques en un estado notable de estupidez, careciendo de la facultad de pensar nada en aquella

---

[75] El autor se refiere aquí a la etnia y al conjunto de la población.

[76] El autor se refiere al territorio que ocupaban los calamareños a la llegada de los españoles.

situación, que agobió su espíritu y debilitó su cuerpo, ya cansado con el peso de los años y de los infortunios. Él se creyó en el fin de su carrera, vio abiertas las puertas de la eternidad, y se entregó en los brazos de la muerte, como el único consuelo para dar término a una vida tan borrascosa. Negose a tomar alimento; pasó dos días en que sus amigos y su esposa, tan aniquilada como él, se habían vanamente empeñado en persuadirlo a la conformidad, y arrebatarlo del borde del sepulcro. Parece que no había poder humano que lo salvase, y todos veían correr su existencia al instante postrimero, cuando una noticia inesperada vino a restituirlo. Díjose que Yngermina se había salvado con Alonso y Catarpa. El anciano Velásques, haciendo un esfuerzo, se incorporó, y estuvo a pique que la alegría le fuese tan funesta como el pesar; prestose a tomar alimento, y, como su espíritu era el más enfermo, este accidente le volvió tan presto la salud, que se sintió con fuerzas para salir.

Badillo había llegado a bordo de la fragata, y entregado él mismo a Yngermina y Catarpa al capitán, con las mayores recomendaciones, hechas en presencia de los dos prisioneros, para que los tratasen con la misma dureza que a los demás, sin respetar el sexo de la una, ni el nacimiento distinguido de ambos. Se fue después a tierra, para volver a la misma hora de dar la vela el buque, confiado en que algún efecto favorable a sus miras había de producir en la calamareña el terrible aparato de aquel calabozo flotante, el peligro de la navegación y la realidad de su destino. Ignoraban Yngermina y Alonso encontrarse tan cerca en una misma embarcación; ambos suspiraban sin verse.

Estaba ya lista la fragata, y el segundo día por la tarde solo esperaba que soplase el viento para salir del puerto. No faltó el licenciado a estar en ella a esa hora, con la intención de acompañarla hasta dejar el canal. Antes de levar las anclas, quiso dar el último golpe a la sensibilidad de sus víctimas: hizo formar a todos los indios sobre cubierta, poniendo a Yngermina y Catarpa a la cabeza, para humillar la dignidad de estos dos príncipes, confundiéndolos con los que habían sido sus súbditos. Yngermina estaba muy abatida con aquella última prueba de su firmeza y, aunque la escena era repugnante por sí misma, su hermosura le dio un realce tan distinto, que inspiró mucho interés a todos los circunstantes españoles que quisieran redimir semejante esclava de sus cadenas. Con el pretexto de inspeccionar a todos los presos, se hizo subir a Alonso: el objeto era complacerse en que presenciara la mísera condición de su adorada, quien se animó extraordinariamente con su aparición, mostrando su semblante en aquel momento una alegría ajena de cuanto estaba pasando.

—Bárbaro —exclamó Heredia enfurecido—, ¿no te basta consumar tus crímenes, sino que también has de deleitarte en las ansias que ellos producen?...

El castellano fue interrumpido. La hija de Velásques, apartándose repentinamente del grupo:

—No temas por mí, querido Alonso —dijo—, que mis males van a cesar, y tú, monstruo de perversidad —continuó dirigiéndose a Badillo—, no te gozarás en tu obra: azote de la humanidad, voy a ser libre, dejándote cubierto de oprobio y de vergüenza, por haberme burlado de tus atroces designios; adiós, querido Alonso, sé feliz —dijo, y, con la rapidez que la paloma huye del ave de rapiña, corrió al borde, dio un salto y se tiró al agua.

Heredia forcejea, se zafa de sus guardias, se precipita detrás de ella, y el intrépido Catarpa, atropellando cuanto se le oponía delante, imita su ejemplo. Todo fue confusión en aquel instante, aumentada con los destemplados gritos de Badillo, que daba órdenes unas tras otras, contradictorias todas, para seguir a los prófugos, sin haber quién le obedeciese, pues ninguno se atrevía a exponerse a aquel lance, hijo solo de la desesperación, y a los que se mostraban más determinados se contenían a la vista del peligro. A pocos minutos, apareció en la superficie Alonso sosteniendo a Yngermina, que la sacaba del fondo medio muerta, procurando ponerla en el bote en que el gobernador había venido de Cartagena. El vigoroso Catarpa se deja ver, y le ayuda cuando ya las fuerzas le iban faltando; con la celeridad de un rayo, desatraca el bote y, apoderándose ambos de los remos, bogaron hacia tierra con la mayor ligereza, alentados por la salvación del depósito sagrado que llevaban, sin que los contuviese el mandarles hacer fuego, ni que se echaban lanchas en su persecución. Absortos de tanto arrojo, los de la fragata no anduvieron con tanta prontitud, y esto dio más tiempo a los fugitivos para alejarse: así fue que, a pesar de los reniegos y las amenazas del terrible Badillo, sobrevino la noche sin poderlos alcanzar. A la mañana siguiente, encontraron el bote al garete, sin saber en qué punto de la bahía habrían desembarcado.

El licenciado fue a tierra, y no bien había llegado, que puso toda la plaza en movimiento: nombró destacamentos de a pie y a caballo para perseguir a los prófugos, ofreciendo enormes premios a quien los capturase vivos o muertos. Dio orden para que se trajesen presos hasta los sospechosos de encubrimiento, y para que tomando buenos guías se internasen en los montes y no dispensasen diligencia alguna en su busca.

La fragata no se pudo detener más, y siguió su rumbo, dejando al gobernador en la mayor desesperación.

VI

Los exploradores se desplegaron en los campos cercanos a Cartagena, y nada parecía escapar a sus pesquisas, pues, además de la disciplina, los movía el interés de las recompensas. Entre la misma ciudad había patrullas, se allanaban las casas con la más leve presunción de sospecha y se observaban hasta los semblantes, queriendo descubrir un cómplice en cada uno de ellos. En el primer ímpetu de su furor, Badillo atropelló a Velásques y su esposa, y los encerró en una estrecha prisión, de donde no salieron hasta que no estuvo plenamente convencido de no ser cómplices en la fuga de sus hijos. Como no se ocultaban al licenciado las murmuraciones de los ciudadanos, las cuales se divulgaban sin embargo de su sistema de terror, temía que Alonso, escapado de su autoridad y resentido, se pusiese a la cabeza de los descontentos para derribarlo. Todo lo esperaba de un hombre que sabía ser arrojado y valiente, y, para prevenir cualquier tentativa que se pudiese emprender, tenía redoblada la vigilancia dentro de la misma plaza, que estaba cundida de espías y delatores, liberalmente premiados. El menor movimiento ponía en alarma la guarnición y el pueblo, que se temían mutuamente, creyéndose cada cual atacado al primer tumulto que sentía.

Los prófugos hicieron su primera jornada sin accidente alguno notable; el segundo día, teniendo que hacer más rodeo que el anterior para salvar los lugares habitados, les cogió la noche casi a la salida del camino real. Después de un corto descanso, preparábanse a continuar, cuando sobrevino un aguacero acompañado de una furiosa tempestad. Todos concurrieron a formar un pabellón con hojas y vestidos, para guarecer de la lluvia a Yngermina que, acometida de una fiebre, estaba aterida con la iluminación del relámpago y el estampido del trueno, que retumbaba espantosamente, aumentado con el agudo silbido del huracán que, en su impetuosidad, parecía querer desquiciar los montes y zafar de su centro el eje de la tierra. La tormenta seguía con la misma fuerza y, en uno de los pequeños intervalos que hacía, Catarpa, que se mantenía alrededor del pabellón en continua vigilancia, percibió el murmullo de algunas personas que hablaban muy cerca de él. Había una densa oscuridad y, aprovechándose de la luz que le prestaban los relámpagos, se iba poco a poco acercando al lugar de donde venía el eco de la voz, cuidando de ocultarse tras los troncos gruesos de los árboles, o tras los matorrales, sin temer el tremendo susurro de la atmósfera que se agitaba sobre su cabeza. Andados de este modo algunos pasos, a la claridad de un gran relámpago, que iluminó todo el espacio, pudo distinguir un pequeño grupo de soldados que pasaban la lluvia cubiertos con sus capotes, y cuyos caballos estaban atados entre el monte, no a mucha distancia de ellos con sus arneses puestos. El atrevido calamareño creyó esta ocasión muy favorable para hacerse a cabalgaduras y, aprovechándose del ruido producido por el aguacero y el viento, se acercó, desató dos caballos, y se los llevó; repitiendo la misma operación, se encontró con cuatro buenas bestias aperadas, que eran de los cuatro soldados de que se componía el grupo que había divisado. Los compañeros, admirados de tal adquisición, aplaudieron la resolución de Catarpa, que les proporcionaba medios de andar más ligero. Como presumieron que aquellos soldados debían ser de los exploradores de Badillo, el advertido Heredia dispuso salir de allí inmediatamente, no fuesen a ser encontrados por buscar los caballos. Apenas, pues, había escampado, que acomodada Yngermina en uno de ellos, por un rodeo diferente al que habían traído y guiados siempre por el joven calamareño, salieron al camino principal cuando las nubes descargadas dejaban libre la claridad de la luna. Allí despidieron a los indios cuspiques que los habían acompañado, después de haberles manifestado su agradecimiento.

Al siguiente día, se encontraron con algunos indios que, reconociendo a Catarpa, los condujeron al bosque en que tiempo antes lo habían proclamado su jefe, y en que residía aún una pequeña parcialidad, que lo recibió con demostraciones del mayor regocijo junto con sus compañeros. Destináronles la mejor casa, en que se alojaron muy alegres y confiados en estar ya libres de sus perseguidores. Compusieron su cama a Yngermina tan cómoda como lo permitía el lugar, pues se encontraba bastante molestada por la fiebre y el camino. Alonso creyó hallarse en la felicidad suprema con tener en salvo el objeto de su amor, conforme a permanecer con él en aquel retiro, hasta que las circunstancias variasen. Se prometía vivir con su industria, y que no le faltarían todas las conveniencias que fuesen posibles en aquel lugar, cuyos habitantes eran de tan bella condición, y en que los frutos eran tan abundantes. Creose, allá en su imaginación, un paraíso donde pasaría una vida sembrada de inocentes deleites en unión de su adorada, que por sí sola bastaba para hacerle sobrellevar con placentera resignación todos los trabajos[77]. Después de establecidos, tratose de buscar medios para ponerse en comunicación con Velásques. El diligente Catarpa se encargó de comisión tan arriesgada, y habiendo hecho descansar el mejor caballo, provisto de armas y comestibles, cabalgó y salió por el lado de Cartagena.

Los movimientos causados por Badillo en la plaza confirmaron al cuitado Velásques de la fuga de los presos, pero

---

[77] Nostálgica evocación del paraíso situado en tierras americanas, que alimentó la imaginación europea.

no había una certeza de que hubiesen logrado coger la tierra, porque, no habiéndolo asegurado ninguna noticia hasta entonces, se dudaba de cuál hubiese sido el éxito de tan arriesgada tentativa. De los destacamentos destinados a la persecución y captura, ninguno había descubierto el más leve indicio del paradero de los prófugos, y esta incertidumbre atormentaba más al anciano español, que se figuraba algunas veces haber perdido su hija para siempre; aunque, otras, un rayo fugaz de esperanza venía de tiempo en tiempo a consolarle. Reanimose por último, con un acontecimiento sobrevenido a los pesquisidores. Cuatro de ellos aparecieron en la plaza desmontados, asegurando que habían sido despojados de sus caballos sin saber por quién, pues, al hacer alto para pasar la lluvia, estaban muy seguros de haberlos atado bien para que pudiesen escaparse ellos mismos, en cuyo caso se podría haber encontrado, aunque fuese alguno, habiéndolos buscado inmediatamente que escampó, para seguir su comisión. Ninguno puso en duda que fuesen Alonso y Catarpa los que habían dejado a los soldados a pie, lo cual probaba que habían desembarcado y emprendido un largo viaje, que harían con más celeridad provistos de caballos. Con este motivo, Badillo, que no abandonaba sus medidas de captura, redobló la vigilancia y reforzó los exploradores, ordenándoles seguir hasta los pueblos más distantes para investigar y emplear también a sus autoridades en el descubrimiento de los fugitivos, reprimiendo los tumultos que pudiesen estos causar en su tránsito contra sus depredaciones.

Velásques concibió el proyecto de salir todos los días de la plaza desviándose algún tanto de ella, con la intención de ver si podía adquirir algún indicio por el cual descubriese el paradero de sus hijos. En sus excursiones, se encontró muchas veces con algunos de los emisarios del gobernador que pasaban los días alegremente y las noches descansadas sin cuidarse de cumplir su comisión. Ninguno lo sospechaba, antes bien lo invitaban a divertirse con ellos. Con esta confianza, Velásques se alejaba cada vez más, penetrando en las veredas y bosques más ocultos, sin temor de ser observado. Un día, se reposaba a la sombra de una ceiba en el lugar de Canapote, cuando un ruido por entre los matorrales le llamó la atención: volvió la cara y se encontró con Catarpa que le hacía señas de acercarse. Velásques corrió a su encuentro y, a su mayor sorpresa, vio los ojos del joven indio crecidos de lágrimas. Esto conmovió el corazón del castellano, pasando de la alegría al más crudo dolor pues, con razón, temía que aquellos sollozos fuesen precursores de alguna funesta noticia. Catarpa, que lo advirtió:

—No temas —le dijo—, Alonso y tu hija viven: otra es la causa de mi llanto. Fatales recuerdos son los que me despedazan el alma. En este recinto, en este mismo lugar donde tú estabas, reunidos dos pueblos, fue donde se oyó el último grito de libertad dado por los calamareños: ahí fue donde, abandonados por las otras tribus, se doblegaron al yugo de la opresión extranjera. Bajo esa misma ceiba[78] juré redimir la tierra natal, cuyo juramento oyó tu hija despavorida, pues lo hice entre sus manos: aquí fue la última patria de mis padres y donde la familia de Calamar, degenerada, salió a recibir las nuevas, aunque suaves, cadenas que le imponía Heredia, preparándolos desde entonces a la más humillante esclavitud, de que pudieron haberse salvado muriendo con gloria en el campo de batalla o sepultándose en los bosques para no salir jamás. ¿No crees que tengo razón para llorar después que frustrados mis esfuerzos, cuando viviendo en paz y llenos de confianza, contemplo en la infortunada suerte que ha cabido a mis conciudadanos? ¡Ah, cruel Alonso! Tu generosidad en perdonarme una vida que no apetecía, porque no podía ser, de allí en adelante, la de un hombre libre, me hace pasar por el tormento de sufrir un tirano atroz, de que tú mismo eres víctima.

---

[78] Una vez más el autor asigna a la ceiba el valor simbólico, que imprime fuerza al juramento de Catarpa.

El joven cayó en una melancólica contemplación, de que le sacó Velásques admirado de su discurso.

Por el espacio de muchos días, después de la separación de sus compañeros, estuvo Catarpa en las inmediaciones de Cartagena, acechando la ocasión de encontrar alguna persona de confianza que lo comunicase al padre de Yngermina, para que viniese a encontrarlo. Siempre internado con su caballo entre las selvas, salía a los caminos, ocultándose en la espesura del monte y, como tan ágil en la carrera, en vez de ser descubierto por alguno, escuchaba con frecuencia la conversación de los soldados cuando se reunían a descansar o a comer. Desesperanzado de poderse comunicar con Velásques, quería volverse y, ya resuelto, había venido a visitar el lugar de Canapote, que no había visto desde su salida a la *correría de sus amores,* a que le obligaba su padre, en cuya ocasión había armado a muchos naturales contra los españoles. Entonces fue que encontró a Velásques bajo la ceiba. Después de haber desahogado su sentimiento, le refirió todo cuanto le había sucedido en la tentativa de libertar a su patria, hasta que fue derrotada su tropa, y él mismo hecho prisionero por Alonso, por cuya bondad y la de su hermano don Pedro se habían indultado los indios cabecillas de Turbaco, puestos en armas por las rapiñas y tropelías cometidas en su pueblo por don Miguel Peralta, a quien se había dado en administración. Concluyó manifestándole que Alonso le había salvado la vida dos veces, una en el campo, y otra después de hecho prisionero, pues reclamó al gobernador y al concejo el derecho de disponer de él, que le fue otorgado, conduciéndose como un generoso y valiente castellano.

Concluida esta conversación, que fue tantas veces interrumpida por los suspiros del calamareño, refirió a Velásques el modo como se habían escapado de la embarcación, y podido libertarse en el tránsito de los emisarios de Badillo, hasta haber llegado al punto donde se encontraban seguros, sin olvidar la aventura de los cuatro caballos. Díjole, también, que el objeto de su venida era el de buscar un medio de ponerse en comunicación con él, para llevar noticias suyas a su hija y a Alonso, que estaban muy inquietos por no tenerlas, y que en este mismo instante se marchaba a darles un consuelo, que no lo fue menos para el viejo español, que temía que una nueva desgracia le hubiese privado de volverse a encontrar con su hija. En consecuencia, acordó con Catarpa el día que debían verse otra vez en el mismo paraje, trayendo más caballos para trasladarse con toda la familia a la pequeña población en que se hallaban sus hijos, para cuyo objeto iba a tratar de arreglar sus cosas y sacarlas, poco a poco, de la ciudad, donde dejaría una persona de toda su confianza con quien mantener comunicación para que le participase cuanto aconteciese digno de interesarle.

Ya temían que algún fracaso sucedido a Catarpa hubiese hecho dilatar su regreso por tantos días, y lo menos que se sospechaba era que hubiese sido apresado por los pesquisidores de Badillo. Pero un día, con su caballo sofocado y al trote, apareció, llegando a tiempo de disipar las alarmas que había causado su ausencia. Yngermina, que aún se encontraba débil por lo que había sufrido, recibió con suma alegría las noticias de sus padres, deseando que volasen los días que habían de mediar para abrazarse con ellos. Alonso, que se hacía cada vez más apreciar de los naturales por su bello carácter, contaba como el complemento de su felicidad el hallarse todos reunidos en aquel refugio de la hospitalidad y deseaba, no menos que la hija de Velásques, el que este acabase de incorporárseles con el resto de su familia. Seguros de no ser descubiertos, podían entregarse con toda confianza a establecerse cómodamente en aquel campo, que, por su independencia, aumentaba los bienes que se prometía gozar en unión de todos los objetos que le eran más apreciables en la vida. Con tan risueño ideal, se entretenía horas enteras con su Yngermina, pintándole las delicias de una existencia embellecida por el amor, y pasada en el seno de la paz y tranquilidad, de que no podía despojarles el nefario[79] opresor de Cartagena, que estaría despedazado de celos y remordimientos.

—No desesperes —la decía arrebatado de entusiasmo y confianza—, nosotros hemos de ver el tirano avergonzado, sufriendo el castigo de sus maldades y devorado de rabia al presenciar nuestro triunfo, viéndonos felices a despecho de sus persecuciones. Esperemos ese gran día, en que la Providencia nos remunerará de tantos trabajos, confundiendo al monstruo para escarmiento de la iniquidad.

El obispo del Toro era demasiado piadoso y sensible para que no sucumbiese a las tropelías del licenciado. Cuántas veces se había acercado a implorar su clemencia por los desgraciados, pintándole con los más vivos colores de su elocuencia cristiana el calamitoso cuadro de sus ovejas, para que hiciese cesar su tribulación; otras tantas no recibió sino desatenciones y respuestas vagas e insignificantes y, aunque por cumplir con su ministerio, insistía compadecido en reclamar en favor de los perseguidos, contra una esclavitud que, por no estar en la mente del soberano, este debía improbar[80], siempre sacaba el mismo desengaño. Agobiado su espíritu de tan continuos sinsabores, muy en breve le pusieron en tal desfallecimiento, que su salud empezó a resentirse. Desde que cayó en la cama, fueron alarmantes los síntomas de su enfermedad, que se agravó con una asombrosa rapidez. Conociendo próximo su fin, se dispuso como un verdadero cristiano, dejando un ejemplo edificante de piedad y arrepentimiento a todos los circunstantes que, con las lágrimas en los ojos, veían desaparecer de entre ellos este santo prelado que los consolaba en sus aflicciones y que, con la tranquilidad del justo, entregó su alma al Creador. El obispo murió de pesadumbre y fue una de las ilustres víctimas de las crueldades de Badillo[81].

---

[79] Malvado.

[80] Del latín *improbus*. Según el *Diccionario* de la Real Academia, se refiere a lo que requiere un esfuerzo y exige enorme aplicación.

[81] Histórico. *[N. del A.]*

VII

Ya Velásques y Tálmora se habían reunido a sus hijos y Catarpa había abrazado a su esposa. Yngermina, restablecida enteramente de sus achaques, empezaba a respirar tranquila en el seno de su familia que, cada vez más, recibía nuevas demostraciones de cariño de aquellos naturales, encantados con una compañía tan útil. Dirigidos por el anciano Velásques, mejoraron el método de sus labranzas; sus plantíos eran más regulares y las cosechas abundantes. Inclinado a la vida del campo, ayudado de Catarpa y otros indios, Velásques cultivaba también la tierra y, con un gusto exquisito, formó un jardín para el recreo de su hija que dejó maravillados a sus huéspedes. La posición que ocupaban, naturalmente agradable, fue embellecida por la dirección del viejo castellano. Empinados árboles de follaje espeso daban sombra a un ancho arroyo poblado de lagunas de agua fresca y tan cristalina, que servían de transparencia a su lecho y a multitud de pececillos juguetones que las adornaban. El resto, cubierto de arenas tan blancas como la nieve, y toda la bóveda refrescada por un aire suave y refrigerante, convidaban al reposo de los miembros fatigados del labrador, después de su diurna faena. Muy cerca se encontraba una ciénaga que los naturales cuidaban de conservar, a cuyas orillas adornadas de arbustos y de flores venían a saciar su sed los animales del monte, y se posaban multitud de aves de diversas clases, tan familiarizadas con la presencia de los hombres que casi no huían de ellos[82]. Toda esta mansión no ofrecía sino risueños sitios para distraer los sufrimientos del espíritu. Alonso frecuentaba aquellos lugares encantadores con su amada, acompañada de Tálmora o de Velásques que siempre encontraba alguna nueva ocasión para hermosear más su apariencia, por medio de ingeniosas invenciones. Cuando el sol estaba en su cénit y los vapores hacían sentir más el calor, esta familia, cuya unión contribuía tanto a su felicidad, se reposaba toda bajo el sombrío ramaje de los árboles, sentados en los muelles bancos de arena, mientras Yngermina, distante de ellos, se refrescaba en alguna fuente, tan bella y esbelta como una náyade, cuyas graciosas formas procuraba en vano ocultar la transparencia de las aguas. Catarpa, cuya ocupación era tan activa como su genio, se ejercitaba continuamente en la cacería y, de ordinario, venía a encontrarse con todos para participar de su descanso, ufano con traer algún animal muerto que presentarles como fruto de sus correrías. Para la felicidad de los dos amantes solo faltaba el que la unión conyugal viniese a coronar su amor, que se había conservado tan puro en medio de tantas vicisitudes.

Un día, en tanto que estaban entregados a su acostumbrado entretenimiento, este fue interrumpido por una extraordinaria algazara que oyeron en toda la población. Alarmados por esta novedad, corrieron y se acercaron con alguna precaución para informarse de la causa. Una gran partida de indios traía en triunfo un joven levantado en unas andas: el acompañamiento, que se hizo distinguir desde lejos por el sonido de los fotutos, caracoles y demás sonajas con que venían celebrando su alegría, puso la población

---

[82] El paraje donde se encuentra una ciénaga llamada de Baldín, que es hoy una propiedad rural, fue donde hicieron su guardia los indios que no se querían someter a los españoles y los que se salvaron de la persecución de Badillo. Don Pedro de Heredia, a su vuelta de España en 1540, los redujo dejándolos en paz. *[N. del A.]*

en movimiento y fue a incorporársele. La admiración de los circunstantes creció más cuando Catarpa, separándose de su familia, corrió al grupo, y, abriéndose camino por medio de la multitud, llegó hasta el joven indio; ambos, reconociéndose inmediatamente, se echaron los brazos, quedándose estrechados un gran rato con sus ojos llenos de lágrimas, hijas de la emoción causada por el placer de haberse vuelto a ver. Enseguida, otro nuevo espectáculo se ofreció a su curiosidad. Una anciana que traía de la mano a una joven hermosa, aunque algo desfigurada, la presentó al indio que traían en triunfo: como trastornada por la sorpresa de aquel encuentro, no pudo resistir y cayó desmayada en los brazos del joven, que, creyéndola muerta por aquel accidente, prorrumpió en sollozos bañando con el agua de sus ojos el rostro pálido de aquella persona inanimada. Vuelta pronto a su conocimiento por medio de específicos, se terminó esta escena que había inspirado tanto interés a Alonso y sus compañeros, quienes, aún ignorando la causa, tomaron mucha parte en la continuación de los regocijos, a que ella dio lugar en todo el día, en el curso del cual, la joven india más animada completó la satisfacción del recién llegado, que en su semblante daba a conocer su más excesiva complacencia.

Inquietos por saber el origen de aquel acontecimiento, al día siguiente reunidos en el lugar donde acostumbraban reposarse, Catarpa llevó a su joven amigo para que satisficiese sus deseos, el cual sentado en el grueso tronco de un viejo roble tumbado a la orilla del arroyo tomó la palabra en estos términos:

Historia de Gámbaro y Armósala

Aún estaba en el regazo de mi madre cuando los españoles atacaron a Turbaco, lugar de mi nacimiento, y era yo el hijo mayor del cacique de aquel pueblo que, con tanto acierto como bravura, rechazó en aquella vez los invasores, causándoles grandes pérdidas. Me acuerdo que, cuando esta parcialidad se puso en armas, hasta los niños participábamos del ardor que comunica el deseo de ser libres. Las mujeres despertaban el entusiasmo en los hombres, y mi madre, como soberana, acaudillaba a las jóvenes que se decidieron a seguir sus deudos a la guerra y, más de una, mostró su arrojo y valentía[83]*. Vencidos los españoles, volvió a restablecerse la paz y la confianza en los súbditos de mi padre. Yo crecía a su sombra, educándome con su ejemplo. Encantado de ver mi agilidad, mi fuerza y presencia de espíritu, se persuadió que yo requería una instrucción más esmerada y propia para un príncipe que, algún día, había de gobernar su pueblo. Por aquel tiempo tenía fama de sabio Cambayo, cacique soberano de Mahates. Los indios, naturalmente adictos a todo lo maravilloso y a las ricas dotes del cuerpo y del espíritu, cuando les parecen superiores a lo vulgar, se habían formado de Cambayo la más alta idea de ciencia, valor y destreza; por eso, mi padre no vaciló en ponerme a su escuela. Cambayo me recibió con mucha afabilidad, y dentro de poco le gané el corazón.*

Instruyéndome en los misterios de su religión, en las prácticas de su culto y en los emblemas de sus ídolos. Estos eran representados por unos patos sagrados de oro. Los mahates atribuían que los Genios protectores se contenían en estos animales, cuya opinión formaban, porque estas aves velaban de noche jadeando, para ahuyentar los malos Genios que, en figura de otras nocturnas de mal agüero, quisiesen introducirse en las habitaciones. Enseñome ciertos signos cabalísticos para adivinar y conocer el curso e influencia de la luna sobre las plantas, a presagiar por su aspecto la lluvia o la seca, a tirar bien el arco y manejar la macana, a correr con velocidad en persecución de los animales de cacería, a acecharlos y dispararles con acierto,

---

[83] En la historia de la conquista se refiere que una joven de dieciocho años mató tres españoles antes de morir ella. En la *Geografía de Cartagena,* por este mismo autor, véase la conquista de este pueblo que dio tanto que hacer a los descubridores. *[N. del A.]*

en fin, el manejo de la honda, arma desconocida entre los turbaqueros. Cambayo llevaba estrecha amistad con el cacique de una parcialidad inmediata, llamado Zipacúa, a donde me mandaba, con alguna frecuencia, bien a comisiones de su interés personal, o del de la comunidad, satisfecho de mi discreción y conocimientos, quedando siempre muy conforme con el resultado de las recomendaciones que confiaba a mi cuidado.

Tenía Cambayo una hija muy famosa, la que presumí reservaba para casarme con ella, por las preguntas que siempre me hacía dirigidas a descubrir si era de mi agrado. Un día me dijo que, deseando estrechar con mi padre los vínculos de su alianza, le iba a proponer mi unión con su hija, siempre que ella fuese de mi gusto. Respondile que la proposición era de mi beneplácito y que le quedaba muy reconocido de una elección que tanto me honraba. El cacique se apresuró a ponerlo en conocimiento de mi padre, quien convino en venir personalmente a celebrar el matrimonio, luego que cesase el rigor del invierno. Con este resultado tan satisfactorio para Cambayo, no dudó en contarme ya como su yerno.

Después de concluido este tratado, fue que por primera vez se me envió en comisión al Zipacúa. Con tal motivo, tuve lugar de conocer a la menor de sus hijas que me trastornó la cabeza, pues era tan hermosa como nuestro sol de verano, y tan graciosa como un grupo de lirios esmaltados con las perlas del rocío, y mecidos por el viento suave de la mañana. Armósala (este era su nombre), entre las doncellas de su tribu, descollaba como el aromático arrayán en medio de las matas. ¡Adiós, hija de Cambayo! Hízome la del Zipacúa hasta olvidar que existiese tal princesa. Poco a poco fue esta notando mi indiferencia, y mis continuos viajes la acabaron de persuadir que yo estaba distraído en otra parte. Las frecuentes visitas me hicieron estimar a Zipacúa más que a Cambayo: en el primero descubrí un fondo de probidad y buena fe, que no tenía el segundo; y acabé de enamorarme de Armósala. Ella me correspondió con preferencia al hijo del cacique de Mahates, con quien quería casarla el Zipacúa pues, cuando le declaré mi pasión y el avenimiento de su hija, me descubrió tener ya comprometida su palabra pero que, para consolarme, dijo, me cedería cualquiera de sus hermanas que yo eligiese. Yo rehusé esta proposición, significándole que, a no ser esposo de Armósala, no lo sería de ninguna otra mujer.

Referile esta novedad a mi querida, y resolvimos amarnos siempre, aunque fuese a escondidas de su padre. Cambayo agitaba para que se celebrase el himeneo de su hija, quien me miraba con todo el vehemente celo de un indio, y Armósala recibió orden de su padre para ser conducida al altar. Otro recurso no quedaba a nuestro amor que apelar a la fuga, recurso que, como tan difícil, era también muy aventurado. Pero el amor lo puede todo. No había que esperar dilaciones; formé mi plan y lo pusimos en ejecución. La noche misma, víspera del día en que debían separarnos para siempre, y cuando todo estaba preparado para festejar la alianza que por este enlace iban a contraer los dos pueblos, desaparecimos de los dominios del Zipacúa, acompañados solamente por el aya de Armósala, a quien habíamos puesto en nuestros intereses, y nos servía de confidenta.

Este acontecimiento escandalizó tanto a Cambayo que, sospechando al Zipacúa cómplice de esta burla, por los antecedentes de mostrarme mucho cariño, le declaró la guerra, separándose enemigos irreconciliables dos soberanos que la noche antes se abrazaban y aplaudían como los más fieles aliados. El inocente Zipacúa, maldiciendo nuestro arrojo, tuvo que aceptar las hostilidades: él era digno caudillo de una parcialidad que se distinguía por su valor.

No sé en qué fundé la presunción de que mi padre aprobaría nuestra fuga y me dirigí a él con la mayor confianza. Recibiome malísimamente, reprendiéndome con la mayor severidad un procedimiento tan ajeno del hijo de un cacique, y echome de su presencia, compeliéndome a que devolviese su hija al Zipacúa. Mucho respetaba yo a mi padre, pero no me atreví a tanto sacrificio. Héteme aquí perplejo sin saber qué partido tomar; al fin, adopté el mío. Dejé la casa paterna y me dirigí a vagar de pueblo en pueblo con la compañera de mis extravíos. Armósala, que los lloraba arrepentida, quería que volviésemos a arrojarnos a los pies del cacique para desarmar su cólera. Esto era para mí muy duro, además, era dudosa su indulgencia, siendo nosotros la causa de la guerra que asolaba los dos pueblos. El amor que todo lo vence pudo más que los escrúpulos y temores de mi querida. Emprendimos, pues, nuestra peregrinación, errantes por todas las parcialidades, hasta que me decidí establecer en esta que empezaba a formarse con algunos indios atraídos por la bondad del terreno. Aquí vivíamos ignorados de todos, sin saber nada de lo que pasaba en el mundo. Todos nuestros cuidados se reducían a amarnos cada día con más ternura: yo, en recompensa, idolatraba a mi Armósala, haciéndola sobrellevar con mi cariño la separación de su familia y la inquietud de su espíritu de que yo solo era la causa.

Vino a interrumpir nuestra felicidad el gran acontecimiento de la llegada de los españoles y conquista de Calamar. Muchos individuos escapados llegaron hasta aquí consternados con tan fatales nuevas. Era consiguiente que el jefe de los invasores atacase Turbaco: mi patria estaba amenazada y no pude desoír su llamamiento. Despedime de mi compañera, que anegada en llanto no acertaba a desprenderse de mis brazos. ¡Ah! Y cuánto me costó esta separación. Dejé a Armósala recomendada al cuidado de su aya y mis amigos y volé a la defensa de mi tierra natal. Encontrela toda preparándose a las armas y mi padre, que celebró mucho mi llegada, me entregó el mando de una partida que salió de vanguardia a impedir el paso del ejército extranjero.

Pronto se presentó este, yo lo entretuve, resistiéndole hasta que llegase el resto de nuestra gente. Vinimos por fin a las manos. Estábamos comprometidos en la refriega cuando, en el mayor acaloramiento del combate, siento que una persona me agarra por detrás, y me estremece para indicarme que la atienda. Vuelvo la cara, y a mi mayor sorpresa me encuentro con

Cumbacoa, mi rival, el hijo de Cambayo, que con los ojos encendidos de cólera se me encara para atacarme.

—A ti solo, detestable Gámbaro —me dijo—, es a quien busco y con quien quiero batirme para lavar en tu sangre mi afrenta y la de mi casa. Tiempo ha que te solicito, sin que mi furor se haya apagado ni un momento; y si aquí es donde te encuentro, aquí es donde debo satisfacer mi venganza.

—No te ciegue esta venganza, Cumbacoa —le respondí—, tiempo sobrado nos queda para probarte que no te temo. No nos dividamos ahora que el enemigo común nos ataca y que la patria necesita de toda nuestra decisión, de todo nuestro valor para defenderla; cálmate y carguemos, que los momentos son muy peligrosos para distraernos de la pelea, por una querella que solo a los dos concierne. Observa cómo los castellanos despliegan hoy todo su ánimo, toda su pericia, esforzándose en ganar nuestras alturas, donde el uso de sus armas les dará la ventaja sobre nosotros, y tal vez la victoria; marchemos.

Nada bastó a contener al hijo de Cambayo:

—No me importa —exclamaba con tremendos gritos—, que se pierda la patria, que venzan los castellanos, que seamos todos esclavos, con tal de tener el placer de verte morir entre mis manos.

Apenas había terminado que, ciego de furor, desentendido de la suerte de su tierra cualquiera que fuese, como un tigre desesperado del hambre, me acomete. Yo, más prudente, no hacía otra cosa que defenderme evitando sus golpes, pues se me representaba todo el fatal resultado de tan extraña desavenencia; pero, estrechado y aun herido, no pude resistir más, y le hice frente. Yo era más diestro que él y, a los primeros encuentros, Cumbacoa, mortalmente herido, midió la tierra con su cuerpo de donde no se movió más.

Los indios que nos cercaban, absortos por este combate singular en lo más crítico de la contienda, dejaron al enemigo para atendernos. Este desorden comunicado a todo el ejército debilitó tanto el ardor de la pelea, que hubo puestos en que casi llegó a suspenderse. Los españoles, que no habían podido adelantar un paso, aprovechándose de tan preciosa oportunidad, avanzan intrépidamente, desalojan los destacamentos de las eminencias, apodéranse de ellas y, descendiendo de allí como un torrente impetuoso al que nadie pudo resistir, nos ponen en derrota y completan su triunfo. Cuando acababa de caer Cumbacoa, los indios, sin jefe y arrollados, corrían ya en tal confusión, que fueron inútiles mis esfuerzos para reunirlos y volver a la carga. Todos salimos en retirada y los enemigos ocuparon Turbaco, que había quedado indefenso.

Aunque mi padre y casi todos sus súbditos se sometieron al vencedor, yo resolví dirigirme al Zipacúa y Cambayo para anunciarles la catástrofe, ufano con que desarmaría su cólera ofreciéndoles mi ayuda y dando al primero noticias de su hija. Esta presunción, disculpable en mi juventud, estuvo a pique de costarme muy caro. Encontré estos soberanos aún tan encarnizados en la guerra, que ni la eminencia del peligro los movió a suspenderla o siquiera a darse treguas. Yo tuve la indiscreción de referir a Cambayo el acontecimiento de su hijo, y sus consecuencias. Este cacique, que me reputaba como la causa principal de la burla que había recibido en el casamiento de Cumbacoa, teniéndome ahora como su asesino, tenía doble motivo para detestarme y desear mi pérdida. Disimulando su resentimiento para no infundirme sospechas, hizo un día que se apoderasen de mí, y me cargasen de prisiones.

Inmediatamente envió un comisionado a Zipacúa participándole mi captura y proponiéndole que, al estar asegurado el raptor de su hija que había dado lugar a la guerra, se terminase esta, sacrificándome a la venganza de dos pueblos que habían sido tan amigos y que necesitaban unirse para resistir al enemigo común. El Zipacúa aceptó la proposición y fijaron el día en que había de tener lugar la solemnidad de celebrar la paz, siendo yo la víctima que se había de inmolar en los altares, en acción de gracias por tan feliz acontecimiento. El padre de Armósala se presentó con su comitiva y tropa, ostentando de tal manera todo el lujo de su corte, que despertó la rivalidad del de Mahates, para esmerarse en excederle en magnificencia.

El cacique Zipacúa, no creyéndome que su hija viviese, pues me había presentado sin ella, aunque así se lo signifiqué, teniendo esto por una astucia para librarme del castigo, no quiso atenderme y mi muerte no fue ya un negocio problemático.

La víspera de esta fatal función vi desde mi calabozo los preparativos del sangriento espectáculo. Los sacerdotes venían alternativamente a cantarme los himnos de la muerte. Llegada la noche, me mojaron la cabeza, me la envolvieron en unas toallas sahumadas con olores y me hicieron acostar para que durmiese el último sueño en un cuarto cerrado y oscuro. Era más de medianoche y aún no había dormido. ¡Cómo había de dormir, si me iban a matar! De pronto siento abrir suavemente la puerta y, con la claridad que ofrecía mi última luna, distingo ser un sacerdote. Acércaseme, tócame como para que me despierte, siéntome, me agarra por la mano y me desata los cordeles con que estaba aprisionado. Estaba yo tan aturdido con semejante aparición, que dudaba fuese aquello un sueño o realidad. Enseguida y con tiento, me toma de la mano, y me saca del aposento.

—Huye, Gámbaro —me dijo—, huye que aún puedes libertarte.

Quedeme como petrificado al conocer por la voz a la hija de Cambayo, dejándome sorprendido y confuso con un acto de que me hacía indigno mi pasada deslealtad. Quise detenerme para expresarle mi reconocimiento.

—No te dilates —añadió— porque ambos nos perdemos. Adiós, básteme la satisfacción de que sepas que pago tus ingratitudes con tu salvación. Apresúrate, que el tiempo urge.

Entonces apretó el paso, y se separó de mí. Yo, imitando su ejemplo, desaparecí y me oculté, sin desviarme de los alrededores de Mahates. De allí, pude presenciar que, al día siguiente que no se me encontró en la prisión, el cacique Zipacúa, teniendo mi fuga por una burla que le había preparado Cambayo, en desquite de la que él creía haber recibido cuando se frustró el casamiento de su hijo, prorrumpió en injurias y amenazas, declarándose otra vez la guerra con más vigor, empe-

zando las hostilidades por saquear la gente del padre de Armósala cuanto pudo haber a las manos en su retirada.

No tardó mucho que llegasen los españoles y los pusiesen en paz, subyugándolos a ambos, y reuniéndolos en un mismo pueblo bajo la autoridad del rey. Yo me mantenía siempre por los rancheríos inmediatos, huyendo de los naturales y de los conquistadores. Un día, en que ya entraba la noche, cuando me retiraba del bosque donde cazaba, al asomarme de una pequeña altura, a la claridad del crepúsculo, diviso en el llano que estaba a su falda un grupo de gente que se batía. Inmediatamente cojo mis armas y desciendo. Cuatro asesinos protegidos por la oscuridad atacaban a los caciques Cambayo y Zipacúa, que habiendo recibido algunos golpes se defendían con bastante dificultad. Indignado de proceder tan villano, salgo por la espalda a los malhechores, y, con la mayor prontitud, derribo dos de ellos con mi macana. Los dos caciques se alientan con aquel suceso y, auxiliados por mí, que estaba fresco, dan con sus adversarios en tierra. Acercámonos a descubrir los muertos y, al gran asombro de los tres, reconocemos a Cumbacoa, hijo de Cambayo, entre los asesinos. No creía lo que mis propios ojos estaban viendo: yo, que lo había dejado muerto en el campo de batalla, estaba más absorto que ellos. Examinamos a uno de los que estaban tendidos, que aún vivía, y declaró que habían sido invitados por Cumbacoa para asesinarme, con noticia de que yo recorría aquel monte con frecuencia y que, aunque me creyeron acompañado por haberse encontrado con dos personas, no desistieron de su intento teniendo la ventaja del número. Entonces me di a reconocer con los caciques que, hasta aquel momento, ignoraban quién fuese su libertador. Colmáronme de las mayores demostraciones de reconocimiento y, aunque el Zipacúa me tuviese como la causa de la pérdida de su hija, no pudo dejar de agradecerme el haberle salvado de la muerte que, en su ciego error, le hubiese dado Cumbacoa. Hiciéronme ir a sus casas y, refiriendo a todos el suceso, confiesan serme deudores de la vida, haciéndome mil protestas de amistad que solo creía sinceras de parte del Zipacúa. Este dio crédi-

to a cuanto le dije de mis aventuras con su hija y, alegrándose mucho de que viviese, me acordó su consentimiento para que nos uniésemos, lo que podía hacer sin que me confundiese la presencia de la hija de Cambayo, porque ya ella lo estaba a otro indio, que se la había llevado a sus posesiones. Con este motivo, supe cómo Cumbacoa fue encontrado cuando los españoles reconocieron el campo y, habiéndole curado sus heridas, había recuperado pronto su salud y vuéltose a su casa donde, informado de que me había escapado de la venganza de los caciques, hizo las mayores diligencias por descubrirme, hasta resolverse a atacarme seguro de mi paradero.

Yo me despedí del Zipacúa para venir a informar de todo a mi padre y encontrar a mi Armósala, pero parecía que el destino aún no se había cansado de perseguirme. Acababan los turbacos de rebelarse contra los españoles: encontré todos los indios en armas, acaudillados por el intrépido Catarpa, a quien mi padre había dado su hija en casamiento. Yo me incorporé a los amotinados, que estaban tan ufanos y orgullosos con su primer suceso de haberse apoderado del pueblo y arrojado de allí a las autoridades reales, que todo lo demás les pareció muy fácil.

Pronto vinieron a atacarnos, fue forzoso defendernos y fui el primero de los heridos que cayeron. Tú, valiente Alonso, recordarás que yo era aquel joven que hacía diligencia por levantarse para ayudar a Catarpa y a mi hermana, cuando los hiciste acometer para cogerlos. En la violencia que hice derramé tanta sangre que, allí mismo, perdí el conocimiento y no di más razón de lo que pasaba alrededor de mí. Cuando abrí mis ojos, me encontré acompañado de las personas de mi casa y amigos, pero fue en unas chozas que conocía por la primera vez. Además de mi herida, que era bastante peligrosa, fui atacado de otras enfermedades que pusieron mi salud en tal estado de postración que desesperaba ponerme bueno.

Mis huéspedes me informaron de que el lugar donde me hallaba era un caserío de los muchos que se habían hecho extraviados de Turbaco, para servir de guarida a los indios per-

seguidos, y que yo había sido conducido allí por algunos de los derrotados que, notándome señales de vida, me sacaron del campo, aprovechándose de haberlo dejado los españoles abandonado pasada la refriega. Poco después supe la clemencia usada por don Pedro de Heredia con los prisioneros, con cuyo motivo tuve el consuelo de ver a mi padre y de pasar con él a Turbaco. Cuando empezaba a restablecerme, me informaron de que Armósala había muerto. Esta noticia agravó mis males, poniéndome al borde del sepulcro. Mucho costó volverme a la vida y, aunque por entonces me salvé de perderla, no quedé enteramente convalecido, conservándome siempre muy achacoso.

La naturaleza ha dotado a los indios de pasiones muy fogosas, y son tan ardientes en amar como en aborrecer. Por eso no es extraño me consumiese el pesar de la muerte de mi adorada, cuya memoria me era cada vez más mortificante. Así pasé mucho tiempo, cuando en uno de los días en que salía a distraerme de mis penas, recorriendo los montes inmediatos en persecución de los animales, me encontré con un indio que no me era del todo desconocido: era un vecino de este lugar a quien no pedí noticias de Armósala, sino para tener el placer aunque triste de que me hablase de ella, pues se me había asegurado de su muerte. Este indio fue mi ángel de consuelo, fue el que me trajo la salud; él me informó que mi querida vivía. Un rayo de luz sentí que esclareció mis potencias, y me encontré restituido a mí mismo. Sin detenerme, regreso a mi casa, informo a mi padre de todo y, asegurado de su consentimiento, me pongo en camino para este pueblo. El indio con quien había hablado anunció mi descubrimiento, que causó el mayor regocijo entre todos mis amigos que me tenían también por muerto. Fuéronme a encontrar, conduciéndome con esas demostraciones de alegría de que habéis sido testigos, y esa joven que se desmayó en mis brazos es mi adorada Armósala, y su aya, la anciana que la acompañaba. Agrégase a mi contento la vista de Catarpa y mi hermana, de quienes nada había sabido hasta mi llegada, en que él me ha referido sus desgracias y las vuestras. Solo espero que mi Armósala se restablezca para marcharnos a poner el sello de nuestra felicidad en el seno de una familia que nos adora. Ínterin, la sociedad de ustedes me será sumamente agradable.

Gámbaro concluyó su narración, que fue muy del gusto de los circunstantes. Alonso e Yngermina, envidiando la suerte de aquellos dos amantes cuyas penas iban a terminar, hicieron fervientes votos por su dicha al separarse de ellos, pues no dilataron mucho en verificarlo.

Velásques y su familia, aunque vivían contentos en su retiro, carecían de noticias de Cartagena. El encargado de dárselas se había ausentado o desentendido de cumplir la recomendación. Así era que no podían saber a tiempo cualquier acontecimiento que refluyese en su beneficio. Tranquilos y entregados allí en los brazos de la Providencia, pasaban los días confiados en que su munificencia pondría alguna vez término a sus desgracias, colmándolos de felicidad en premio de tantos sufrimientos.

VIII

—No aumentes mi sufrir, confundiéndome con tu generosidad, esforzado calamareño —dijo Badillo levantando sus ojos llenos de polvo—. Deja a este juguete de la fortuna que bastantes males te ha causado, para que pueda sufrir tu presencia.

Catarpa quedó absorto, conociendo al juez de residencia en estado tan deplorable. Sin embargo, olvidando sus agravios, y cediendo más a la humanidad que a su venganza, se acercó, ayudolo a levantar, limpiole el rostro y diole agua para beber. Los soldados que lo conducían estaban ocupados en comer y reposar, sin cuidarse del preso. Venía este con unos pesados grillos sobre un caballo y, cuando hicieron alto, lo dejaron en medio del camino donde, en un movimiento que hizo, no pudiéndose sujetar Badillo, se vino al suelo, quedando colgado por los grillos en el arzón de la silla. Esta se rodó a la barriga del caballo el que, poniéndose a comer en la orilla del monte, había dejado al preso revolcado en la arena sin poderse levantar, pues traía también las manos aseguradas con esposas. En este tiempo fue que llegó Catarpa, que había salido como de costumbre a hacer sus cacerías, adelantándose hasta las inmediaciones de Cartagena; esto le dio ocasión de encontrar al licenciado en aquella posición y prestarle sus socorros.

El obispo del Toro había, antes de su muerte, informado al rey sobre las atrocidades cometidas por Badillo en el adelantamiento de Cartagena. Con este motivo, nombrose para su reemplazo al licenciado Francisco Santa-Cruz, con encargo de residenciarlo. Oportunamente supo Badillo que iba a ser depuesto y, no esperando buen resultado de su causa, por consejo de sus amigos emprendió entonces la continuación de los descubrimientos de las tierras del Sinú, saliendo por el lado de Urabá a la conquista de los pueblos del Dobaibe[84], donde se tenía noticia haber un templo afamado por sus tesoros, y de otros no menos ricos en las montañas de Avive y Cuaca, a fin de ver si estas acciones heroicas le disculpaban en el ánimo del soberano. Con efecto, antes que llegase su sucesor, salió Badillo con su expedición y, habiéndose internado mucho, fundó las ciudades de Cartago y Anserma en el territorio de Popayán. Pero una partida enviada por Santa-Cruz en su persecución lo alcanzó y trajo a Cartagena, donde fue sepultado en un calabozo. Todos empujan al hombre que cae, aun los mismos que han adulado su poder y, Badillo apenas en desgracia, se amotinaron para perderlo, hasta los que habían sacado bastantes frutos de sus usurpaciones, porque ya ellos no tenían qué esperar ni qué temer de él. Su causa presentaba mal aspecto, y todos clamaban por su ejemplar castigo. Las heridas estaban muy frescas y sus iniquidades pedían venganza en un país que había él cubierto de desolación. El gobernador Santa-Cruz se vio embarazado para condenar un hombre acusado de tantos crímenes y lo remitió preso a España. Allí se le trató con toda la severidad de las leyes, sus

---

[84] Dobaibe o Dobaiba, nombre de una divinidad de estos indios. Decían que era mujer, que había vivido con sus antepasados, y que por su virtud y santidad, al separarse de ellos para pasar a la otra vida, había merecido los honores divinos y ser madre del ser supremo. Ellos atribuían a la ira de Dobaiba los truenos, los relámpagos, las tempestades, los meteoros espantosos y demás catástrofes que se experimentaban en sus tierras. Todas sus ofrendas eran en metales preciosos, porque decían que lo demás era indigno de su grandeza. Por eso su templo se tenía por tan rico. *[N. del A.]*

bienes se confiscaron para resarcir cuantos daños había causado y, merced a su profesión de abogado, pudo entorpecer el negocio hasta su muerte, ocurrida en la cárcel, en tiempo que ya don Pedro de Heredia había salido triunfante de las falsas acusaciones que le había hecho, descubriéndose su inocencia y preparándose para volver a encargarse de su adelantamiento de Cartagena[85].

El día claro y sereno de la felicidad amaneció al fin para Yngermina y Alonso. Catarpa llegó y les refirió su encuentro con el licenciado Badillo, a quien llevaban preso para la plaza. Esta noticia, que descubría un cambiamiento[86] favorable, vino a tranquilizar estos corazones cansados de tanto padecer, y cuyas inquietudes apenas se habían calmado en aquel retiro delicioso que, aunque les servía de asilo, les faltaba el complemento de sus votos: el coronar su amor por un lazo indisoluble. Velásques se encaminó el primero a Cartagena y trajo a sus hijos la plausible nueva de la caída del tirano. Inmediatamente abandonaron aquellos bosques hospitalarios, no sin alguna pena, pues dejaban en ellos indelebles recuerdos. Alonso fue recibido por sus compatriotas y los indios con un entusiasmo que degeneraba en locura, y el nuevo gobernador Santa-Cruz le tributó las mayores demostraciones de aprecio, tomando una gran parte en las penas que le habían causado a él y su familia las persecuciones de Badillo. En medio de las aclamaciones de la más sincera alegría, la bella y virtuosa Yngermina recibió la mano de Alonso, olvidándolo todo con el placer de ver llegado el término de sus sufrimientos. En su entusiasmo, el anciano Velásques quería dejar de vivir aquel día, para morir dichoso en los brazos de sus amados hijos. Catarpa, impetuoso hasta en sus alegrías, estrechó contra su corazón a los compañeros de sus desgracias, humedeciéndose con las

---

[85] Histórico. *[N. del A.]*

[86] Según el *Diccionario de Autoridades,* 'cambiamiento': instabilidad, inconstancia, variación, o mudanza de alguna cosa. Latín. *Mutabilitas.*

lágrimas de la satisfacción más pura aquellos ojos altivos que jamás habían visto a la tierra, ni eclipsándose delante del poder.

Alonso volvió a ocupar su mismo puesto en el gobierno de la colonia, gozando de la entera confianza de Santa-Cruz, que le puso en posesión de todos sus privilegios y honores, que había obtenido en tiempo de su hermano, continuando en adquirirle posesiones a su monarca[87]. Los indios volvieron a recuperar su tranquilidad y, por todas partes, se daban la enhorabuena de haberse libertado del monstruo que los oprimía. Santa-Cruz gobernó más como padre que como jefe. La llegada de don Pedro de Heredia a relevarlo vino a colmar los goces de Alonso e Yngermina, pues solo la presencia del Adelantado faltaba para complemento de su felicidad. Con la venida del gobernador Santa-Cruz, se pusieron en requisición todos los culpables de complicidad en los excesos cometidos por Badillo. Por consiguiente, don Miguel Peralta fue puesto en juicio. Convencido de haber tenido una parte tan eficaz en la azarosa época del gobierno que para felicidad del pueblo acababa de expirar y, sobre todo, acosado por el mismo Badillo, que tuvo la villanía de atribuirle la principal cooperación de cuanto mal había hecho, el concejo encargado de sentenciarlo lo condenó a la pena capital que, para mayor satisfacción de los indios, debía ejecutarse en Turbaco, teatro primitivo de sus maldades.

Peralta, sin un amigo, sin un pariente que lo consolase, se encontraba en su calabozo, aislado, desamparado: solo consigo mismo estaba, pues parecía que el mundo entero huía de él. Destino infalible de todos los criminales que se han recreado en las desdichas ajenas. Nada le quedaba, solo

---

[87] Por este tiempo hizo don Alonso de Heredia el descubrimiento y la fundación de la ciudad de Santa Cruz de Mompox, poniéndole el nombre del gobernador, por gratitud, y como un recuerdo del bondadoso comportamiento que usaba en su administración. *[N. del A.]*

la generosidad de los propios agraviados, a quienes tanto quebranto había causado. En tal conflicto, cerró los ojos y recurrió a ella. Hizo, pues, venir a Alonso a su prisión.

—Noble Alonso —le dijo—, he sido un depravado, pero ahora soy un hombre que sufre: mucho te he ofendido, pero tú eres magnánimo. Aquí tienes a tu enemigo inmóvil con el peso de las prisiones, en la víspera de subir a un patíbulo afrentoso a que me ha condenado la justicia de los hombres, sin saber qué esperar de la de Dios. Cercado de la venganza, espantado yo mismo de mis propios crímenes, amenazado de todos, no me queda otro refugio que tu bondad: apelo a ella, apelo por mi salud adonde el mismo a quien he afligido hasta las heces, confiado en que el que tanta virtud tuvo, tanta resignación para sobrellevar los martirios que mi malignidad le impuso, no será menos bueno para ejercer esa cualidad que solo a sus escogidos concede la celestial munificencia: salvar a su enemigo, cuando le solicita humillado y afligido. Acaba, ilustre Alonso, honra del nombre castellano, acaba de ponerte una diadema más gloriosa que cuantas han obtenido las grandezas de este mundo, porque es un premio del triunfo adquirido sobre nuestras propias inclinaciones. Eres bastante entendido para juzgar que este perdón te eleva sobre los demás hombres. ¿Y qué más venganza para ti que elevarte sobre este mismo a quien enseñarás a ser bueno perdonándolo? Te lo ruego por el término feliz de tus padecimientos y persecuciones, por el espléndido triunfo de tu inocencia... y, más que todo, por la dicha que hoy disfrutas con tu esposa...

Alonso estaba turbado, conmovido con aquel espectáculo de miseria, luchando con todas las pasiones, vacilando entre su enemigo y la humanidad doliente. Venció al fin la virtud, esa virtud sublime de perdonar las injurias y dar la mano a nuestro ofensor desvalido, que más nos asemeja a la divina misericordia. Ofreció salvar a Peralta. Este besó sus manos, humedeciéndolas con su llanto, y lo dejó partir.

Heredia, aprovechando el ascendente que tenía sobre el ejército y los ciudadanos, aunque tuvo que hacer mucho para vencer la repugnancia de todos, arregló su proyecto y dio sus órdenes. Él mismo fue a hacer caer las cadenas de su perseguidor.

—Id en paz —le dijo— y ojalá que esta lección tan dura que has recibido del destino te sirva de escarmiento. Ojalá que mi perdón te haga arrepentir y enmendar, cesando de causar daño a tus semejantes, cuando es del hombre prestarles ayuda y protección. Marchad, y que el Señor, por cuyo amor yo te perdono, abra sus potencias y te tenga de su mano. Adiós.

No era así como lo había dispuesto el supremo ordenador de todas las cosas.

A la mañana siguiente, trajeron un cadáver encontrado a las inmediaciones de Cartagena, cosido a puñaladas y de mil maneras maltratado. Era el de don Miguel Peralta. Al salir de la ciudad, había sido descubierto por algunos indios de Calamar quienes, enfurecidos por el recuerdo de sus antiguos resentimientos, cayeron sobre él y lo asesinaron.

Así terminó quien tantas lágrimas había hecho derramar.